娘子套路多

3

完

遲裘 著

風 文創 1200

目錄

第五十五章

冬夜的風颳得臉上生疼。

陸明時出城後直奔大興隆寺，一路上仔細尋找。急促的馬蹄聲都像是踏在他心尖上。他慌亂得近乎麻木，不敢深思孟如韞的下場。終於，他遠遠看見了歪倒在路旁的馬車，急忙下馬奔過去。

碎裂的車廂周圍橫七豎八地躺著幾具屍體，都是長公主府的侍衛，沒有孟如韞。陸明時提到喉嚨口的心稍稍回落了一點。他舉著火把在周圍仔細尋找，終於在峭壁的枯枝上找到了一截紅色衣帶。

為了被認成蕭漪瀾，孟如韞甚至特意穿了紅色裙子出門。

峭壁是長而陡的斜坡，幾步之後變為陡崖。崖下是淺溪亂石，即使摔不死，也會很快被追上的刺客抓到。

陸明時顧不得多想，直接沿著孟如韞滑下去的痕跡往陡崖下跳。崖壁上長著枯灌木，陸明時借力緩衝以背部著地，清晰地聽見了自己骨頭斷裂的聲音。他忍著疼痛爬起來，心裡卻更加難捱。他一介武夫都摔成這樣，矜矜掉下來，如果沒摔死，也會被活活疼死。

四下寂靜無聲，陸明時一邊喊著「矜矜」，一邊到處找。那群刺客應該也來找過，濕潤的泥土上踩滿了橫七豎八的腳印。陸明時一邊找一邊安慰自己，這幾個刺客是從小路繞下來的，矜矜說不定趁這段時間藏了起來。看這地上只有腳印而沒有掙扎的痕跡，那群刺客很可能無功而返，根本沒找到人。

山崖底部長十幾丈，形如紡錘，可以躲避的地方並不多。陸明時正要沿路往上找時，忽然聽見一聲極輕的呻吟。

就在兩步遠的距離，陸明時走過去才發現爬滿枯藤的崖壁後面，竟恰好藏著能容留一人的淺洞。扒開洞前的枯藤，陸明時終於找到了孟如韞。

她躲在崖洞中，身上多處骨折，卻仍蜷縮著不敢動彈，怕發出聲音被刺客發現。陸明時找到她時，她已經疼得意識不清了。

「矜矜……」

陸明時的聲音都在顫。他小心翼翼將她從崖洞裡抱出來，孟如韞疼得直抖。陸明時低頭看她，眼淚控制不住地落在她身上。

他被失而復得的僥倖衝擊得險些跌倒在地。與此同時，那些從聽說孟如韞孤身赴死時的情緒也自他心中甦醒，浪潮似的要將他淹沒。

惶恐，無助，近乎絕望。

可是看到她蜷在懷裡，疼得意識不清，陸明時心裡只剩下了難捱的心疼，以及感激。感激她拚盡全力求生，感激她活著等到了他。

他抱著孟如韞往緩坡上走。此時，長公主府的侍衛終於繞下峭壁，小心翼翼從陸明時懷裡接過孟如韞。陸明時見她安全得救，身形一晃，突然噴出一口殷紅的血，而後跌倒在地。

長公主府中，蕭漪瀾與霍弋坐立不安，焦急地等待孟如韞的消息。

霍弋面無血色，目光一直盯著門外。蕭漪瀾的手落在他肩頭，安慰地拍了拍。「事猶未定，望之，你不能先倒下。」

霍弋抓住了她的手，手心裡都是冷汗，一句話都說不出口。

正此時，紫蘇從碧游院匆匆而來，懷裡抱著一個黑木匣子，匣子上有一封信。她將東西交給蕭漪瀾。「這些是在阿韞的書桌上發現的，她刻意留在了那裡。」

蕭漪瀾接過信，見信封上題著「子夙兄親啟」，猶豫了一下，看向霍弋。

霍弋點點頭，說：「開。」

信裡詳細交代了《大周通紀》至今的完成情況，孟如韞希望陸明時能寫完續作，使之傳世。最後只有幾句牽掛之言，要陸明時好好活著，輔弼長公主，為了故人，也是為了後來人。

霍弋看完信後久久不言，待翻開書匣裡滿滿一摞書稿，終於忍不住落下淚來。

「這是父親的遺願，阿韞她……竟一直惦記著……」

蕭漪瀾在他面前蹲下，用指腹為他擦掉眼淚。霍弋靠在她身上，因為悔恨和絕望而渾身發抖。

「我真是罪該萬死，我要失去她了……」

蕭滽瀾臉上也有淚容。她望著外面黑黝黝的夜，在心裡無助地祈禱著。

戌時初，外面終於有了動靜。

侍衛們抱回了渾身是傷的孟如韞和因急吐血昏迷的陸明時，紫蘇讓人將拂雲書閣的隔間收拾出來，又心急火燎地去宣大夫。

府中的大夫都叫過來，蕭滽瀾仍不放心，派人去望豐堂請許憑易。許憑易為了避嫌，自宣成帝醒後就未出過宮，侍衛沒請來許憑易，反倒請來了剛找上望豐堂門的小師妹。

小師妹名叫魚出塵，與許憑易一門同宗，路數卻南轅北轍。

據她自己說，她本與許憑易約好要同游江湖，結果許憑易這廝毀約，先她一步出師下山。如今她也學出師了，打聽到許憑易在臨京做了太醫，還開了家欺世盜名的醫堂，所以風塵僕僕趕來踢館。

魚出塵看了一眼昏迷不醒的孟如韞和陸明時，嘖嘖感嘆道：「一對癡人。」

蕭滽瀾問：「何以見得？」

「這女子身上四、五處骨折，尋常人傷成這樣，活活疼死的也有，她卻敢把自己蜷在某處，強撐著不肯昏迷，大概是心有希望，在等什麼人。」魚出塵繞過她，又去看陸明時，感嘆道：「好俊的小郎君，容貌倒也般配！」

蕭漪瀾問道：「他傷得重嗎？」

魚出塵道：「說輕不輕，說重不重，是驟悲驟喜，以致急火攻心，若是能想得開，三、五日便可痊癒；若是想不開，心死而身亡也有可能。」

魚出塵的判斷與事實差不多，蕭漪瀾心裡稍定，對她的語氣尊敬了許多。「還請姑娘出手救治。姑娘有什麼要求，本宮都會盡力滿足，診金也會多加酬謝。」

「可以啊，但我不要錢，我要見許憑易。」魚出塵說完就後悔。「不行，錢我也要，我上個月剛治死了兩個人，還要賠好多銀子呢。」

霍弋緩緩推著輪椅行過來，魚出塵瞥了他的腿一眼。「怎麼，你也要治？那可得加錢。」

「此話何意？妳說他的腿也能治？」蕭漪瀾眉心一跳，脫口而出。

魚出塵洗淨手，讓府醫給她準備藥材、銀針、布帶和夾板，她仔細給孟如韞檢查，頭也不抬地說道：「現在還不好說，得一個個來。都出去吧，我要給姑娘解衣服了。」

霍弋見她手法隨意卻熟練，對蕭漪瀾道：「殿下，咱們去外面等著吧。」

所有人都退去了外間，只留紫蘇和紅纓在裡面幫忙。蕭漪瀾心裡比人尚未找到時還要著急，霍弋卻安定了許多，反過來安慰她。

「臣見過不少大夫，魚大夫雖然年輕，但醫術精湛，您不必緊張。」

蕭漪瀾嘆氣道：「阿韞本就體弱多病，因為我的疏忽，又讓她受了這麼重的傷，我心裡放不下……」

「這事不怪殿下，是阿韞自作主張。您若是怪罪到自己頭上，等她醒來，哪裡還有底氣教訓她？」霍弋安慰她道：「眼下先不想這些。」

蕭漪瀾望著隔間的方向，點了點頭。

霍弋的目光落在黑木書匣上，拾起《大周通紀》第一卷，慢慢翻閱。

第一卷大部分內容都出自父親的手稿，一字一句讀過，故人的熟悉感撲面而來。霍弋心中梗塞，合起書稿，靠在椅背上舒緩情緒。

他想起了在獄中自縊的父親，一把火引燃老宅的母親，想起了逃亡路上的山匪，摔下高崖後孤苦無依的寂寂長夜。

他以霍弋的身分生存十幾年，與故人舊事的交集越來越少，酒醒夢闌之際，隱約懷疑那是別人的人生。

幸而阿韞還在，她承繼了父親的才華與清正、母親的聰敏與溫情，卻因為他執意不肯相認，讓她敢毫無牽掛地赴死。

這是因他的怯懦而帶來的罪過。霍弋心想，他真是罪該萬死。

魚出塵忙活了整整一夜，打著哈欠、伸著懶腰從隔間出來。正撐額小憩的蕭漪瀾驟然驚醒，起身問道：「如何，阿韞醒了嗎？」

「不急著醒，剛把骨頭接上，現在醒來會活活疼死。」魚出塵掐指算了算。「她體質一般，大概三天後未時醒。」

蕭漪瀾聞言鬆了口氣。「另一個呢？」

「哦，他醒了有一陣了。」魚出塵不在意道：「可惜了一個俊俏的小郎君，人救回來，腦子壞了。」

陸明時自醒來後便一聲不響地望著孟如韞。

正說著，見陸明時慢慢從隔間裡走出來。他臉色很蒼白，看上去十分疲憊。

「矜矜很疼，讓她多睡會兒吧。」他對蕭漪瀾說道。

蕭漪瀾與霍弋對視了一眼。霍弋道：「殿下，我想和陸安撫使單獨聊聊。」

蕭漪瀾點點頭，叮囑霍弋道：「他也是傷患，你話別說得太過。」

兩人隔案而坐，紫蘇端進兩盞茶後便關門退出，房間裡只剩下霍弋和陸明時。霍弋將拆封過的信遞給他，說道：「這是阿韞給你的，你該看一看。」

「阿韞……」陸明時輕輕撫摸著信封被拆開的地方。「霍少君當著殿下的面，也這麼稱呼她嗎？她是長公主的女官，她寫給我的私人信件，怎麼輪得著霍少君拆看？」

霍弋淡聲道：「你我彼此都有想問的事。你先看一看信中的內容，我會告訴你答案。」

陸明時將信紙抽出展開。他讀得很慢，彷彿每個字都要仔細辨認才能認得，看完後忽然嗤笑出聲，閉上眼，聲音近乎哽咽。

「她對我真是……好狠的心。」

她怎麼忍心灑脫赴死，卻將身後事都推給他，逼他若無其事地獨活下去。她要他成全故人，可是誰來成全他？

霍弋對陸明時道：「信中的內容，我需要一個解釋。」

陸明時漠然地看向他。「阿韞在長公主府出了事，霍少君如今卻來向我要解釋？」

「她託付給你的書稿中牽涉到一樁舊案，此案已過去了十一年，如今無人在意。她願意託付給你，必然是篤定你會幫她。她又在信中稱你為故人……」霍弋頓了頓，緩緩說出自己心中的猜測。「陸安撫使，應該也是當年舊案的故人吧？」

陸明時道：「既然是舊案，與眼下所謀並無關係，也不會牽涉到你與長公主，霍少君何必多問？」

「當然有關係。」霍弋望著他緩聲說道：「因為我本不姓霍，我姓孟，若說故人……或許我也是其中一個。」

陸明時聞言皺眉。「你姓孟？」

孟家人丁不多，孟午不與兄弟同堂居住，孟如韞的幾個堂兄早在孟午出事時就與孟家撇清了關係。

他說他姓孟，那他只能是……

「當年你寄居孟家時，也曾同我一起讀過幾天書。那時你心不在此道，十天裡有八天都被父親罰在院子中舉磚……或許對我，也沒有那麼深的印象。」

陸明時心中震動，不可思議道：「你是……嵐光兄長？」

前國子監祭酒孟午之子，孟如韞的哥哥，孟嵐光。

陸明時震驚地盯著他，似乎想從他臉上尋出幾分熟悉的故人模樣，尋出他與印象中那個恭謹持身、溫雅謙遜的孟家長子相重合的地方。

霍弋苦笑了一下，端起茶盞嘆息道：「我們都在為故人忙碌，相逢卻不識故人面，真是可笑。」

陸明時往身後隔間的方向看了一眼。「矜矜……她知道你的身分嗎？」

「我如今這副模樣，她若知道我的身分，只會徒惹她傷心。」

陸明時道：「你誤會矜矜了，她心裡掛念你，知道你活著，比什麼都好。」

霍弋笑了笑，不置可否。他不敢與孟如韞相認，腿疾只是藉口而已。

他要為長公主謀大事，不能玷污長公主的德行，許多見不得人的手段、陰狠刻薄的算計，都要他自己承擔。

可阿韞是眼睛裡容不得沙子的人，她有錚錚君子骨，濯濯文士心。若是被她知道，她的哥哥整日沈溺於爾虞我詐，早已改名換姓、將父親的教誨拋至一旁，她心裡總會覺得失望。

陸明時之前曾這樣猜忌過他，見他沈默不言，很容易就猜到了他在顧忌什麼。

「告訴她你的身分，也是為了她好。」陸明時道：「她若知道兄長還活著，或許捨不得那樣輕易赴死。」

霍弋心裡微微一緊，竟無話可駁。

「我的事尚不著急。」霍弋擱下茶盞。「我想聊一聊你與阿韞的事。」

陸明時不自覺地感到了幾分緊張。「兄長請講吧。」

「你與阿韞是父母在時定下的婚約，那時候你們尚年幼，兩家情景也與今日不同。如今故人已不在，這樁婚約也不必違心恪守。」

陸明時辯白道：「我與矜矜是兩情相悅，非只為故舊之約。」

「兩情相悅嗎？」霍弋不信。「阿韞若是心裡有你，怎麼會如此乾脆地捨棄你赴死。」

這句話像刀子一樣扎在陸明時心上，令他又回想起自己得知孟如韞孤身赴死時的心情，胸中一陣悶窒。

見他面色慘白，似聽不得一點重話，霍弋放緩了語氣，說道：「這件事不全怪你，阿韞她胸有丘壑，有時候也是個不聽勸的。」

陸明時緩緩道：「嵐光兄到底想說什麼，還是直言吧。」

霍弋屈指扣在輪椅的扶手上，說道：「我想讓你放棄這段婚約，放過阿韞。」

陸明時愣住。「你說……要我們分開？」

霍弋向他解釋原因。「你身分敏感，今日我能猜出，明日就有可能被朝廷猜出。阿韞她活得不容易，孟家已經被你牽連過一次，如今不能再被牽連第二次。何況你長年在北郡，不可能與她長相廝守。」

陸明時聲音僵硬道：「這要看矜矜自己的選擇。」

霍弋冷笑。「你想尊重她的選擇，那你能做到眼睜睜看著她如昨日那般，孤身赴死嗎？」

陸明時啞然。

「你不能。」霍弋道：「你並非是尊重她的選擇，你是為一己私慾，卻以她自己的選擇為藉口。你心裡應該明白。」他繼續說道：「當年孟、陸兩家定下婚約，是為了讓你們互相幫扶，過得更好，而非互相牽連，當斷不斷。你若真念及故人，更應該放阿韞自由身，莫讓她再被往事所連累。若有一日你身分暴露，我不想看到阿韞為此受傷害。」

霍弋的每句話都像軟刀子似的扎在陸明時心上，他想反駁，卻覺得每句辯駁都蒼白無力。

他愛矜矜，可這種愛既不能讓她留戀惜命，又有可能會給她帶來危險。

霍弋是矜矜的兄長，自然要先從矜矜的角度考慮。可是他呢？矜矜於他重逾性命，是他漫長而沈重的人生中唯一的撫慰，要他放棄矜矜，比讓他從來不知她的存在更加痛苦。

「我以後會好好待她，」陸明時聲音微顫，近於請求。「我會用自己的性命保護她，會盡力讓她過得開心……嵐光兄長，別把她從我身邊帶走。」

霍弋輕輕合眼，嘆息道：「子夙，我也只有這一個妹妹。」

若是孟、陸兩家繁華如舊，他何嘗不願見他們姻緣美滿，可如今步步刀尖，他只能選擇保護他最想保護的人。

陸明時起身，撩袍跪在霍弋面前，舉掌起誓道：「我陸明時向父母在天之靈發誓，必平北郡、洗舊案，不會讓矜矜受我身世牽連。若矜矜因我之故受到傷害，我願以性命償還，九死不辭。」

「你聽不明白嗎？你的生死與我無關，我只想阿韞能好好活著。」霍弋不為所動。「你們陸氏滿門忠烈，我受不得此一跪，起來吧。」

他伸手將陸明時扶起，態度溫和卻殘忍。陸明時的心一寸一寸陷入寒冰，他回頭望了一眼安靜無聲的隔間，孟如韞正悄無聲息地睡在裡面。

「我想等矜矜醒來，同她說清楚，她若是——」

霍弋打斷了他。「阿韞還有三天才醒，如今北郡與臨京各處都有太子耳目，若是發現你擅離職守，或者在長公主府中逗留，對你和殿下都十分危險。」

陸明時幾乎被霍弋逼到了絕望的境地。他默然片刻後，請求道：「至少請允許我為她留一封書信。」

這次，霍弋沒有反對。

第五十六章

陸明時留下書信後就被霍弋趕出了長公主府，晝夜疾馳趕往北郡。蕭漪瀾聽說此事後，長嘆道：「你對陸安撫使未免也太苛刻，不怕阿齟知道以後心疼嗎？」

「她若真懂得心疼人，就不會那麼痛快赴死。」霍弋說道：「既然她不在乎，不如斷個乾淨，將來免受牽累。」

他的苛刻不只針對陸明時，除了蕭漪瀾外，所有人都沒有寬和的餘地，包括他自己。

蕭漪瀾對霍弋說道：「你既然放心不下阿齟，想管束她，那等她醒來後就同她坦白吧。」

「我……」霍弋猶疑道：「眼下不是好時機，聖上裝病不出，太子虎視眈眈——」

蕭漪瀾打斷了他。「當說不說，當斷不斷，你這是在愚弄她。除非你有能耐瞞一輩子，否則你欺瞞得越久，她知道後就越難過。倘我是阿齟，恐怕一輩子都不會原諒你。」

霍弋微驚。「殿下……」

他們的說話聲驚動了榻上沈睡的人。孟如齟緩緩睜開眼睛，覺得全身的骨頭都在隱隱作痛，沒有一處安好。

「好疼……」

蕭漪瀾聞言陡然噤聲，撇下霍弋繞進隔間，看見孟如韞已醒，心裡鬆了口氣。「妳可算是醒了。」

「我……」孟如韞望著床頂，似在努力回憶發生過何事。「陸子夙……我看見他了……他在哪兒？」

蕭漪瀾與剛推著輪椅繞進來的霍弋對視了一眼，霍弋從袖中掏出一封信遞給孟如韞。「這是他留給妳的。」

原來不是自己作夢，他竟然真回來過？孟如韞十分疑惑地接過信，緩緩拆開。

信的內容不長，陸明時同她說了自己回臨京的緣故，是為了查清戎羌送年貢的車隊中夾帶的狼骨油。

孟如韞心下一驚。她曾在介紹北戎羌的書中讀過戎羌人的馬上連弩，據說此連弩威力巨大，若精兵縱馬持之，百人騎隊可衝出萬人步卒的包圍。倘真如陸明時所言，有數百架戎羌連弩悄無聲息運進了臨京，這背後的人簡直居心叵測。

她馬上將此事告訴蕭漪瀾。蕭漪瀾安撫她道：「陸安撫使臨走之前已將此事告知本宮，別擔心，本宮已派人去暗查。」

孟如韞心中微定，繼續往下讀信。剩下的內容很短，是叮囑她多多保重。

見卿重傷，焦心如焚，盼卿此後愛惜性命，勿復以千金之軀，親蹈虎狼之穴。吾念卿如命，望卿垂憐。子夙拜謝。

短短的一頁信，再無他話。

陸明時沒有提霍弋說的話，更不忍心與她以書信相絕，孟如韞什麼都不知道，捏著信紙悵然若失。

他就這樣匆匆回去了嗎？

孟如韞摔壞了身上一半的骨頭，幸虧魚出塵醫術高明，給她全都接了回去；又輔以內服外敷、藥草針灸，孟如韞在床上休養半個月後，就敢小心下床走動了。

「要想活蹦亂跳，還得小心養到年後。」魚出塵一邊數錢一邊嘮叨孟如韞。「許憑易那廝只會看病不會療傷，若不是碰上我，哼哼，妳等著遭罪吧！」

孟如韞聞言忙躺回床上休息，問魚出塵。「殿下給了妳多少酬金？」

「二百兩，」一見孟如韞震驚，魚出塵更加得意道：「黃金。」

二百兩黃金能請十個許憑易，哪怕是鑲個人也夠了。

不過孟如韞尚顧不上心疼錢，她得心疼她自己。為她孤身赴險一事，長公主生了好大的氣；又礙於她是病號，打不得罰不得，訓斥幾句都怕話太重，不利於養傷。

「我平日待妳不錯，妳不要恩將仇報，讓我隨隨便便就欠妳一條命。」蕭漪瀾雙眼微紅地對她道：「我能說得上話的人不多，若你們都為我死了，就算成大事又如何？要我做孤家寡人，悔恨一輩子嗎？」

霍弋都未捨得讓蕭漪瀾落過淚，孟如韞自覺承擔不起此罪過，手足無措地向她賠禮道歉。「是我一時糊塗，以後不會再這樣莽撞，惹殿下傷心。」

反正事情已經過去，危難已解，哄殿下寬心才是最重要的。

「我視妳如妹妹，尚且憂心至此，何況妳的至親至愛？」蕭漪瀾意有所指道：「妳得為他們想想。」

孟如韞自認為沒有那麼多的牽掛。她的至親早亡，至愛……上一世，陸明時為她完成續作後，應該也過得不錯，她相信這一世，他同樣可以。

蕭漪瀾朝外面看了一眼，看到了霍弋映在碧紗櫥上的身影。

「阿韞，」蕭漪瀾握了握孟如韞的手。「望之有話要同妳說，妳想見他嗎？」

孟如韞驚訝。「霍少君？」

蕭漪瀾讓霍弋進來，輪椅輾過地板，發出緩慢而沈重的聲響。他推著輪椅轉過屏風，看了蕭漪瀾一眼，而後目光落在孟如韞身上，一副欲言又止的神態。

他一向喜怒不形於色，萬事從容，然而此刻孟如韞卻從他的神情裡看出了緊張，也不由得擔憂起來。

「是外面發生什麼事了嗎？聖上還是太子？」孟如韞問。

「都不是。」蕭漪瀾搖搖頭。「讓望之自己向妳交代。」

她說著就要起身離開，霍弋卻拉住她的手，懇求道：「殿下也留下吧。」

「別忘了你答應過本宮什麼。」蕭漪瀾輕輕掙開他的手，堵住了他最後的退路。「你們自家人的事，還是自家人說清楚比較好。」

孟如韞聞言蹙眉。「自家人？」

霍弋嘆了口氣。看來今日是真的紙包不住火了。

蕭漪瀾瀟灑離開，屋內只剩下孟如韞和霍弋。霍弋正思忖著該如何開口，忽聽孟如韞問道：「你是打算一輩子都不與我相認嗎？」

霍弋心跳猛的懸住，無措地望向孟如韞。「矜矜……妳知道了？」

孟如韞喉間一哽，有些失態地撇過臉去，眼淚大顆大顆地砸落在被子上。

霍弋見不得她哭，心中更慌。「我不是故意隱瞞妳，我是還沒想好該怎麼與妳說，我怕妳見我這副模樣會難受，我擔心……」

「若我這次沒能死裡逃生，那我至死都不知道你還活著……」孟如韞淚眼朦朧地望著霍弋。「你真是好狠的心啊……哥哥。」

自上一世霍弋祭拜她時，她心中就隱有懷疑，只是不敢抱有這種縹緲的希望，更想不通他若真是孟嵐光，為何遲遲不與她相認。

直到長公主說他們是「自家人」，她心中那忐忑虛浮的希冀才真正落了地。

見她難過，霍弋心中也不好受，想說些賠禮道歉、哄她開心的話，可望著她默默垂淚的臉，一切言語都變得蒼白冷寂。

「是我對不住妳。」霍弋輕聲道。

「自我們分開後，我與母親一直住在鹿雲觀中。此處離臨京不遠，觀中的道士道姑常往各處遊歷，母親總想著能託人打聽到你的下落。」憶及舊事，孟如韞垂淚道：「她生前不忍相信你已離世，死前才叮囑我，要在她的墳塋旁，給你立個衣冠塚。」

霍弋默默聽著，心中回想起一些母親的模樣。

孟如韞與孟夫人在鹿雲觀中過得清貧辛苦，說來徒惹人傷心，她只揀了幾件，說與他緬懷故人，而後便是長久的沈默。

這是她的兄長，可她對他的印象實在淺薄，闊別這麼多年，她不清楚如今他心中在想什麼。

他最初……本不想與自己相認的。孟如韞心中悵然，她骨肉至親的兄長，一直都在冷眼旁觀著她的孤苦伶仃。

「妳幼時……」霍弋也怕自己的冷漠令她多心，試著與她敘及幼時情誼。「那時妳才兩、三歲，生得玉雪可愛，每天傍晚都要娘抱著妳，一起在門外等父親下值。妳自小聰敏，我記得父親罰我跪祠堂的時候，是妳鬧著要我陪妳玩，才讓父親饒了我一回。」

孟如韞聞言，含淚疑惑道：「母親說你懂事得早，原來你也有惹父親生氣的時候嗎？」

「嗯。」霍弋面上顯出幾分懷念的神色。「是因為陸家小子說要把你抱回去當媳婦，我與他打了一架。」

孟如韞噗哧一聲笑出來。見她破涕為笑，霍弋心中一鬆，遞上一條乾淨的帕子。孟如韞接過去，背著他擦臉上的淚痕。

「這麼說，你已經見過陸子夙了？」孟如韞問道：「他呢，知不知道你的身分？」

「妳睡著的時候，我們已經聊過了。」

「原來我是最後一個知道的。」孟如韞苦笑。

霍弋同她道歉，然而這種明知故犯的事，總顯得沒什麼誠意。孟如韞問起他的腿傷，霍弋說是不小心摔斷的，孟如韞瞪他道：「你還當我三歲嗎？魚大夫說你的膝蓋骨是被人剜掉的。」

「她又不曾給我看過傷，只遠遠瞥了一眼。」

比起嘴裡沒一句真話的霍弋，孟如韞顯然更相信醫術出神入化的魚出塵。

「你不承認，我一問殿下便知。」她冷哼道。

魚出塵給她換藥的時候閒不住嘴，除了告訴她陸明時情急吐血之外，將她肉眼可見的每個人都八卦了一遍。

「堂堂長公主，府裡養著這麼多吃乾飯的男人。」魚出塵小聲對她說道：「你們殿下啊，缺少男歡女愛的滋養。」

這話孟如韞沒敢告訴霍弋，只是心裡對霍弋的冷清自持又有了更深刻的了解。他對相伴近十年的長公主尚且如此沈得住氣，何況是自幼分離的妹妹？

但她還是希望他能聽幾句勸。魚出塵在別的事上不靠譜，但在醫術上從不自誇，她說能治，或許真的能治。

與霍弋相認後，孟如韞的心情好了許多，身體恢復得比之前快。進入臘月時，身上的重傷已痊癒得差不多，除不能騎馬外，平日活動已與常人無異。

她寫信給陸明時，告訴他這一好消息，盼他在外能安心。

臘月初七，長公主派去調查戎羌馬上連弩的人也有了消息。

兵部造冊中沒有馬上連弩的記錄，意味著是被人私藏。宣成帝在福寧宮中裝病不起，近來心腹蟄伏，沒有任何動靜，不像是宣成帝所為。

這批狼骨油是在此次戎羌送進臨京的年貢車隊中夾帶的，進京的使節由東宮與監國長公主共同接待。蕭漪瀾將目光落在太子身上，果然發現了他私藏馬上連弩的蛛絲馬跡。

但蕭漪瀾一時拿不準蕭道全針對的是誰，是她，還是正躺在福寧宮裡裝死的宣成帝？

「臣若是太子，只會針對殿下您。」霍弋說道：「雖然說因為石合鐵與蘇和州賑災銀的事，聖上對太子多有不滿，但這對父子尚未疏遠到反目的地步。太子沒有被廢之憂，就不會動篡上之心。」

「我同意兄長的看法。」孟如韞也分析道：「即使太子真有不臣之心，殺父篡位將為天下人所恥，屆時反而為您積了聲望。可若是能殺了殿下您，他在朝堂上將再無對手，無論陛下對他滿意與否，百年之後，皇位都是他的。」

蕭漪瀾蹙眉。「他竟敢直接對本宮動手嗎？」

「十有八九，殿下不可不防。」霍弋道。

蕭漪瀾嘆了口氣。「太子尚未舉事，聖上在福寧宮裡躲清淨，本宮也不能此時遞摺子說戎羌連弩的事，如何防？」

孟如韞說道：「我倒是有個想法，能解了這一百架戎羌連弩的威脅，同時讓躺在福寧宮裡裝病的聖上不再疑心於您。只是需殿下在宮中有信得過的人，不知季汝青能否當此重任？」

蕭漪瀾似有所悟。「阿韞說的莫非是……禍水東引？」

「然也。」孟如韞笑著點點頭。

孟如韞的想法與霍弋不謀而合，但他心裡並未覺得高興，只淡淡道：「此事我與汝青商量即可。」

算計太子對聖上出手，霍弋不太想讓孟如韞在這種事上出主意。

他用信鴿聯繫了季汝青。季汝青收到信後，思忖許久，向東宮下了帖子。

王翠白將收到的帖子遞給蕭道全。「殿下可知道司禮監隨堂季汝青？他想今夜來拜訪殿下。」

「你說季汝青？」蕭道全一驚。「父皇十分依仗他，他是馬從德的乾兒子，他此行莫非是奉了馬從德的指示？」

「殿下今夜一見便知。」

入夜，身披斗篷的季汝青悄無聲息地來到了東宮，被等待接應的太子心腹引入太子寢宮。蕭道全讓人在內室擺了茶，正襟危坐地等著他。

「太子殿下。」季汝青神情淡淡，遙一拱手。

蕭道全和藹地笑道：「季中官夜行受寒，先飲熱茶吧。」

「宮中耳目多，奴才說完就走。」季汝青在蕭道全對案坐定，壓低聲音道：「陛下昏迷那天下午就醒了，命我等不得聲張，並暗中知會長公主殿下，獨瞞著殿下您一人。您召百官朝會欲代上秉政那天，陛下在福寧宮中盛怒，欲出面廢太子。長公主傳書勸住了他，說您在臨京暗植勢力，有上百架戎羌連弩，若策反禁軍首領強行闖入宮，恐會被您奪取皇位。所以長公主讓陛下以密令召駐守陳州的三萬軍隊、駐守袞州的七千騎兵星夜趕來臨京，欲待其到臨京護駕後，再行廢太子之事，處置殿下您。」

季汝青語速很快，蕭道全聽得渾身直抖，出了一身冷汗，戰戰兢兢辯解道：「孤要主政是為君分憂，孤不知道什麼戎羌連弩……季中官，孤……」

「如今陛下的密令已經出宮趕赴陳、袞兩州，殿下，奴才冒死前來報信，不是為了試探您，奴才是來與您一同險中求富貴的。」季汝青神色自若地望著蕭道全。

蕭道全聞言，心神俱崩，幾乎癱倒在地。「還請季中官教我！」

「事到如今，擺在殿下面前的路已經很明確了。」季中官將蕭道全從地上扶起來。「陛下對外既稱病危，您應趁陳、袞兩州駐軍未到臨京之際毒殺陛下，對外稱其病逝，控制住臨京的局勢，拘禁長公主，待登基後再清算。此乃您唯一的生路，也是王權霸業之路，還請殿下三思。」

蕭道全緊緊攥著季汝青的袖子。「此計真的可行嗎？」

「可行與否，全仰賴殿下作為。時候不早，為防乾爹起疑，奴才先回去了。」季汝青起身將袖子掙脫出來，轉身就走。

「站住！」蕭道全喊住了他。

季汝青微微側身。「殿下還有吩咐？」

「你為何要幫孤……」

季汝青笑了笑，說道：「奴才剛入宮時不懂規矩，因衝撞貴人被套進麻袋扔入湖中，幸得嫻貴妃娘娘相救，方有今日。奴才雖卑賤，亦懂救命之恩不可忘。今娘娘與殿下您榮辱與共，望殿下也為娘娘多想幾分。」

蕭道全道：「原來如此，孤明白了。」

季汝青走後，蕭道全讓人將王翠白找來，與他說了季汝青的主意。聽說宣成帝一直醒著與戎羌連弩暴露這兩件事後，王翠白也嚇得面色慘白。但他仍有幾分清醒，問蕭道全。「殿下可曾問明白，這到底是季汝青自己的主意還是馬從德的主意？」

「馬從德這個兩面三刀的奴才！孤好心告訴他陸氏餘孽的事，可他明知父皇醒著，卻連句提醒也沒有，眼睜睜看著孤在父皇面前越矩，你說他是何居心！」蕭道全罵道：「難道他還指望父皇能保住他嗎？」他焦急地在屋子裡走來走去。「陳州、袞州距此不遠，待父皇將軍隊調過來，一切就都完了！孤是有戎羌連弩騎隊不假，可這才練了幾天，如何與大軍相敵，若不趁此機會控制皇宮，孤就真成甕中之鱉了！」

王翠白仍有猶豫。「咱們尚不清楚季汝青的底細，如此大事，豈能輕動？」

「你覺得這是輕舉妄動，孤覺得這是千鈞一髮。」蕭道全恨鐵不成鋼道：「青峰啊青峰，你仔細想想，若季汝青要害孤，只需將孤手裡有戎羌連弩之事捅出去即可，何必費這樣一番周折？孤考慮過了，他出的主意雖然凶險，可其中不無道理。」

見他越說決心越定，王翠白嘆了口氣，說道：「殿下切莫著急。兩州點兵前來臨京至少要兩天，明日殿下派人打探福寧宮虛實與長公主的動靜，同時令戎羌連弩準備。若事情真如季汝青所言，咱們明天夜裡就動手。先控制住皇宮，對外宣稱是長公主派人毒殺陛下，已被連弩手擊斃。」

蕭道全點頭。「好，你現在就去讓連弩手準備，孤明日一早就去福寧宮探探動靜。」

第五十七章

第二天一早，蕭道全前往福寧宮請安，在宮門處被侍衛攔下。他怒聲呵斥道：「孤是太子，探望父皇天經地義，汝等欲陷孤於不仁不孝，是要犯上嗎？」

馬從德聞聲而來，態度十分謙恭。「太子殿下莫著急，陛下當初吩咐過不許任何人探望，非奴才們故意為難您，實在是陛下有言在先，我等不敢違逆。如今正是太醫為陛下調理的關鍵時期，還望殿下靜候佳音。」

蕭道全問道：「你說奉旨拒孤，旨在何處？」

馬從德無奈地笑了。「當時事態緊急，自然是口諭。」

蕭道全冷冷一笑。「你說有旨便是有旨，封鎖福寧宮令我等皆不可靠近，萬一是你這狗奴才起了不良之心，想要謀害父皇，挾天子以令諸侯呢？」

馬從德一聽變了臉色，慌忙跪下磕了個頭。「殿下折煞奴才了，奴才是無根之人，怎會起這種萬劫不復的心思！」

「馬公公是司禮監掌印，不必行此大禮。」蕭道全皮笑肉不笑。「孤同你開玩笑呢。」

「謝殿下寬宥。」馬從德顫顫巍巍地站起來。

蕭道全無奈地嘆了口氣。「若父皇醒來，還望馬公公早日通稟。這些日子朝裡積了不少大事，需要父皇聖心裁斷。」

馬從德行禮道：「謹遵太子殿下旨令。」

蕭道全轉身往外走。馬從德吁了口氣，正欲轉回福寧宮，忽然從旁邊樹後衝出兩個小太監，一把捂住了馬從德的嘴拖到一邊。守宮侍衛要上前阻止，蕭道全突然拔出侍衛的佩劍，喝道：「大膽！爾等欲從閹賊謀逆嗎？孤今日必入宮，誰不肯讓，有本事一劍捅死孤！」

他怒髮衝冠，眾侍衛面面相覷，一時無人敢攔。因為要掩人耳目，福寧宮中留在殿中侍奉的人並不多，蕭道全乘機往福寧宮中跑去，三兩步跨上丹墀，翻越欄杆；又有幾個小太監要上前阻攔，被他踹翻在地。他趁眾人不備，推開福寧宮內殿的門闖了進去。

聽說蕭道全剛剛已經被馬從德勸回，宣成帝放下心來，正與侍女嬉鬧，忽又聽外面一陣喧譁，說是太子殿下擅闖，宣成帝忙推開侍女躺回床上，匆匆拉下半面床帳。

蕭道全闖進內室時，只見一侍女立在拔步床側，他掃了一眼，但見她滿面春色尚未褪去，身上的襦裙皺皺巴巴，披肩斜斜掛在肩頭。他與身邊侍女偷歡過不少次，一眼便看出了其中蹊蹺，又見拔步床上的床簾欲放不放，明黃色的錦被皺皺巴巴，明顯是匆忙扯過蓋在身上的模樣。

至此，蕭道全十分確定，宣成帝醒著，他是在裝病。

蕭道全滿腔怒氣衝上心頭，衝得他頭腦發熱，恨不得一劍刺死宣成帝。

自宣成帝稱病以來，他在東宮戰戰兢兢，無時無刻不記掛著父皇的病情，怕他為內侍所挾持，更怕他被長公主所害。人皆言疏不間親，他們是親父子，可他作為父親，卻總是在政事上偏向自己的親妹妹，縱容她踰矩越制，藐視他堂堂太子。如今更是過分，竟聯合長公主一同給親兒子設套，專等著自己往火坑裡跳。

他不僅打算廢太子，還要對他趕盡殺絕。

蕭道全驀然想起母親嫻貴妃曾告誡他的話，說兒子沒有了可以再生，但同胞妹妹卻只有這一個。難道父皇心中真是這樣想的嗎？在他心中，自己與小姑姑早就高下有別，是嗎？

被玩弄、被輕視的感覺令蕭道全心中十分難受，死死瞪著那被紗幔遮住一半的拔步床，攥著長劍的手微微顫抖。

正此時，馬從德帶著福寧宮的侍從匆匆趕來，見太子手中提著劍，目眥盡裂地瞪著龍床，高喊了一聲。「太子殿下！」

蕭道全回過神來，笑了笑，將劍丟在地上。「馬大伴怕什麼，孤說了只是進來看看。」

蕭道全抬腳往前走了幾步。馬從德顧不得尊卑，忙張開雙臂攔在蕭道全面前。

蕭道全笑了笑。「孤聽著父皇的呼吸聲中正有力，想來身體已無大礙，不日即可康復，孤也就放心了。」

馬從德冷汗連連，臉上連作偽的笑意都撐不住。「既然如此，殿下請回吧，莫要驚擾了陛下休養。」

「父皇，兒臣這就回去了，您好好休息，早日醒來，大周國祚尚離不開您啊！」

蕭道全朝拔步床的方向高聲說道，而後大笑著揚長而去。

待內侍回稟這次太子確實已離開福寧宮往東宮而去，宣成帝才一臉陰鬱地從龍床上爬起來，抬手就給了馬從德一個耳光，將他搧倒在地。

「沒用的蠢貨！讓你攔個人都攔不住，倘若今日闖進來的是亂臣賊子呢？倘若太子心有不軌，朕這顆腦袋還要不要了！」

宣成帝罵了馬從德一通猶不解氣，抬腿踹了他一腳，將其踹下內室的臺階。

馬從德滾了兩圈，連帽子都顧不得撿，辯解道：「奴才實在沒想到太子會突然闖進來，侍衛們怕傷了太子貴體，不敢動手……」

宣成帝陰聲道：「怕傷了太子，不怕他傷了朕嗎？太子還沒登基呢，你們倒是表的一番好忠心。」

「奴才有罪！奴才罪該萬死！」馬從德跪在宣成帝腳下痛哭流涕。

「將今日守福寧宮的侍衛宮女全部問斬，換一批可靠的人來。若無朕的旨意，哪怕是放進一隻蒼蠅，誰也別想活，包括你，聽明白了嗎？」

馬從德忙磕頭。「奴才聽明白了！絕不會再置陛下於險境！」

宣成帝頗有些疲憊地坐在太師椅上，端起茶盞抿了一口壓壓驚，問馬從德。「太子今日發什麼瘋，為何會無故闖宮？」

馬從德道：「這……奴才近日一直守在福寧宮，外面的事讓汝青多加留意，不如奴才去問問他？」

宣成帝想了想。「叫他直接過來吧。」

季汝青來到福寧宮時，室內的狼藉已經被收拾乾淨，侍衛與宮女也從裡到外換了一遍。

宣成帝居於上首，對著跪伏在地上的季汝青道：「馬從德的兒子比朕的還多。這麼多人之中，你是最出挑的。你乾爹想要提拔你，朕也想重用你，可是你看看你自己辦了些什麼事！」

他指的是假扮太子刺殺長公主一事，假扮嫁禍雖然成功了，但是刺殺沒成功，宣成帝心中略感遺憾。誰能想到蕭漪瀾會賜身邊女官乘坐她的馬車。

宣成帝曾隱約懷疑季汝青與蕭漪瀾通過氣，但假扮刺客的都是宣成帝的心腹暗衛，據他們回稟，季汝青安排刺殺任務時並未猶疑徇私，且那馬車中的女官確實是長公主身邊最寵愛的女官。長公主曾派她南下去蘇和州賑災，也曾帶她去找修平公主打馬球。

如此一來，宣成帝只能將事敗歸咎於巧合。

季汝青伏在下首惶恐請罪。「奴才該死，辜負了陛下和乾爹的期望！」

宣成帝給馬從德使了個眼色，馬從德會意，對季汝青道：「陛下寬懷大度，暫且饒了你這次，還不快些謝恩？」

聞言，季汝青做感激涕零狀，向宣成帝磕頭謝恩。

「行了，你起來吧。」宣成帝叫他來是有正事要說。「今日太子闖宮一事，你可知曉？」

季汝青道：「乾爹在路上時同奴才說了。」

宣成帝問他。「朕讓你監視兩宮六部，那你可知太子今日為何會鬧這一齣？」

季汝青沒有直接回答這個問題，而是從懷裡掏出一份章奏，恭敬呈給宣成帝。「臣請錦衣衛監督六部，請二廠監督兩宮，這是他們近日來的動向。臣已按時間整理成冊，請陛下御覽。」

宣成帝接過章奏，尚未打開看，心裡已有幾分滿意。

季汝青在內書堂讀過書，寫的一手不錯的字和文章，這一點比只有忠心和體貼的馬從德更得宣成帝的心意。且季汝青雖有學識，卻沒有朝堂那群文官的半分酸腐氣，不會拿倫理綱常那一套來拂他的興致。前幾日，宣成帝拿一些留中不發的舊奏摺讓季汝青試著批紅，季汝青的批語與他心裡的態度竟不謀而合。

宣成帝正在考慮過段時間讓季汝青代自己批紅。

他打開季汝青的章奏開始看。章奏記錄得很詳細，將能打聽到的六部主事的行蹤全都記載了下來。宣成帝眼下對這些人沒什麼興趣，一目十行地掃過去，待看到長公主和太子的地方才細細地瞧。

「這幾日昭隆真的沒出過長公主府？」宣成帝疑惑。

「據錦衣衛查探，長公主近日確實閉門未出，晝夜在佛堂內抄經唱誦，為陛下祈福。」

季汝青頓了頓。「當然，也有可能是行蹤隱密，未被錦衣衛窺探到。」

宣成帝嘆了口氣，繼續往下看。待看到太子的行蹤時，緩緩皺眉，思索許久，又往前翻閱剛剛掃視過的內容。

「太子、兵部尚書錢兆松、馬軍都指揮使何缽，這三人竟在同一天都去過城外的錦柃山莊？」宣成帝疑聲問道。

季汝青道：「據錦衣衛查探，確實如此。不過，這三人並非同一時間前往。」

「若同時而往，說不定只是喝酒縱樂，偏偏要岔開時候掩人耳目，反倒可疑。」宣成帝冷哼一聲。「可曾查探那錦柃山莊裡有什麼？」

「這……」季汝青跪地請罪。「那山莊防守頗為嚴密，奴才等無能，暫未探道。」

「東宮儲君、兵部尚書，還有馬軍都指揮使，在朕的眼皮子底下搞這些古怪，朕還沒死呢——馬從德！」

馬從德忙上前來。「陛下請吩咐。」

宣成帝從身上摘下一塊玄色玉珮扔給他。「拿著這個去找李正劾，限他明日之前查探清楚錦柃山莊裡的古怪。」

馬從德領命而去，季汝青仍恭謹地跪伏在殿中，靜待宣成帝詢問。宣成帝有些焦躁地在內室裡走來走去，不知想到了什麼，突然抬手將案桌上的東西全都掃到了地上。

「這個逆子！」宣成帝恨聲罵道：「朕剛一病倒，他就迫不及待要代朕秉政，今日又闖福寧宮看朕死了沒有。朕看他這個太子是當得不耐煩了，若果真如此，朕就成全他！」

第五十八章

東宮裡，蕭道全回去之後狠狠發了一通火，侍奉的人嚇得不敢靠近三尺之內，好不容易捱到王翠白回來，紛紛退出殿外，留二人機密議事。

「你今日去查探長公主了，情況如何？」蕭道全急切地問道。

王翠白連水也來不及喝，便說道：「臣安插在長公主府的眼線有了消息，說長公主名義上曾為陛下廣尋天下名醫，但找到大夫後卻並沒有送進宮的意思。」

「如此說來，父皇裝病的事，她果然也知情？」蕭道全冷聲問道。

「長公主自回臨京後並不常在佛堂誦經，近日卻頻頻前往。咱們的眼線探知她名為抄經，實際與人在佛堂內暗會密謀。咱們的人不敢靠得太近，隱約只聽見了『何缽』、『戎羌連弩』、『陳州軍』、『裡應外合』等字眼。」

聽著這些詞，蕭道全心中越涼，僅存的一點僥倖被毫不留情地澆滅。

「如此說來，長公主真的從始至終什麼都知道，她與父皇……合謀騙孤？」

蕭道全覺得十分荒唐可笑。「蕭道全啊蕭道全，你堂堂一國太子，在他們眼裡到底算什麼東西？他們才是一家人，你到底算什麼東西？」

王翠白也深深嘆了一口氣，勸道：「父不慈姑不仁，此非殿下之罪，殿下切勿過怒傷身，如今一切尚有轉圜的餘地啊，殿下！」

蕭道全頹然許久後突然起身拔劍，將殿內擺設亂砍一通，四角雕刻麒麟的廊柱被砍得劍痕斑駁。

他氣喘吁吁地持劍而立。「孤如今終於明白了父皇當年的心情。這東宮就是一座囚籠，待在這裡的每一天都讓人望皇位而興嘆。當年皇祖母把持朝政十年不還，孤的父皇做了三十多年太子，所以他失了耐心對皇祖母下手。如今孤也等得不耐煩了，孤不想等了……這樣看來，我與父皇可真是親父子！」蕭道全長嘆一聲，對王翠白道：「去聯絡錢兆松與何缽，讓他們做好準備，明天晚上……動手。」

是夜大雪，天明時分，臨京已是白茫茫一片。

雪花不大，夾雜在紛亂如絲的雨水中，打濕了庭院的青石路，凍得人臉僵硬。禁宮內外俱是一片死寂，侍女小廝匆匆路過，只在薄薄一層雪白的路面上留下一串腳印，又飛快被墜落的雪霰掩蓋。

許多隱密的消息在福寧宮、東宮、長公主府之間飛快傳播著。李正劾披著一身寒意從錦柃山莊趕回來，顧不得換衣服便匆匆入宮。季汝青守在福寧宮外聽見了一切，又以密信的形式讓信鴿送去長公主府。

孟如韞站在廊下望北看雪，霍弋坐在火盆旁，對照著將季汝青密信裡的內容寫出來。

陛下已知錦柃山莊內藏有戎羌連弩手，命李正劾暗中布防監視東宮，又命馬從德往調陳州、兗州之兵前來勤王。

蕭漪瀾看完密信，默不作聲地扔進火盆裡，臉色看不出喜怒。

霍弋撥了撥火盆裡的炭火，問道：「一切如咱們所想，殿下莫非尚有憂慮？」

蕭漪瀾感慨道：「太子疑心聖上要殺他，聖上疑心太子要逼宮。本宮未從西域回來之前，聽聞他們父慈子孝，親密無間。本宮幾句挑撥的伎倆，就能令其反目如寇仇，究竟是本宮的手段，還是他們自己的問題？」

霍弋說道：「自然是兩者皆有，殿下不必罪己。」

蕭漪瀾道：「且不論太子如何，母后去後這些年，聖上待我的恐懼與提防是真，疼愛與縱容也是真。他有時是雷霆莫測的帝王，有時是如父的長兄……如若可以，本宮其實並不想有這樣一個親哥哥，使人愛也不甘心，恨也不痛快。」

霍弋問道：「這麼多年，臣一直沒想明白，聖上和東宮為何會如此怕您？」

「他怕我知道真相。怕我知道母后去世的真相，知道十一年前戎羌大敗我大周，劫掠北十四郡，屠殺我二十多萬臣民的真相。」

蕭漪瀾長長嘆了口氣，看向霍弋。「望之，這些舊事，你也知道嗎？」

「臣略微猜到一些。」霍弋說道：「臣猜測，當年明德太后遲遲沒有還政於太子的意思。時為太子的今上聽說有大臣上奏請明德太后自立為帝，以求名正言順，所以十分慌亂，外聯戎羌，內通太醫署，趁著明德太后身體微恙，藉著侍藥的機會毒死了明德太后。又借戎羌之手殲滅北郡鐵朔軍精銳，以通敵叛國的罪名處死了昭毅將軍陸諫滿門。」

蕭漪瀾輕嗤道：「果然家醜傳千里。」

霍弋並無隱瞞。「臣侍於東宮時，數次竊聽太子與其心腹議事，也常常潛入其書房翻閱書信，故對這些事並不陌生。後來因為行事不密被東宮詹事王翠白發覺，才有了殿下救臣時那一番情狀。」

蕭漪瀾問：「你恨太子和王翠白嗎？」

「自然是恨的，只是臣之恨，不如殿下之恨。臣可以恨得純粹，可以餘生皆為報仇雪恨而活，但您不同。傷您的都是您最親近的人，您的報復也不能僅僅是報復，您身上有故人的希望。」

思及往事，蕭漪瀾的聲音變得沈重。「當年母后生病時，我與駙馬皆不在臨京，待星夜馳回時，她已瘦如枯骨，一句話都說不成。她將衣帶偷偷塞進本宮懷裡，衣帶裡側是她用自己的血寫成的傳位詔書，只有一句話：昭隆繼位，寧戰而亡，不得和議。

「雖拿到了衣帶詔，也有不少老臣支持我，但我很害怕。青涯勸我自保，本宮思慮過後，沒有將衣帶詔的事公之於眾。那時，我心中尚有僥倖，覺得皇兄雖與母后政見不同，但當了三十多年太子，應當明白如何愛民治國……事實證明，我想錯了。

「皇兄登基後的第一件事就是清算先太后時的老臣。朝中那幾年風聲鶴唳，有一樁案子牽涉到了薛家，青涯是薛家的嫡公子，一己擔下薛家的罪責，自請飲鴆而死。我藉此避去了西域大興隆寺整整十年，回來後，卻見大周遠不如從前，哀民泣於路，庸官濫在朝，東宮貪財好色，今上刻薄多疑……

「那時，我才明白自己錯了，錯了整整十年。這些日子我常常在想，若當年聽從了母后的建議自立為帝，如今的大周，會不會是另一番景象？後來又想，很多事自一開始就是注定的。母后非尋常婦人，不甘心還政於太子，但她始終是一位母親，明知兄長忌憚她，留為儲君是養虎為患，卻始終不忍心廢了他。直至毒發身亡，才匆匆留下一條衣帶，這條衣帶又折磨了我十年。」

蕭漪瀾很少與人傾訴這些心事，霍弋靜靜聽著。

許久之後，他問道：「太后既有遺詔，殿下為何不為自己謀劃，反而要為六殿下作嫁衣？」

蕭漪瀾沈默了一會兒，說道：「本宮害怕。」

霍弋問：「是怕天下悠悠眾口說您篡位不正，還是怕一旦走上這條路，日後會步入今上的後塵？」

「都有，後者更甚。」蕭漪瀾一哂。「本宮對權勢的渴望不比皇兄差到哪裡，而小六是個隨和、淡泊名利的人，他比本宮赤誠。本宮覺得他比今上，比本宮，都會是個好的帝王。」

霍弋並不贊同此觀點。蕭胤雙在他眼裡就是個任性妄為的紈袴公子，縱有幾分赤誠真心，禁不起朝堂之上陰謀陽謀的算計和打磨。只是眼下不是討論此事的好時機，他按下未言。

蕭漪瀾望著霍弋清俊的側臉，忽然問道：「望之，你父親去世的時候，你多大了？會想念父母嗎？」

「臣那時十四歲，阿韞才五歲，臣當時痛不欲生。」霍弋看了一眼站在廊下觀雪的孟如韞。「所幸過了這麼多年，還能將阿韞找回來。」

蕭漪瀾記得孟午此人。幼年時，母后曾讓她誦讀過他的文章。得知他在獄中自盡後，蕭漪瀾也曾為他遺憾。

蕭漪瀾說道：「阿韞的文章的確寫得很好，本宮觀朝中文臣，不及她者十有八九。然本宮卻從未見過望之寫文章。」

「我不及阿韞遠甚，不敢惹殿下笑話。」霍弋笑了笑，三分無奈，三分自嘲，更多的卻是欣慰。「她能承繼父親的衣缽，替父親完成《大周通紀》，也算了卻臣一樁心事。」

他們在長公主府等消息等到入夜。亥定時分，皇宮忽起大火，自長公主府摘星樓往東北望去，只見福寧宮裡一片火光沖天而起。蕭漪瀾靜靜地望著那方燒得赤紅的天空，耳畔是夜風送來的奔走哭嚎的聲音。

孟如韞將一件狐裘披風披在蕭漪瀾身上，蕭漪瀾攏了攏，轉身到閣中坐定，一言不發。

這場大火燒了近三個時辰，直到天快亮的時候才被撲滅。宮裡的眼線傳信過來，信中只有兩個字：東宮。

兩殿七閣十六苑，在一夜大火中付之一炬，其中也包括太子的十七名妃嬪，一百多個內侍，皆葬身火海。

天明時分，又有消息傳來，是季汝青的信鴿。

太子欲內毒殺聖上，外以戎羌連弩控制禁宮。事謀不密，聖上下令將一百連弩手趕至東宮焚殺，以縱行失火之罪拿太子下獄，觀之不欲以謀反論處。

雖然太子想要逼宮的事敗露，但宣成帝沒有對外聲張，也沒有當即殺了太子，而是以東宮失火罪將太子下獄。對一位儲君而言，失火不論及德行，算不上什麼大罪。

霍弋看完後嗤笑道：「聖上真是好大度，逼宮篡位這種事也能默不作聲忍了。」

孟如韞也覺得奇怪。昨夜之事，一切都與他們設想的相同，獨獨宣成帝的態度令人迷惑不解。依照孟如韞的了解，這位帝王並非仁德能容之人，連親生母親秉政都忍不了，何況是親兒子造反？

「莫非聖上對此事尚有疑慮？」孟如韞思索著問道。「可是，殿下您在此事中並未露面，陛下沒有道理懷疑您。季汝青如今尚能從宮中往外傳信，可見其尚未暴露，更難牽扯到您身上。」

蕭漪瀾思慮許久，緩緩搖頭。「本宮也想不明白。不過太子沒死，也不算壞事，如今朝堂之上暗流湧動，禁不起這番大動盪了。本宮只為避禍，不是非得置他於死地。」

與此同時，福寧宮內。

宣成帝坐在青玉案前以手撐額，臉色灰白，神情十分疲憊。李正劾跪在下方，向他稟報如今東宮的情形。

「所有的連弩手與戎羌連弩皆在東宮內焚燒乾淨，此次大火燒毀了東宮一大半的宮殿，波及到旁邊宮殿約十幾間，除連弩手外，共傷亡宮侍約一百二十人。所有殘骸和灰燼大約需要三天清理完。」

宣成帝沈默許久，問道：「太子呢？」

李正劾道：「已押入刑部天牢。」

「他可曾……說什麼？」

李正劾搖了搖頭。「殿下自出宮至刑部，始終一言不發。」

宣成帝又問：「他昨夜真的想殺了朕？」

李正劾沒答，跪在地上磕了個頭。

昨夜的情形宣成帝其實很清楚，太子的一百連弩手自離開錦柃山莊時就處於他的監視之下，李正劾早就帶著禁兵埋伏在福寧宮外，錦衣衛也及時控制了錢兆松、何缽兩名同謀。

太子此次逼宮，靠的不是雄厚的兵力和傾軋的權勢，而是走投無路下的鋌而走險，只要他能毒殺宣成帝、火速控制宮廷，就有辦法把所有罪責推脫出去，然後憑著儲君身分登基為帝。

此事須一擊即中，否則必然落敗。

昨夜，蕭道全被禁軍控制住，押跪在宣成帝面前時，宣成帝二話不說先抽了他一個響亮的耳光。蕭道全不怒反笑，笑得眼淚都流了下來，對宣成帝說道：「父皇逼兒臣至此，終於得償所願，能廢掉兒臣，討小姑姑歡心了吧？」

宣成帝怒道：「此事與昭隆何干？是她押著你來逼宮造反的嗎?!」

「你我父子行至此般境地，哪一樁哪一件與她無干？」蕭道全高聲道：「您不明白嗎？她將陸氏餘孽留在身邊，就是為了找您報仇！」

宣成帝質問他。「你早知陸氏餘孽，為何不告訴朕？可見你也居心不良！」

蕭道全冷笑道：「那當然是因為兒臣想看您因為當年的事遭報應！」

此後無論宣成帝如何罵他，他都一言不發。

宣成帝本欲當場擬詔廢太子，此時，一直在旁默不作聲的馬從德出面求情道：「陛下，廢立不急在這一時，當務之急是如何控制局勢，給朝臣一個答覆。只有先將這件事平息下來，處置太子才能依您的心意決斷，否則必然會使朝堂上起爭端，使您心意不能自主啊，陛下！」

馬從德的話有幾分道理。蕭道全此時已不足為患，是殺是留不急在一時，和他相比，制衡蕭漪瀾才是接下來該做的事。

宣成帝讓李正劾先把太子押入刑部天牢，不許與任何人接觸，對外只說是太子失火有責，暫且關押，日後再行發落。

第二天，有朝臣試探著上摺子詢問太子被收押一事，盡數被宣成帝留中不發。有些大臣從隱密管道打聽到了失火那夜的真相，聰明地對此緘默不言。有些大臣卻當真以為太子是失火有罪，在朝會上當面為太子求情，被宣成帝怒斥以「阿諛黨附」，當廷杖責至昏死。

蕭漪瀾以聽聞宣成帝身體已無恙為由入宮探望了一趟，宣成帝正忙著鎮壓太子一事，一點都不想見到她，尋了個錯處將她斥責一頓，令她在府中閉門思過。

因為太子逼宮一事，宣成帝越發感覺心力不足。他把摺子都交給季汝青批紅，只讓馬從德陪侍在他身邊。

「昭隆身邊那個霍弋，你派人盯緊他。」宣成帝暗暗叮囑馬從德。「無論他有什麼舉動，都要來稟報朕。待過了年，朕再處置昭隆的事。」

第五十九章

轉眼到了年關。今年北旱南澇，秋稅驟減，這個年並不好過，重修東宮又要花掉十幾萬兩銀子，所以宮裡的賞賜並不多，只恰恰給足了長公主應有的俸祿。

蕭潲瀾不在乎宮裡那點錢，霍弋為她打理的產業足夠支撐府中的開銷，她犯愁的是許諾陸明時的那十萬兩軍餉。宣成帝已正式下詔削減北郡軍餉，陸明時送了信來，說是知會，其實是提醒她快些送錢過去。

霍弋不忍心見她整日為錢財憂心，寬慰她道：「明年開春，臣讓趙闋去岳氏錢莊先借二萬兩，送去北郡應急。剩下的錢臣會慢慢籌措，在中秋之前送到北郡。」

長公主有食邑封地，但不到走投無路時，她不想在封地加稅。霍弋清楚她的性子，所以從來不提這件事，他會用自己的手段籌措到這筆錢。

酒樓、行商、茶行都是慢生意，霍弋已派人在臨京物色好場地，準備開設地下錢莊和賭坊。只是這些事，他並未與蕭潲瀾提及。

孟如韞代霍弋去寶津樓收帳，順便探望留在趙寶兒處樂不思蜀的青鴿，同她一起回江家過年。

青鴿又長高了一些，高興地挽著孟如韞不撒手。趙寶兒拿出了窖藏的杜康酒，與孟如韞美美地喝了個痛快。

「我早就說青衿是有大造化的人，大半年不見，妳竟混成了我的東家！」趙寶兒十分高興，悄悄問她。「聽青鴿說妳進了長公主府做女官，莫非這寶津樓背後的主子也是那位？」

孟如韞不置可否，只笑道：「我是避人而來，妳不要多問，也不要聲張。」

「怪不得，尋常誰能將酒樓開出這種氣度。」趙寶兒一點就透，不再多問，將話題繞到青鴿身上。「這小妮子是個有根骨的，琵琶、舞藝樣樣出挑，隨便學幾天，竟將我帶了兩、三年的徒弟都比了下去。」

孟如韞十分驚訝地看向青鴿。「妳竟然會彈琵琶？」

青鴿有些不好意思，惶恐地低下了頭。

趙寶兒對孟如韞道：「我知道妳們詩書世家，常視舞樂為娛人下技。青鴿說妳希望她讀書寫字，可她畢竟不是正經的官家姑娘，若她心不在此，妳看……」

「寶兒姊姊這是說的什麼話，」孟如韞聽出了她的言外之意，放下酒杯道：「我一不視舞樂為下技，二不視青鴿為下賤。我讓她讀書寫字，是為了明理懂事，她若不愛此道，我也不是非得逼她學出個子丑寅卯。」

趙寶兒笑道：「是我說錯話了。」

孟如韞提起酒壺給她滿上。「自罰一杯，應該吧？」

趙寶兒痛快飲盡，給青鴿使了個眼色，青鴿高興地將琵琶抱過來，給孟如韞彈了一曲

〈塞上曲〉。

此曲是當初趙寶兒迎陸明時回京時所作，為了將菩玉樓的姜九娘比下去，她在曲中極盡炫技之巧。單聽趙寶兒說青鴿善琵琶，孟如韞只是驚訝，待她真的上手彈奏，孟如韞竟震驚得忘了放下酒壺。

「青鴿這是學了多久？」

趙寶兒得意道：「不到半年。」

「不到半年……」她緩緩點頭。「果然是根骨奇高。」

聽她誇讚，青鴿很高興，期待地問道：「那我以後還能跟寶兒姊姊繼續學琵琶嗎？」

孟如韞笑了笑。「眼下已經到了年關，妳得隨我回江家過年，待正月初五，我給妳備好拜師禮，正經認寶兒姊姊做師傅，怎麼樣？」

趙寶兒驚喜道：「妳真願意留她在我這兒？」

「她自己樂意，我給妳備份厚禮。」孟如韞道：「妳可不許嫌棄她。」

趙寶兒作夢都想收個稱心的徒弟，當下喜不自勝，摟著孟如韞心肝寶貝地叫著，直喝到杯盤狼藉才放她與青鴿回家。

江靈收到孟如韞的信說年底回家，早早就盼著，聽見馬車的動靜後迫不及待地迎出來。江洵跟在她身後出門相迎。

孟如韞笑著同他們見禮。「表哥表姊安好。」

許久不見，她姿容氣度更勝從前，江洵回了禮後便不好意思地低下頭，倒是江靈高興得一把拉起她的手，說道：「是好久不見。妳不在家，我無聊得很，快進去吧，父親母親都在前廳等著了。」

孟如韞隨她進門拜見了舅舅江守誠與舅母胡氏。在前廳用過飯，江守誠念她舟車勞頓，沒久留她，也沒多打聽長公主府裡的事，讓她早些回去休息。江靈送她回了風竹院，她早已吩咐丫鬟將房間收拾乾淨，孟如韞轉了一圈，竟挑不出一處不妥貼的地方，心裡不得不相信，江靈是真的盼著她回來。

孟如韞對江靈說道：「正月初三那日城裡有年節表演，同樂街上會擺擂臺演歌舞，聽說還有舞獅子，表姊若是感興趣，咱們可以一起去看。」

江靈正想邀她同往，聞言忙不迭答應。「那自然好！我盼著好多天了！」

正月裡，同樂街比往常更熱鬧，除了官樂坊與民同樂之外，各大酒樓也自有一番熱鬧。路旁小攤上早早開始賣花燈和各種奇巧的小玩意兒。

江靈在珠寶鋪裡挑中一支西域瑪瑙珠釵，可惜要十兩銀子。江洵見她實在喜歡，於是連同另一支黑檀白玉的釵子一起掏錢買下。

江靈十分歡喜地將珠釵戴到髮間，又去對面賣兔子的攤前看熱鬧，江洵乘機將黑檀白玉釵遞給孟如韞。「表妹，這支是送給妳的。」

孟如韞婉拒道：「表哥的好意我心領了，但我平常不戴髮釵。」

江洵下意識看向她髮間的珍珠流蘇步搖，她解釋道：「這是步搖。」

江洵有些失望。「可我已經買了，又不好退回去，不值幾個錢，表妹權且收下吧。」

孟如韞正要說什麼，轉頭看見賣兔子的攤前，有個流裡流氣的錦衣公子正在糾纏江靈。

孟如韞面色一冷，高聲喝道：「羅錫文，你放肆！」

羅錫文被她嚇了一跳，待看清來人，輕佻道：「我跟女官大人可真是走哪兒都碰巧的緣分。妳再來攪爺的好事，爺可不管妳主子是誰。」

孟如韞不想與他爭執，一把拉住江靈欲繞開他，羅錫文又堵上來，身後幾個虎背熊腰的打手團團將孟如韞三人圍住。路過的行人見他們要生事，紛紛避開，就連賣兔子的攤主也拎起兔籠縮到了一邊。

孟如韞冷聲道：「天子腳下，皇城律法，你這是什麼道理？」

「道理？」羅錫文嗤了一聲。「妳勾引太子不成，又與別的男人苟且，小爺我看不慣，如何？」

江洵聞言怒道：「你胡說八道些什麼！」

羅錫文朝江洵一指，對家僕吩咐道：「去，撕爛他的嘴。」

江洵乘機將孟如韞推出他們的包圍圈。「快帶著阿靈走！」

孟如韞抓起江靈就跑，一邊跑一邊大喊有人行凶。

幾個羅家家僕圍毆江洵，另有幾人追上來。街上行人如織，將孟如韞和江靈衝散，孟如韞來不及找她，只好邊跑便高聲呼喊，將那幾個家僕的視線都吸引到自己身上。

終於，她看到了身穿金甲、腰掛佩刀的巡夜官，忙不迭躲到他們身後。

「大人救我！有人鬧事行凶！」

巡夜官擋下了羅家家僕，仔細訊問，其中一家僕想誣衊孟如韞為逃奴，巡夜官讓他拿出賣身契，卻又支支吾吾拿不出來。巡夜官料定他們是污良為奴，要將他們收押。羅家家僕高聲嚷嚷自家大人是禮部儀制，巡夜官冷笑道：「任你是六部尚書，犯禁也要按律處置，且跟我去見都指揮使大人！」

巡夜官口中的都指揮使正是剛因糾察太子謀反有功而升職的李正劾，宣成帝信任他，如今將臨京的安防軍交到了他手裡。

李正劾接管臨京巡防的要職後整頓了臨京防務，如今的巡防官兵人人自危，不敢瀆職，故今夜孟如韞逃過了一劫，也是因緣際會。

且說孟如韞折身往回走，撞見了一瘸一拐逃出來的江洵。見他沒有大礙，孟如韞的心放下來一半，問他。「表哥看見阿靈表姊了嗎？我們剛剛被衝散了。」

「什麼？阿靈不見了？」江洵顧不上滿身的狼狽。「我要回去找她！」

孟如韞說道：「咱們分頭尋找，無論找沒找到，戌時中在街南橋上碰面。」

江洵點頭。「好！」

江靈與孟如韞走散後不敢回頭，沿著同樂街一路向南跑去。她不認識巡夜官兵，也不敢隨便向什麼人求助，見身後似仍有羅錫文的人跟隨，不敢停下腳步，結果倉促之間不小心闖進了舞獅當中。

舞者們披掛著獅頭和彩布條，在圍觀者的歡呼聲中，按照既定的舞步輾轉騰挪，沒注意到舞獅陣中竟闖進來一個姑娘。江靈被穿梭的舞獅撞倒在地，疼得眼淚都快出來了，抬頭只見熙熙攘攘的獅頭和彩條砸落下來。她倉皇往旁邊一滾，被落地的舞者踢了幾腳，踢到她的獅頭舞者驚呼一聲，停下腳步，後面的隊形頓時大亂，連累幾個舞者從高臺摔了下來。

臨時搭建的高臺朝江靈的方向直直傾倒，忽然有人一把將江靈從地上拽起，拖出了高臺砸落的範圍。江靈只覺身體一輕，落入一人懷中。眼前是天青色的衣衫，她驚魂未定地仰起頭，看見一張年輕溫潤的臉。

救她的人待她站穩後鬆開她，問道：「姑娘沒事吧？」

江靈捂著擦傷的手腕搖頭。

「怎麼回事！怎麼回事！」舞獅隊的領頭班主掀開披掛，見舞者們東倒西歪砸在地上，高臺傾倒，彩布條一片狼藉，十分惱怒地瞪著江靈。「妳跑進來搗什麼亂，若是傷了人命怎麼辦？好好的一臺戲，全讓妳搞砸了！」

「抱歉，我沒注意，剛剛有人追我……」江靈臉色慘白，連連道歉。

舞獅隊的領頭冷哼。「長了好大一雙眼睛只會喘氣，我現在捅妳一刀，說沒注意到行不行？」

江靈不知該如何是好，只不停地道歉。「對不起！」

「今天是個喜慶日，班主雅量，別與小姑娘為難。」適才救下江靈的男子緩聲說著，從囊中掏出一錠十兩的銀子塞進班主手裡。「今天讓夥計們早點收工，去打壺好酒喝吧。」十兩銀子不是小數目，雖然是年節，但舞獅隊在同樂街賣一晚上力氣未必能賺到這麼多的賞錢。那班主頓時熄了氣焰，換上一張笑臉。「這位公子說得是，天黑路不好走，您二位小心。」

青衣男子點點頭，為江靈解了圍，便要轉身離開。江靈忙跟在他身後出了人群。「公子等等。」

青衣男子回頭看她。「還有何事？」

「剛剛謝謝公子相救。」江靈望著他清逸秀致的面容，臉上有些發燙，幸而夜色昏暗，看不清端倪。她定了定心神又說道：「舞獅是我搞砸的，應該我來賠，可我眼下沒有這麼多錢，不知公子府居何處，改日我——」

「不必了。」青衣男子笑了一下。「天色已晚，姑娘早回吧。」

江靈從髮間拔下那支瑪瑙髮釵，對他道：「這支釵子值幾兩銀子，還請公子收下！」

她掌心蹭破了皮。男子望著她手裡嶄新的髮釵，溫聲道：「我不缺錢，姑娘不必掛在心上。」

眼見著他要走，江靈鼓起勇氣又追了一步。「我尚不知恩人姓名！」

青衣男子腳步一頓。「我姓季。」

「季公子，我——」

「阿靈表姊！」

江靈仍要說什麼，忽聽有人喊她。青衣男子與她一同轉頭望去，只見孟如韞急匆匆地從人群中擠過來，一把抓住了江靈的手。

「可算找到妳了！妳沒事吧，他們追上了沒有？這是怎麼了，手受傷了？」孟如韞一口氣問了許多，見江靈手臂擦傷之外並無大礙，鬆了口氣，這才看見站在一旁的人。

孟如韞驚訝道：「季——」

那人正是季汝青，他眉眼一彎。「巧，孟姑娘。」

「我沒事。」江靈回握住孟如韞的手，小聲問她。「妳認識他啊？這位公子剛剛救了我。」

孟如韞回過神來，同季汝青介紹道：「這是我舅舅家的表姊，剛才多謝季公子相救。」

季汝青問：「孟女官如此匆忙，可是遇到了什麼事？」

孟如韞將遇到羅錫文的事告訴了季汝青。季汝青臉色微沈地說道：「太子雖然被下獄，但其黨羽並未被清，聖上為了平衡朝中局勢，甚至對其多有提拔。羅仲遠馬上就要從禮部調任到吏部，連升三級，所以他兒子才敢如此囂張。」

「原來如此。」孟如韞點點頭，又問：「季公子最近過得還順心嗎？」

季汝青知道她指的是什麼，溫聲一笑。「我無妨，尚有閒心出來看舞獅。」

之前太子逼宮一事，全仗季汝青在其中周旋，孟如韞擔心太子事敗後會牽扯到他，如今見他無恙才稍稍放心。「不牽扯你就好。」

季汝青道：「羅錫文可能尚未走遠，二位要去哪裡，我送妳們過去吧。」

江靈求之不得。孟如韞見她不反對，便道：「我們要到街南的橋上去找表兄，煩勞季公子了。」

季汝青送她們去與江洵會合。江洵又謝了他一遍，將十兩銀子還給了他，這才與季汝青作別，帶著兩個妹妹回家去。

胡氏被江洵鼻青臉腫的模樣嚇了一跳，江洵不敢說是被人打的，只說人群擁擠摔了一跤。胡氏又心疼又生氣，連帶著也數落了孟如韞與江靈一通，讓她們年底之前都不許再出門，趕緊回去休息。

江靈揣了一肚子的心事，第二天一早就迫不及待去風竹院找孟如韞，險些與端了一盅熱粥的青鴿撞個滿懷。

「表姊沒事吧？」孟如韞匆匆迎出來。江靈渾不在意地搖頭，拉著她的手進屋去。

孟如韞問她。「舅母昨天剛說不讓出門，妳這麼早來找我幹什麼？」

「阿韞，我有事問妳。」江靈話到嘴邊又有些不好意思。「昨天救我的那位季公子看著儀表不俗，不知是哪家高門的少爺？」
孟如韞捧著粥的手一頓，望向江靈。「妳問他做什麼？」
「他救了我，我不能好奇一下嗎？看他與妳頗為熟絡，你們之前認識啊？」江靈試探著問道。
季汝青是宮廷內侍，按規矩不能隨意出宮。孟如韞不知他昨夜出現在同樂街是奉命還是私事，一時不知該不該說。
可她觀察江靈，只見她雙頰緋紅，目光明亮，心事都寫在了臉上，非要從她這裡問出個子丑寅卯來不可。
孟如韞猜出了她的意思，放下粥碗嘆了口氣。「表姊別問了，季公子他……不是妳的良配。」
她說得如此直白，江靈先是一愣，繼而心頭湧上莫大的失望。
昨夜，她通宵輾轉反側，怕他已有良媒，怕自己家世不配，千萬種可能像一群蟻蟲在她心裡爬來爬去，一晚上將她的心啃噬得千瘡百孔。她說服自己就這麼算了，可是天一亮，她還是沒忍住，迫不及待就來找孟如韞打聽。
「為何？是他已經婚配？」
孟如韞搖頭。
「我昨夜見你們甚為熟絡，莫非他是妳的……妳的……」想到這種可能性，江靈心頭狠狠一緊，臉上也火辣辣地燒，像挨了一耳光。她哽了一下，強顏笑道：「若你們已兩情相悅，那我就不問了。阿韞妳原諒我的唐突，我昨夜實在不知……」

孟如韞見她說著說著眼裡就盈滿了水霧，心中不忍，長長嘆了口氣。「不過昨夜見了一面，就這麼心悅他？」

「我不知道，我……」江靈一低頭，眼淚啪嗒一聲砸在手背上。「我也不想這樣，可是我見了他第一眼就十分歡喜，何況他人又那麼好。他救了我，還幫我解圍。」

孟如韞輕輕握住她的手。「表姊誤會了，我與季公子不是那種關係。季公子雖尚無婚配，可他與妳不合適。」

「為什麼？」江靈大惑不解。「是因為家世還是……」

「季公子是宮裡的人。」孟如韞嘆了口氣。

「宮裡？」江靈一愣，想到一種可能，又有些不敢相信。「宮裡的什麼人？」

「他不姓蕭，並非皇族。妳說宮裡還有什麼人？」

江靈臉色瞬間慘白。「妳說他是……太監？」

孟如韞點點頭。「所以表姊不要再打聽，也不要對外宣揚。」

江靈頓時如被人兜頭澆下一盆涼水，愣怔許久，而後便一言不發，失魂落魄地離開了風竹院。

江靈心中受挫，又因被胡氏規訓，一連多日不再出門。

第六十章

孟如韞不聽胡氏的管教，正月初五那天，帶著青鴿出門去寶津樓行拜師禮。

拜師禮是霍弋幫忙準備的，一把出自名家之手、千金難買的琵琶。趙寶兒受了這麼重的禮反倒有些不安，孟如韞再三勸解她才肯收下。

安置好青鴿，孟如韞又去探望了江靈兩趟，見她始終悶悶不樂，旁人又難以開解，只好挑了些有意思的傳奇小說送給她，盼著她解悶。

眼見著到了正月十五，孟如韞辭別江家，回到了長公主府。

她年前給陸明時寄過信，如今卻遲遲沒有收到回音，心裡有些失落，只好安慰自己是他軍務繁忙，又恐被人察覺他與長公主府有來往的緣故。

眼下太子雖倒，長公主在朝堂上依然不輕鬆。宣成帝趁著之前讓她閉門思過的機會，對朝中官員進行了一番大調動。

在宣成帝的授意下，吏部考功司給長公主座下的許多官員評出了中下等級，宣成帝貶謫一批官員後，竟提拔自己的心腹和蕭道全曾經的黨羽前來補缺。他的這一舉動讓太子黨又看到了希望，眾人紛紛上摺子為太子求情。

與太子有關的摺子，季汝青不敢擅決。他替宣成帝批紅時將其單獨留出來，呈給宣成帝親覽。

宣成帝將馬從德也叫來一起商議此事。

「這個孽障敢逼宮篡位，已失儲君之格。朕想廢了他，又怕之後朝中失衡，昭隆一人獨大。可就這樣懸而不決，也不是長久之計。」宣成帝嘆氣道。

馬從德試探著說道：「當初對外說的是太子犯失火罪，此罪可大可小，並非只有廢太子這一條路。」

宣成帝冷笑道：「不殺他已是朕開恩，不廢他，是留著他再篡位一次嗎？」

馬從德聞言，知道宣成帝是鐵了心要廢太子，自己想藉機賣太子個恩情這條路是走不通了。

一旁沈默不語的季汝青突然說道：「陛下既然想讓東宮制衡長公主，舊太子廢了，再立新的便是。」

宣成帝一愣。「立新太子？」

蕭道全十二歲時被立為太子，以儲君身分培養，學帝王術、秉東宮政。他為人多疑褊狹，不允許兄弟勝過他，費盡心思地打壓其他有才能的皇子。宣成帝本就子嗣不豐，如今只剩下幾個花天酒地的庸才，或者尚未長成、不足以與蕭漪瀾抗衡的幼子。

季汝青給宣成帝提供了一個人選。「六皇子殿下，或可一試。」

六皇子蕭胤雙雖然也有些紈袴氣，但他由皇后撫養長大，尚不失作為皇子的風範。

宣成帝不語，思忖了片刻，說道：「小六一向與昭隆親近，朕能指望他幫朕制衡昭隆嗎？」

「此正是釜底抽薪之計。」季汝青恭敬垂首，緩聲解釋道：「六殿下與長公主殿下之間沒有權力衝突，所以才能互相親近。若您抬舉六殿下，致使侵奪長公主之勢，恐此二人再難姑慈姪孝。」

天家骨肉之間，親情與權勢哪個更容易打動人，宣成帝比誰都清楚。

「況且，」季汝青繼續說道：「長公主雖不讓鬚眉，能爭得權勢，卻爭不得正統。六皇子與她最親，說不定她想籠絡六皇子為己所用，將來繼續獨攬大權。您早早向六皇子施恩，可使長公主失去日後的憑恃。」

宣成帝瞇了瞇眼，這一點，他倒是沒想到。

馬從德先覷了一眼宣成帝的神色，而後附和道：「奴才覺得汝青說得有幾分道理，還望陛下聖心早決。」

宣成帝道：「你們的意思朕聽懂了，這件事，朕會好好考慮。退下吧。」

馬從德與季汝青躬身退出福寧宮。

馬從德輕輕吁了口氣，瞇眼打量著季汝青，語氣喜怒難辨道：「倒不知你何時這麼有出息，竟然攀附上了六殿下？」

季汝青面有惶恐。「乾爹誤會我了，我與六殿下之間並無來往。」

「沒有來往，你平白送他這麼大人情？」馬從德冷笑一聲。「將來若真是六殿下即位，你可是頭等功臣。」

「乾爹在前，兒子不敢越過您去。」季汝青恭聲道：「兒子只是想為您和陛下分憂解難。」

馬從德道：「哪有那麼多的憂和難，都是人心不足蛇吞象罷了。」

季汝青頭垂得更低。「我知道錯了，以後不敢在陛下面前亂說話。六殿下若是問起，一切都是乾爹的功勞。」

他的態度倒是讓人滿意，馬從德心裡的火熄了一半。「你還年輕，以後有你出頭的時候，不要著急，嗯？」

「是。」

宣成帝心中有了決斷，對蕭道全的處置也很快拿定了主意。

他派季汝青去了趟刑部天牢，暗示蕭道全寫份失火請罪的摺子。蕭道全問為什麼不殺他，季汝青說道：「陛下與您是親父子，虎毒尚不食子。」

蕭道全自然不信這種虛偽的話。季汝青提醒他道：「殺了您，最得意的是長公主，陛下自然不會這樣做。留您一命，關鍵時候說不定會有大用處。」

蕭道全冷笑道：「什麼用處，給他當替罪羊嗎？」

季汝青不答，恭聲勸道：「留得青山在，不怕沒柴燒。還望太子殿下保重。」

蕭道全最終還是寫了失火請罪的摺子。宣成帝饒了他一命，將他從刑部天牢裡放出來後，幽禁在冷宮中。

相比之下，與蕭道全同謀的錢兆松、何缽等人就沒那麼幸運。二人均被錦衣衛秘密處死，家資抄沒。這二人皆是舉足輕重的大臣，竟無聲無息死於錦衣衛詔獄，滿朝文武對此譁然，要宣成帝給個說法。

宣成帝並不想將太子逼宮的事擺到檯面上來，乾脆將所有摺子全部留中，宣布罷朝一個月，又揪出幾個鬧得厲害的官員處置了一番。

長公主對這些事始終不置一詞，保持沈默旁觀的態度。

該知道的內情，季汝青已經都告訴她了。

馬從德向皇后暗示了聖上有意抬舉六皇子的事，皇后很高興，狀似無意地給宣成帝提供了一個契機。

她趁宣成帝留宿中宮時說道：「小六今年四月加冠，也到了出宮開府，成家立業的年紀了。」

「妳說得是。朕子嗣不豐，小六的事要重視一些。」宣成帝深以為然，思忖許久後問皇后。「朕欲封小六為秦王，妳覺得如何？」

秦王是親王中最為尊貴的封號，與太子只有一步之遙。

「陛下要封小六為秦王？」皇后心中先驚後喜。「小六還年輕，這樣重的封賞，會不會太過了？」

宣成帝哼了一聲。「當年道全十二歲就封了太子，小六不過是封個親王，有何過分？」

皇后忙起身行禮。「那妾身先代小六謝過陛下！」

宣成帝說道：「親王要有親王的儀態。妳平常要多教導小六，沒事別總往昭隆那裡跑。那只是他姑姑，妳才是他娘親，旁人未必如妳一般事事為他著想。」

皇后心中一動。「妾身明白了，會仔細教導六殿下。」

「至於他的王妃，朕打算好好為他選個得力的岳家，能輔佐他在朝堂上有所作為。」宣成帝說道。

六皇子蕭胤雙要被冊封為秦王一事在朝堂引起了很大的動盪。孟如韞也聽說了這件事，感慨道：「在咱們陛下心裡，果然還是制衡您最重要，竟飢不擇食到連六殿下都要搬出來用了。」

蕭漪瀾笑了，問道：「這難道不是好事嗎？」

「六殿下與廢太子不同，一來品質更潔，二來與您更親近，從這一點上來說，當然是好事。」孟如韞說著，又微微嘆氣道：「但六殿下臨朝，會讓朝堂局勢更加複雜。百官或為求自保而急流勇退，或欲謀名利而蠅營狗苟，個中牽扯太多，難以安下心來做實事。而且依照六殿下的性子，恐怕一時半刻接受不了聖上要他對抗您、打壓您的做法。」

蕭漪瀾道：「妳說得不錯。昨天小六來見本宮，說不想封親王開府，被本宮罵了回去。他是個直性子，也是個軟心腸，可是有什麼辦法呢？他是皇子，不能一輩子都這樣。」

孟如韞沈默片刻，問道：「您真的決定，這一切都為六殿下謀劃嗎？」

蕭漪瀾望向她。「難道妳與望之一樣，都覺得不甘心？」

孟如韞說道：「兄長是為殿下您不甘心，我則是為大周不甘心。六殿下的確心地純良，與今上和太子有別，可他並非明君之才。他的心思不在如何御下，平定四方，治理萬民。六殿下這樣的人，若承繼盛世尚可治之，但如今的大周國力疲敝，亟待明君革舊立新，振盪朝政，六殿下並不合適。您想將他推到皇位上，是拿皇位困住了他，也是拿他困住了大周。」

蕭漪瀾問道：「那阿韞覺得誰合適？」

「此事我與兄長觀點一樣。」孟如韞說道：「先太后遺詔欲立您為君，殿下不可自謙。」

蕭漪瀾笑了笑，說道：「本宮非自謙，本宮是害怕。母后她有著明君的頭腦與手腕，可秉政十年間，時時面臨朝臣質疑，說她後宮攝政，無君夫人倫；更難聽的，說她牝雞司晨。她為大周盡心竭力至此，可她屍骨未寒，朝堂上卻已是一片口誅筆伐。母后賢明尚且如此，本宮不想步母后的後塵。」

孟如韞勸她道：「天下人的功過評說，殿下不該侷限在朝堂寥寥幾人的身上。我幼時住在道觀，常有人在鹿雲觀中為先太后祈願，求她往生再臨人世。蒼生有心，殿下應該多聽一聽。」

逢年過節，母親也會帶著她給先太后燒香。對很多人而言，明德太后的薨逝意味著仁帝時代的結束，此後這些年國祚日衰，山河日下，越發令人哀天地之不仁，悲聖賢之不壽。

在蕭漪瀾身邊這些日子，讓孟如韞意識到這位長公主在政事方面並不遜於其母親。她與許多平凡世人一樣，期待著她中興大周，再現明德太后年間的盛世安康。

「此事，容本宮再審慎考慮一番。」蕭漪瀾沈思許久後，態度似乎終於有所動搖。

禮部很快定下了蕭胤雙加冠封秦王的典禮，宣成帝也定好了他的王妃人選，是五軍都督吳郟的女兒。

大周的五軍都督官居從一品，總率天下兵馬調度。吳郟有出將入相之才，更因當年擁護宣成帝登基有功，宣成帝賜其劍履上殿，入朝不趨，贊拜不名之榮寵。吳郟的長女是太子蕭道全的王妃，如今太子雖倒，但宣成帝為了安撫他，賜封他為一品國公，如今又將他的小女兒指做親王妃。

皇后知道宣成帝十分信任吳郟，有這門親事作保，蕭胤雙距離太子之位只差一個名分了。

聖上高興，皇后高興，可是蕭胤雙本人不高興。婚姻大事講究的是兩情相悅，他不想被隨意當作政治的籌碼，何況他心裡清楚，這樁婚事是為了與長公主抗衡，他不想這樣對待小姑姑。

蕭胤雙跪在宣成帝面前力拒這門婚事，把宣成帝氣得險些當場廢了立他為秦王的旨意。幸虧皇后聞聲趕來，將蕭胤雙呵斥出去，勸開了兩人。

但六皇子抗婚的風聲還是傳到了有心人的耳朵裡。蘇和州知州梁重安與吳郟交好，給吳郟寫了封信，告訴他去年秋天六殿下在蘇和州賑災時，長公主府曾派一女官協助他，而六殿下對其言談親近，甚至在議事會上明言「吾心悅之」。

吳郟收到梁重安的信後，當即將這件事告訴了宣成帝。

宣成帝大怒。在他看來，這是蕭漪瀾以女色拉攏蕭胤雙，若非此事發生在先，他倒要掂量掂量，蕭漪瀾是不是刻意與他對著幹。

他將蕭漪瀾與蕭胤雙同時宣到面前詢問此事。蕭胤雙臉色一白，搶先辯解道：「兒臣與那女官清清白白，毫無私情，請父皇不要牽扯無辜之人！」

「她無辜？吳都督之女被你無故拒婚就不無辜嗎？」宣成帝冷哼。「打從蘇和州賑災回來，你數次往昭隆府上跑，朕看你是醉翁之意不在酒。漪瀾，此事妳可知曉？」

蕭漪瀾沒料到此事會將孟如韞牽扯進來，謹慎回答道：「回皇兄，那女官是臣妹貼身女官，臣妹從未聽說她與六殿下有私，許是外面誤傳。」

宣成帝不信。「究竟是誤傳，還是妳替他們遮掩？」

蕭漪瀾忙道：「臣妹不會容許此荒唐事發生。」

「小六正是慕艾的年紀，喜歡一、兩個侍女倒也沒什麼，可若為此推拒婚姻也太荒唐了。漪瀾，妳要好好管束身邊侍女，小六尊貴，莫讓她們生出僭越的心思。」宣成帝語氣裡隱含警告。

蕭漪瀾沒有分辯，恭敬應是。

然而蕭胤雙卻聽不得宣成帝如此詆毀孟如韞，跪地說道：「兒臣雖愛慕孟女官心性高潔，卻從未有狎昵之意，她更不曾起攀附之心。兒臣不想娶吳家女，是因為兒臣認為婚姻大事，當彼此心許，不可倉促而定，與孟女官無關。」

宣成帝冷聲斥責他道：「你是天家皇子，別學那些浮浪子弟，被幾個女人迷昏了頭。朕給你擇的王妃是最適合你的，成婚之後，你愛納多少女人朕不管，但你的正妻，必須是吳郟之女。」

「兒臣不是這個意思——」

「好了。」宣成帝不耐煩地揚手。「你即將成為親王之尊，不要在女人身上失了身分。過幾天攜禮到吳都督府上拜訪一趟，然後安心備婚，不要再生事端了。」

蕭胤雙還想說什麼，蕭漪瀾以眼色制止了他，他這才不情不願地閉上了嘴。

第六十一章

回府之後，蕭漪瀾將此事告訴了霍弋。霍弋的臉色比當初得知陸明時覬覦孟如韞時還難看。

「六殿下簡直是越描越黑，將阿韞架在了刀尖上。他自己抗旨拒婚，錯處反而全都推到了阿韞身上。阿韞一介女流，如何能承擔得起此種罪名，扛得住天子之怒？」

蕭漪瀾嘆了口氣。「今日小六的確是失言。他太天真了，在咱們陛下面前，越是喜歡什麼，越不能表露出來。」

「六殿下的喜歡，阿韞承受不起。」霍弋道：「眼下聖上已經注意到了阿韞的存在，若六殿下一直抗旨拒婚，陛下一定會遷怒於阿韞。」

蕭漪瀾安撫他道：「你放心，我不會讓小六的事牽連阿韞。」

「殿下有什麼打算？」

蕭漪瀾道：「其實不是本宮的打算，是陸明時的意思。上次他離京之前囑託了本宮幾件事。除戎羌連弩之外，他也提到了阿韞。他說他已經給阜陽韓士杞老先生去信，若是臨京有變，請他將阿韞收在門下，讓她跟隨韓老先生安心治學。」

「難為他有心了。」霍弋展眉道：「如此也好，待臨京的風頭過去再接她回來。」

韓老先生為天下文人之首，有他護著，宣成帝不能把阿韞如何。

蕭漪瀾與霍弋都覺得讓孟如韞去阜陽是最安全的選擇。她沒有與孟如韞說實情，只說自己想在士人中立聲望，準備了一些禮物，請孟如韞代為去阜陽拜見韓士杞老先生。蕭漪瀾特意叮囑她在阜陽多住段時間，聽聽韓老先生開壇講學，將內容整理成冊帶回來供她品讀。

蕭漪瀾讓她這兩天就出發。孟如韞動身之前去找許憑易開了幾服藥，回長公主府的路上卻偶然遇到了一個人。

程鶴年瞧著彷彿大病初癒，身上披著厚厚的鶴氅，對孟如韞溫溫一笑。「我正在酒樓吃酒，不期偶遇故人。此刻酒正酣熱，阿韞不妨同飲一杯？」

孟如韞點點頭。「程兄請。」

程鶴年帶她進酒樓，沿著木梯登上二樓雅間，見她手裡拎著一摞藥草包，問道：「聽聞許憑易醫術不錯，怎麼，妳的身體還不好嗎？」

「已經好多了，只是懶得出門，所以一次多拿了些。」孟如韞臨窗入席，打量著程鶴年。「還未恭喜程兄平安出來。」

程鶴年說道：「苟全一條性命而已，被褫奪官職與功名，如今已是一身白衣，有何可喜。」

孟如韞舉杯道：「聽說程兄婚期將近，那便提前賀程兄新婚之喜。」

程鶴年神色淡淡，問她。「妳會來喝喜酒嗎？」

孟如韞婉拒道：「今日這酒權作喜酒，程兄的大婚我就不去敗興了。」

程鶴年道：「既無興，有何可敗？」

孟如韞問他。「程兄既不願，何必結這門親？」

程鶴年道：「結兩姓之好，若不因情，便只能圖利。既然我娶的人不是阿韞，那麼對我來說娶誰都一樣，無非是互相圖利，何談情願。」

「天下怨偶何其多，兩情相悅何其難，可人活百年之久，難道要為一執念而毀兩人終身嗎？」孟如韞望向窗外，想起前世的程鶴年與其夫人遲琬，兩人相敬如賓，外人瞧著也是一對佳偶。

重來一世，因為她的參與，有些事情提前發生，有些事情則被徹底改變。孟如韞想為自己謀一世好命，但不想自己的存在而破壞了別人該有的運道，否則她心中有愧。

程鶴年看著她。「阿韞想讓我如何，歡歡喜喜地娶了別人，好教我從此放下妳，妳心裡也好過一些嗎？」

孟如韞道：「程兄娶不娶妻，我心裡都很好過。」

程鶴年聞言笑了笑。「也是，妳非尋常女子，非梧桐不止，非練實不食，非醴泉不飲。以妳的資質與聰慧，便是皇后也做得，何必在乎這些虛無縹緲的東西。」

孟如韞端著酒杯微微一頓，不解他話中之意。「皇后？」

「曾聽聞太子對妳有意，」程鶴年說道：「而今又聞秦王殿下為了妳抗旨拒婚，其待妳情意深厚，說不定將來真能立阿韞為后。」

「秦王殿下……你說六殿下拒婚，是因為我？」孟如韞蹙眉。

「聖上面責長公主管教不嚴，六殿下冒龍顏之怒為妳分辯，怎麼，此事長公主沒告訴妳嗎？」

程鶴年見孟如韞一頭霧水的表情，半是嘲諷半是嘆息道：「我還以為長公主待妳不錯，所以妳才肯不惜性命為她所用。而今看來，她待妳也不過如此。汝為舟楫，抵岸捨舟罷了。」

孟如韞心情十分複雜。如此與她切身攸關的事，她竟然是從程鶴年口中得知的。怪不得眼下非年非節非壽，長公主卻突然催她去阜陽，說什麼讓她安心治學，等待召回，其實只是為了將她打發走而已。

聖上欲抬舉蕭胤雙與蕭漪瀾抗衡，必然不樂意見到他與蕭漪瀾的女官有瓜葛。將她送去阜陽，是為了保護她，也是為了保護蕭胤雙。或許這是最理智、損害最小的辦法，孟如韞試著去理解長公主的立場，可心裡總覺得有些委屈。

話是六殿下說的，是非也是他招惹的，為何他安然無恙，卻要她來承擔這飛來橫禍？因為她是女子，所以可以肆意遣謫，只需施捨安身立命之地，而不必尊重其欲有所為之志是嗎？

孟如韞不是第一次遭受這種偏見，譬如程鶴年知她有大抱負，可是在他的想像裡，這種大抱負頂破天也不過是帝王之妻妾。他堅信她是在尋求終身依附，而非要憑自己有所作為。

程鶴年的看法，孟如韞已經不在意，別人如何評說她也能一笑置之。可是長公主不同，她會是大周第一位女帝，她應當比任何人都能體察自己行至今昔的艱難。

長公主授她以機宜，許她以權柄，孟如韞以為她是明白自己、信任自己的，卻為何如今如此輕而易舉地棄她，如同打發了一個無關緊要的婢女？

又或者長公主這樣做並非出於男女之別，而是六殿下對她而言過於重要。假如是兄長與他起了衝突，或許長公主也會毫不猶豫地選擇保六殿下。

會是這樣嗎？孟如韞試著說服自己相信，並非自己過於不重要，而是蕭胤雙過於重要的緣故。可是這樣想也並未讓她心裡好受多少，程鶴年略帶嘲諷的話像一根針刺在她心上。

汝視彼同舟共渡，彼視汝為舟楫，抵岸而捨舟。

孟如韞越想越難受，覺得不能再放任自己胡思亂想，告別程鶴年後匆匆回到長公主府。她在長公主府中行走早已不必通報，行至拂雲書閣外，她聽見蕭漪瀾與霍弋正在談論自己。孟如韞腳步一頓，站在外面靜靜聽著。

蕭漪瀾說道：「阜陽郡守曾欠本宮人情，阿韞出發後，本宮會去信給他，讓他多加照拂。」

霍弋說道：「韓士杞老先生已被恩封一品國公，有他護著，殿下不必再多牽掛。」

「阜陽雖好，畢竟離臨京遙遠，阿韞這一去短則數載，長則無定期，不容本宮不牽掛，本宮真有些捨不得阿轀。」她對霍弋道：「你倒是比本宮坐得住。」

霍弋笑了笑。「這麼多年，臣已習慣她不在身邊，知她安好足矣。」

聽至此，孟如轀心中的猜測被坐實。長公主的確要以去阜陽訪賢為名，將她逐出臨京。短則數載，長則餘生。又或者，數載即是餘生。

孟如轀想起前世拘在江家後院的那幾年，她已經受夠了等待，也過夠了這種名為安穩實如棄履的日子。

思及此，孟如轀下定了某種決心。她站在廊下緩了緩情緒，然後走進拂雲書閣。她行至殿中，鄭重地撩裙跪在蕭漪瀾面前。

蕭漪瀾蹙眉。「好端端的，妳這是做什麼？」

孟如轀道：「我不願去阜陽，請殿下收回成命。」

「這是為何？」蕭漪瀾頗為驚訝。「妳不是經常說仰慕韓老先生學識，想隨其治學嗎？昨日說得好好的，怎麼又突然不想去了？」

孟如轀說：「與韓老先生無關，與六殿下一事有關。我不願因為如此荒唐的理由被差遣去阜陽……殿下，強人所好與強人所難同樣不近人情。」

她話說得有些負氣。

蕭漪瀾與霍弋對視一眼，看向直直跪在地上的孟如轀，緩緩嘆了口氣。「妳先起來，此事可以商量。」

孟如韞並不想與他們商量，依然跪著，逕自說道：「因我之過，令您與六殿下煩心，實屬不該。您之前打算與通寶錢莊合作建立商隊，為陸安撫使建立親軍籌集軍餉，既愁無人可信，不如派我去。」

蕭漪瀾驚訝。「妳說妳要跟著去跑商隊？」

「不行。」霍弋斷然回絕。「且不說商隊辛苦，妳身體未必吃得消，如今臨京之外常有流民糾集為匪，萬一遇到危險——」

「我生死自負，不勞兄長費心。」

霍弋也被她堵了回去。

孟如韞鐵了心不聽勸，對蕭漪瀾道：「若殿下不允，我自請離開長公主府。」

蕭漪瀾聲音微冷。「妳的意思是寧可離開我長公主府，也不肯奉命去阜陽？」

「是。」

霍弋的臉色很難看。他正欲說什麼，蕭漪瀾抬手阻止了他。

蕭漪瀾問孟如韞。「本宮不聽負氣之言，本宮要聽理由。」

負責與通寶錢莊合作組建商隊這件事雖是臨時想到的，卻是眼下唯一可行的辦法，既能解長公主與六殿下之憂，又不必被排擠出局，她希望能爭取到這個機會。

於是孟如韞說道：「一則，我離開臨京，可免您與六殿下後顧之憂。二則，此事事關長公主府與北郡兩地機密，非極可信之人不能託付。我自認為不二人選，今自薦之，還望殿下慎思。」

她雖心中負氣，然字字誠懇，句句關乎大局。

蕭漪瀾望著她，想起自己年少的時候。那時，明德太后尚在世，她也是這樣跪在殿中，聲聲決然，以情兼理，要母后准許自己去北郡巡視，探察戎羌的動靜。

霍弋聞言亦默然。他看著跪在堂中的孟如韞，心中既快慰亦擔憂。

蕭漪瀾思慮過後說道：「如此，本宮准了。」

第六十二章

通寶錢莊是大周最大的錢莊，老闆名叫劉忘筌，靠倒騰米糧發家，後改行經營錢莊。因他信譽好、為人寬厚，臨京很多貴人都與他有往來。霍弋與他合作，在臨京為長公主置下了寶津樓等產業，如今又議定了組建商隊，交予孟如韞去與他談生意。

見來者是個年輕貌美的纖弱姑娘，劉忘筌心中難免生出幾分輕視，然一番交談後，聽她對各地風情、行貨十分了解，談吐有禮又極有主見，分明是個糊弄不得的精明人，對其刮目相看。

談到最後，劉忘筌不僅同意了七三出資、五五分成，而且利潤超過十萬兩的部分，每萬兩少取十分之一；若兩年之內，劉忘筌分得的總利潤超過二十萬兩，則剩餘利潤無論多少，皆歸長公主所有。

身後有長公主，本錢有劉忘筌，孟如韞一開始就沒打算做走街串巷的小生意。

她先帶著自己組建的商隊去找了尚陽郡主的表兄張啟，跟著他們從南到北販了一次貨，將南邊的乾貨與綢緞運到北十四郡去賣，又將北郡的香料和藥材運回南邊。

張啟邀請她的商隊一起合作販貨，孟如韞婉言謝絕。這一趟，她雖然漲了不少見識，積累不少經驗，但也看到了張啟商隊的巨大缺陷。

他南來北往這一趟耗時兩個月，買貨物的成本是一萬五千兩白銀，這批貨一共賣了四萬兩，但真正剩下的利潤只有三千兩，其餘成本均耗費在路上。其中發給夥計們的工錢占三成，貨物的折損占兩成，其餘一萬多兩，竟全是途經州郡時被各地抽取的關榷，以及孝敬地方官員以求不被為難的糜費。

且近幾年大周百姓並不富裕，有閒錢買貨物的人不多。張啟花一、兩萬販運的貨物就占據了北郡三分之一的市場，孟如韞擔心自己突然砸進去十萬兩，會造成貨物滯銷，同時也會引起戶部的注意。這對她而言、對其他商隊而言都不是好事。

從南邊去北郡收貨的路上，孟如韞一直在思考這件事，直到到達北郡，她還是沒想到更周全的方案。

北郡這個年過得十分艱難。

往年有不少軍營裡的頭目靠著瞞報死傷退役人數或虛報駐軍數量吃朝廷的空餉，宣成帝下詔削減北郡駐軍人數後，新任北郡安撫使兼守備陸明時第一時間清查了這些虛假名額。但他沒有上報朝廷降下懲戒，而是「湊巧」地將這些名額劃在被削減的人數裡。如此一來，朝廷省了錢，北郡駐軍最大程度地減少實際裁減官兵數量，可謂皆大歡喜。

倒楣的只有那些靠吃空餉發橫財的官兵頭目，短短半個月，他們許多年積攢下來的空餉名額被陸明時一掃而空，偏偏又敢怒不敢言，只能拚命剋扣手下士兵的軍餉。

往年到了年底，駐守北郡的騎兵能拿二兩銀子，步兵能拿一兩銀子，外加米一斗、布半疋、豬肉十五斤等，作為軍營裡過年的年資。可今年發到每個士兵手裡的只有二十斤米和一袋快要發霉的窩頭，半分錢都沒有，全被上面的頭目一層層剋扣了乾淨。

沈元思巡營的時候發現有士兵糾集起來為此鬧事，持械打傷了郡屯兵的長官。他在旁邊觀察了一會兒，發現帶頭滋事那人言行凶悍，頗有血性，除了要討回應得年資之外並無其他無理要求，心中一動，出面擺平此事，將剋扣軍餉的軍官削職降級，然後將帶頭鬧事的士兵帶到了陸明時面前。

「聽聞子夙兄最近缺不少武卒百夫長，你看看院子裡那人怎麼樣？」沈元思對正在地圖上勾勾畫畫的陸明時說道。

陸明時掀起眼皮往院子裡瞧了一眼，淡聲道：「不怎麼樣，是個刺頭。」

沈元思驚訝。「這都被你瞧出來了？他今天糾集弟兄們打傷了領頭校尉。那校尉是何銘山的心腹，我瞧著他有些膽量，所以帶來給你瞧瞧。」

聽到何銘山的名字，陸明時停下筆，正眼看向沈元思。「那一起出去瞧瞧吧。」

何銘山是北十四郡的巡撫，管理北十四郡的百姓。本來軍民之間互不相擾，但宣成帝下詔讓北郡將募兵制改為屯兵制後，作為巡撫的何銘山職權變大，連改為屯兵後的駐軍，他也能插手過問。

與北郡零零星星榨不出什麼油水的百姓相比，十五萬募兵的軍餉可是一大筆銀子，摸一摸就能沾一手油水。上行下效，何銘山手下新上任的校尉也剋扣軍餉，今年朝廷給的本來就不多，一層層盤剝下來，竟比戎羌騎兵過境搶劫得都乾淨。

陸明時想收拾何銘山很久了，但何銘山是宣成帝派來監視他的人，他怕宣成帝對自己起疑，所以遲遲沒有動手。

陸明時走到那帶頭滋事的士兵面前，打量了他幾眼，問道：「你叫什麼名字？」

那人一臉不服氣的神情。「姓趙，單名一個遠。」

「識字嗎？」

「不生僻的都認識。」

「之前在營中做什麼的？」

「百夫長。」

「為何鬧事？」

趙遠哼了一聲。「剋扣軍餉的不算鬧事，我討回我該得的年資反被誣鬧事，天理何在？」

陸明時不置可否，輕輕活動了下手腕。「敢與我比劃兩下嗎？」

他沒穿鎧甲，一身長袍，看著像個俊俏書生。趙遠當他與何銘山一樣，是朝廷派下來苛待他們的文官，心裡十分瞧他不起。

趙遠嘲諷道：「比劃一下我都怕掰折了你，還比劃兩下呢。」

沈元思聞言忙後撤了兩步，他怕趙遠的血濺到自己身上。

陸明時讓趙遠先出手。趙遠家中世代從軍習武，功夫並不差，又想著狠揍陸明時一頓出口惡氣，沒想到拳頭砸出去不僅沒打到陸明時身上，還被他趁勢一折，抬腿掃向下盤。

趙遠靈敏地跳起來，陸明時的速度比他更快，以掌作刃砍向他頸間。趙遠連連後退，退無可退時只好硬著頭皮出拳應擊，卻拳拳慢他半拍，都落在陸明時的防守和回擊的範圍內。

陸明時收著力道跟趙遠走了十幾招，然後一腳踹在他胸前，將他踹出去一尺多遠，回身踢起枯枝為刀劍，正正抵在趙遠喉間。

趙遠十分窘迫，氣得臉都紅了。

陸明時大氣不喘地問他。「你在戰場上殺過人嗎？」

「殺過二十八個戎羌蠻子。」

「能遇上這麼多廢物，你運氣倒也不錯。」陸明時語氣略含嘲諷。「你這身手，也就堪做個百夫長而已。」

技不如人，趙遠被奚落得無話可說。

沈元思在一旁看得清楚，趙遠的身手雖然比不上陸明時，但也沒有陸明時說的那麼差勁。他有二十八人頭軍功在身，若非上頭有人壓著，在北郡做個校尉綽綽有餘。陸明時大概只是為了削一削他的傲氣。

見陸明時遞了眼神過來，沈元思清咳一聲，對趙遠說道：「原來的地方你是回不去了，現在問你願不願意跟著陸安撫使，做其麾下親兵的百夫長？雖然職位不高，眼下卻是你唯一的去處。」

趙遠一愣，望向陸明時。「陸……安撫使？哪個陸安撫使？」

陸明時道：「鄙人陸明時，北郡沒有第二位安撫使。」

趙遠神色一變，態度瞬間恭敬了起來。「難道是活捉了戎羌世子的那位小將軍？」

沈元思點點頭。「正是他，還有我，姓沈，眼下是鐵朔軍的騎兵總校尉。」

「陸將軍、沈將軍！」趙遠突然十分激動，跪在地上給陸明時磕了三個頭。「小人願做將軍親兵，莫說是百夫長，就是做個武卒也願意！」

陸明時說道：「起來吧，軍人氣節為重，且惜膝下黃金。」

沈元思同他玩笑道：「早知道你的名頭這麼好用，我見了不錯的苗子呼喝一聲就完了，何必費這麼大的周折。」

除了趙遠以外，陸明時最近陸陸續續挑走了不少根骨和品性都不錯的人，準備親自教導一段時間，然後以他們為騎兵、步卒的百夫長，逐漸組成一支精銳親兵。這支精銳親兵的組織和訓練都要低調，絕不可以混進來何銘山的眼線，所以最開始作為百夫長的這批人，每個都是陸明時親自過眼，點頭同意。

何銘山這群吃空餉的廢物也給了陸明時靈感。他藉著裁撤士兵的機會，明面上將這些人裁撤掉，暗地裡卻將他們劃入自己麾下，此後他們的軍餉不來自朝廷，而來自長公主。

孟如韞人在北郡的消息是沈元思告訴陸明時的。

彼時陸明時正在與五、六個新提拔的百夫長過招，聞言將身上軟甲一脫，奪馬就往外跑。

向望雲被他嚇了一跳，神色緊張地問沈元思。「安撫使為何如此匆忙，莫非是出了什麼事？」

「哦，他啊，」沈元思抱著表舅張啟捎給他的吃食，見怪不怪道：「急色罷了。」

「急……色？」

陸明時趕到孟如韞落腳的商行時已經入夜。孟如韞尚未就寢，正披衣在燈下撥算盤。外面忽起人聲嘈雜，張啟過來敲了敲她的門，低聲道：「孟姑娘睡了嗎？陸安撫使眼下正在外面。」

聽見陸明時的名字，孟如韞手中的筆一歪，算盤也撥亂了。她起身整理好衣服，匆忙開門對張啟道：「煩勞您請他過來吧。」

風塵僕僕的少年將軍從夜色中走來。他脫了軟甲，身上只穿著單薄的軍中葛衣，顯得越發清冷與頎長。

孟如韞撲過去抱住他，陸明時只覺一陣暖香盈懷，手輕輕落在她腰上，半晌才道：「我身上冷，別冰著妳。」

孟如韞這才放開他，牽著他的手進屋。

她毫無防備的親近像惹人沈溺的夢境。外面北風呼嘯，雪沙飛舞，室內燈燭微亮，火盆暖融。這常於陸明時夢中出現的景象，讓他有片刻愣怔失神，直至孟如韞笑著問他冷不冷、餓不餓，他才回過神來。

陸明時沒應聲，伸手將她攬進懷裡。

是了，這不是夢。夢裡的矜矜沒有如此鮮活、溫暖，總是傷心地望著他落淚，每每當他想為她拭掉眼淚時，會有朝廷禁軍破空而來，將他押住。

宣成帝痛斥他是叛賊餘孽，斬了他的首級，又要傷害矜矜。嵐光兄長擋在前面，他與長公主也被遷怒殺害。

而後，夢境驟然驚醒。

孟如韞在他懷中仰面打量他。「千里迢迢跑過來，又一言不發，你這是怎麼了？」

陸明時嘆了口氣，輕撫她的鬢角，說道：「我不過幾十里路，千里迢迢的人是妳。不在臨京好好待著，怎麼跑北郡來了，誰讓妳受委屈了嗎？」

「我來北郡是有正事。」孟如韞垂眼道：「說得好像專程來找你抱怨似的。」

她推開陸明時，轉身去給他倒水。陸明時亦步亦趨地跟在她身後，看到了案桌上攤開的帳本和算盤。

「妳當然不會特意來找我。若非沈元思同我說，怕是等妳走了我都不知道妳來過。」陸明時接過水杯，指著桌上的帳本問道：「軍餉的事是霍少君答應的，他怎麼捨得推到妳身上？」

孟如韞抬眼。「你還稱他霍少君嗎？」

陸明時一頓，笑了笑。「看來妳已經知道了。」

「我若是不知道，聽你的意思，是想夥同他一起欺瞞我。」

「矜矜……」陸明時放下水杯走近她，決定將鍋都甩給她那喜歡說一不二的兄長。「嵐光兄長吩咐的話，我可不敢違逆。」

孟如韞輕嗤。「你小時候都敢跟他打架，沒想到長大後反而如此乖巧，如此聽他的話。」

陸明時笑了笑。「那時該敬的是妳父親，如今他長兄如父，我哪裡還敢胡鬧。再說他眼下這個樣子，同他打架，贏了也沒什麼意思。」

孟如韞揚眉看著他，問道：「年前你為何突然跑回臨京？未及見我一面，卻又匆匆離開，是不是兄長與你說什麼了？」

陸明時道：「妳若是好好待在長公主府，別不顧安危四處胡鬧，那天自然能見到我。」

「陸子夙，是我在問你，你別顧左右而言他。」孟如韞正色道：「你若不想說，咱們就別聊了。」

她說著要去繼續看帳，陸明時一把攔住了她，將她抵在桌邊，與她四目相對。

他不喜歡她甩手離開，嘆息著妥協道：「妳想問什麼就問吧，我絕不隱瞞。」

「都是真話？」

「嗯。」

孟如韞問他。「你如何得知嵐光兄長身分的？」

「他看了妳留給我的信，先猜出我的身分，然後與我坦白了他的身分。」

「除了這個，他還與你說什麼了？」

陸明時定定地看著她，燈臺的燭火映在他深如墨的瞳孔中，有種誘人沈溺的晦暗。

他不想將這個兩難的困境甩給孟如韞，卻更怕以謊言回應她殷殷的期待，傷透她的心。

陸明時思忖再三，最終委婉將霍弋那天說的話告訴了孟如韞。

孟如韞越聽越生氣，聽完後輕聲冷笑道：「你不是一向很出息嗎？山盟海誓猶在耳畔，怎麼我兄長幾句話，你就這麼痛快地要放棄婚約，連見我一面也不肯嗎？」

「並非我不想見妳，嵐光兄長有些話是對的。」陸明時道：「我於妳既是可有可無，就不該強迫妳冒著被牽連的危險與我在一起。若故人之約給妳帶去的只有責任和風險……矜矜，我實不忍心如此強迫妳。」

孟如韞眼睛一酸，難以置信地望著他。「你這話是什麼意思，你要與我……分開？」

「如果我為妳著想，確實應該如此。」陸明時低聲道：「可是我做不到，即使是為了妳好，我也做不到。」他緩緩嘆息，繼續說道：「自從臨京回來，我常常在想妳我之間的事。我常常想，若妳我素未謀面，妳只是印象裡的故人，得知妳活著時，我會很高興，也願意履行故人之約娶妳為妻，這是我的責任，是我欠孟家的承諾。倘若嵐光兄長覺得這種責任會傷害妳，要我離妳遠點，那麼為了妳好，我不會糾纏不放。

「可是矜矜……妳我並非素未謀面，」陸明時說道：「我得知妳的身分前就心悅於妳。那時我嫉妒程鶴年，嫉妒他能毫無負擔地跟妳在一起。所以知道妳就是孟家的女兒時，我真的很慶幸，慶幸妳還活著，慶幸自己可以愛妳而不必辜負任何人。在這十二年裡，除了仇恨與遺憾，妳是我所能擁有的最大恩德……幸而是妳，也只能是妳。

「我愛慕妳的性情，妳的容貌，所以不擇手段要將妳從程鶴年身邊搶過來，藉故人之約將妳困在身邊。我尚且不在乎妳心中對我有幾分情意，遑論嵐光兄長所說，要我為妳著想，放妳自由……」陸明時輕輕笑了笑，近乎自嘲。「矜矜，我虛偽、自私、可笑，故人之約只是我心安理得與妳在一起的藉口，是我將妳從程鶴年身邊搶走、強迫妳與我在一起的手段。我既然如此自私，便不可能為了妳的安危而瀟灑放手。我會盡力保護好妳，會早日平定北郡，但妳一定要陪著我一起，否則這些事除了弔唁故人，將毫無意義。」

他一口氣說了許多，將他的心赤裸裸地剖開在她面前。

孟如韞心中震動。許是站得久了，她覺得雙腿發麻，又錯覺那陣綿綿入骨的麻意是從心裡來，五味雜陳，在陸明時幽深如墨的眼神裡寸寸潰散。

他心裡……竟是這樣想的嗎？

孟如韞想起自己很久之前糾結過的一件事。

彼時，陸明時剛得知她的身分，夜訪江家，態度強勢得近於強迫，要與自己履行故人定下的婚約。孟如韞一直想不清楚，他對幼時的矜矜何以有如此深的執念，無論她妍媸善惡、高矮胖瘦，他都能情意綿綿，珍視愛重。

他的情意如此真摯，以至於孟如韞覺得自己糾結於此實在了無意趣。畢竟這世上不可能有第二個矜矜，倘她不是矜矜，他們之間也不會有這前世今生牽扯不清的緣分。

孟如韞已經說服自己不再糾結此事，可今日陸明時卻突然對她說，故人之約是藉口，他要的是她的人。

「陸明時……」沈默許久之後，孟如韞低聲道：「我竟從未看清過你。」

握在她胳膊上的手微微收緊。

「妳要聽真話，我就掏心掏肺說給妳聽。」陸明時苦笑了一下，目光緊緊盯著孟如韞。「但是妳不能聽完後當沒聽過，像從前那樣待我。」

孟如韞問他。「我從前待你不好嗎？」

「妳從前待我好，是視我為給故人平冤的同謀。所以妳能拋下我從容赴死，又將身後事推給我，妳不覺得對我太狠心了嗎？」

孟如韞輕輕搖頭。她將《大周通紀》留給陸明時，是因為她知道陸明時會用心幫她完成。他會輔佐長公主登基，位極人臣，會有很長、很好的一生。

雖然自己會成為遺憾，但相較於前世清明墳前的匆匆一面，他們之間已經擁有得足夠多了。

「妳將這件事託付給我，其實是找錯了人。」陸明時輕輕捧起她的臉，凝視著她，柔聲說道：「矜矜，我沒有妳想的那麼堅強，妳若是死了，我獨活下去還有什麼意思？」

孟如韞蹙眉。「你……」

「聽不明白嗎？我會陪妳去死。」

孟如韞揚起的巴掌將將停在陸明時耳側。她渾身輕顫，眼淚大顆大顆地落下來。她恨聲質問道：「陸家死了那麼多人還不夠嗎？他們千方百計保下你，你死了，難道要他們背負污名、遺恨千古嗎？」

「那妳死了，我該怎麼辦？」陸明時握住她纖細的手腕。「生前事尚有憾，我哪裡顧得上身後事。」

孟如韞無言以對，望著燈燭默默垂淚，心中惆悵、惶恐。她失於天真，沒想到陸明時竟要陪她去死。

陸明時一向不忍惹她傷心，見她落淚，心裡也跟著難過。

他語氣軟下來，低聲近乎懇求，與她額頭相觸道：「求妳可憐我幾分，別再做孤身赴險的事。倘妳真的別無選擇時，就帶我一起走，別再將我孤零零地拋在這世上，行不行？」

孟如韞不敢答應，只一個勁兒地落淚。

陸明時又道：「那再退一步，倘我安排好身後事，做完妳交代我的一切，這世間不再需要我，妳總該允許我去陪妳了，是不是？」

「陸子夙……」孟如韞淚眼朦朧地望著他。「好好活著，就這麼難嗎？」

陸明時輕聲道：「這得問妳自己。」

孟如韞問：「如果先死的人是你呢？你也忍心讓我陪你一起死嗎？」

「這不一樣，矜矜。」陸明時緩緩道：「妳還有嵐光兄長，可我除了妳，已經一無所有了。」

第六十三章

北郡的夜風呼嘯如狼嗥，窗櫺嘎吱作響，燭臺上的燈焰也晃晃搖動。

陸明時低頭吻她，從她細長的眉梢吻至雙頰的淚痕。輕而淺的吻，彷彿被風一吹就散，卻藏著珍重的情意。

「娶妳為妻是父母之約，」陸明時柔聲道：「但與妳同生共死，是我的承諾。即使妳狠心不應也阻止不了我，倒不如成全了我，讓我心裡好過一些。」

孟如韞靠在他懷中久久不言。她心裡亂得很，因為過於依賴前世的經驗，她從未考慮過今日這番情景。

「我也不是非得妳賭咒盟誓才肯罷休，」陸明時輕嘆道：「只求妳別拒絕我，好不好？」

事已至此，他意已決，孟如韞還能說什麼呢？

感覺到懷裡的人輕輕點頭，陸明時笑了笑，低頭在她髮間落下一吻。

兩人默默靠了一會兒，得知他還沒吃飯，孟如韞擦乾淨臉上的淚痕，請商行的夥計送些吃食過來。

夥計很快送來兩碗熱騰騰的臊子麵、一盤滷鴨肉，還有一壺酒。孟如韞滿懷愁緒，沒什麼胃口，被陸明時強行餵了小半碗，胃裡熱騰騰的，感覺身上也暖和了許多。

為了逗她開心，陸明時給她講了許多軍中趣事。孟如韞一邊聽一邊撥算盤，聽到沈元思因為長得俊而被喝醉的校尉啃了兩口時，沒忍住笑，將手下的算盤也撥亂了。

她單手撐額望向陸明時。「陸安撫使比沈公子長得還俊，難道就沒遇上這種事？」

「我又不會在軍營裡穿錦披繡，再說了，」陸明時斜靠在貴妃榻上，意味不明地望著她。「除非孟姑娘到我營中做校尉，否則我不會被傳出這種蠢事。」

孟如韞抬眼瞪他。「我酒品好得很，酒量也好，你休想看我笑話。」

陸明時的目光落在圓桌上的酒壺，她頭也不抬，道：「要喝你自己喝，我明天還要趕路。」

「這麼急著走？」陸明時皺眉。「我還以為妳會在北郡多住幾天。」

孟如韞道：「我在這兒待久了，怕陸安撫使無心軍務。」

陸明時不以為然。「難道妳天南海北地跑我就安心了？」

孟如韞幽幽嘆了口氣。「沒辦法，情郎張口就要十萬兩，我得賺錢養家啊！」

陸明時聞言從貴妃榻上支起來。「我是妳的什麼？再說一遍我聽聽。」

孟如韞哄他一句，又不想他得意忘形。「誰知道你是我的什麼，反正現在我是你東家。」

「好吧，孟大東家。」陸明時笑道：「那妳說說看，打算怎麼賺這十萬兩，和張老闆的商隊一樣南貨北販嗎？」

孟如韞搖搖頭。「我不能和張老闆搶生意。像他這種已經上下打點的老行商賺到的利潤都不多了，我若貿然加入，只會被盤剝得連骨頭也不剩。我又不能打著長公主殿下的名義四處招搖。」

陸明時問：「這麼說，妳還沒想好？」

孟如韞道：「之前與劉忘筌談的那些想法，如今看來都有不足之處。我打算跟著張啟回南邊去，先跑完這一趟再打算。又擔心時間不等人，眼下已經三月，若我年底沒賺夠長公主答應的軍餉該怎麼辦？」

「嗯……」陸明時裝模作樣地陪她思考了一會兒。「那妳不如把自己賣給我抵債。」

孟如韞聞言瞪了他一眼。

陸明時又問：「妳這樣走南闖北的，身體受得了嗎？」

「已經好多了，許大夫說平時注意保暖，按時服藥即可。」

「按時服藥，好好休息。」陸明時取下她手中的筆，讓她聽窗外的敲更聲。「子時了，該睡了。」

孟如韞確實感到了幾分睏倦，擱下算盤，合上帳本。「你一來，鬧得我事情都沒做完。」

陸明時笑著賠罪。「嗯，怪我。既然已經叨擾了，矜矜不介意再留我一夜吧？」

孟如韞聞言轉身望向他。

陸明時站在書案邊，半張臉被燈燭映成暖融融的橙金色，半張臉隱在晦暗的影子中。他眼中含笑與她對視，除了笑，彷彿也有其他曖昧的、欲說還休的情意。

孟如韞面上微燙，飛快垂下眼，低聲道：「隨你，我又沒趕你走。」

陸明時給她打來熱水，趁她洗臉的工夫，將湯婆子放進她被子裡暖一會兒。

孟如韞洗漱完後就鑽進被子，過了一會兒，陸明時走過來，挑落了床帳，逼仄的空間裡只剩下兩人的呼吸聲，孟如韞的呼吸聽起來更緊張一些。

「安心睡吧，」陸明時安撫她道：「別怕，我只是想守妳一會兒。」

孟如韞沒說話。就在陸明時以為她快要睡著的時候，她卻突然低聲說道：「我沒有怕，只是有些緊張。」

所有被壓抑的曖昧綺念霎時間破防，陸明時悄悄勾住她衣角的手轉而撫上她單薄的肩頭，將她扳過去。

孟如韞伸手摟住他的脖子，主動吻他。

他的懷抱是暖熱的，心臟正貼著她跳動。孟如韞喜歡與他相擁的感覺，感覺他從夜裡無數朦朧的夢中落下，真實地擁抱著她。

上一世，她默默跟在他身邊那麼久，看他夤夜徘徊，看他挑燈研墨，有時候也會心疼他，想要觸碰他。那於她是不可言說的一點綺念，而今終於有了得償所願的圓滿。

「我的好姑娘，妳這是在折磨我。」陸明時突然停在她耳邊嘆息。「今夜如此倉促，若是成了美事，妳明天還有力氣趕路嗎？妳走之後，是要活活熬死我嗎？」

孟如韞臉上更燙，學著他的腔調笑道：「嗯，怪我。」

陸明時懊惱地捏了捏她的臉。

兩人都沒了睡意，抱在一起默然不言，在心裡數著滴漏聲，總疑心窗外的月色是天色將明。

陸明時輕輕碰了碰孟如韞的耳垂，她仰面瞧他。

「還沒睡著啊。」

孟如韞悶悶地「嗯」了一聲。

「矜矜，我想同妳商量件事。」

「嗯？」

「下次見面……咱們就成親，好不好？」

孟如韞清醒了幾分，疑惑地看著陸明時。「怎麼突然說這個？」

「突然嗎？」陸明時笑了笑。「其實我回北郡後就在想這件事。」

孟如韞支肘撐起腦袋道：「在蘇和州的時候，不是信誓旦旦說不平北郡不成家？」

那時他心比天高，覺得自己能捱到諸事平定的那天，堂堂正正地娶她。可如今溫香軟玉在懷，聽著她輕淺的呼吸聲，陸明時覺得再晚一天都是自己犯蠢。

何況經歷了上次她棄他而去的事，又有嵐光兄長從中作梗，陸明時覺得十分沒有安全感。

他得早日把她娶到手才行，陸明時心想，從此她的安危、悲喜都與他息息相關，他要成為她生命中無人可替代的角色。

「我也是為妳著想，矜矜，」陸明時冠冕堂皇道：「妳我早日成婚，要是蕭胤雙還敢再惦記妳，我就有理由把他眼睛剜出來了。」

孟如韞有點驚訝。「你怎麼什麼都知道？」

「果然如此。」陸明時輕嗤道：「我猜的。前些日子剛傳六皇子要封親王開府，沒多久妳就離開了臨京。長公主和嵐光兄長既未阻攔妳，想必此事他們也無能為力，思來想去，只可能是蕭胤雙那個蠢東西亂說話，牽連到妳身上。」

他倒是會猜。孟如韞笑道：「當初說先不成婚的是你，如今說要成婚的也是你，陸子夙，婚姻大事在你這裡像兒戲一樣。」

「之前是我錯了。」陸明時坦然道。

孟如韞心裡有些亂。她兩輩子都沒有成過親，眼下這個處境，對她而言太突然了些。

「下次的事下次再說，」孟如韞往上扯了扯被子，閉上眼睛。「我睏了。」

陸明時低頭在她髮間親了親。「睡吧。」

這次閉眼很快就睡著了。這一夜睡得暖和，也沒有作亂七八糟的夢。醒來時，窗外天光明亮，孟如韞推窗一看，才發現外面積了一層雪。

「三月了，北郡竟還是這麼冷。」她打了個寒噤，又將窗關上。

陸明時將熱水和早飯端進來，孟如韞洗臉梳頭，簡單喝了碗粥、吃了小半張餅，便起身去桌前收拾東西。她發現算盤被人動過，翻開帳本一看，陸明時已經將她昨夜遺留的帳都算明白了。

孟如韞望向他。「你一夜沒睡嗎？」

陸明時手裡拿著一件披風，仔細給她披上。「只是醒得比較早。」

確實是一夜未眠。他倆自相識至今乃至可以預見的往後，很難再有同床共枕如此安逸的時刻，陸明時瞧了她一整夜，哪裡捨得睡過去。

張啟那邊已經準備得差不多，陸明時給她拎著東西，送她出門，臨走之前對她說道：「妳若看不上小商小販的生意，或許可以考慮西域和東瀛，這兩個地方容易傾家蕩產，但也容易一本萬利。」

孟如韞說道：「這兩個地方的生意也早有人做，都是些有門路的貴人，我怕得罪人，惹人注意反而不好。」

「妳未必非得與他們搶生意。」陸明時說。「西域的貨物不一定非得賣到大周，東瀛也是。」

「你的意思是……將西域的貨物賣到東瀛？」

孟如韞雙眼驀地一亮，被打開了思路，思索著說道：「這兩個地方風物差異大，又不互通，貨物應該會受歡迎。自東向西橫穿大周，既要西域的通關文牒，又要東瀛的通關文牒，確實少有人這樣做。」

「只要妳能想辦法控制住路上的成本，這應該是項不錯的生意。」

孟如韞點頭，越想越覺得有道理。「而且未搶占本地商人的生意，賺了錢也不至於引人注目，不會被人發覺。」

見她又高興了起來，陸明時也跟著心裡一輕，親了親她的額頭。「想去就去，萬事小心，務必以己為重，明白嗎？」

「我會的，」孟如韞說道：「我要好好謀劃，一定給你賺夠軍餉。」

第六十四章

於是孟如韞跟著張啟的商隊跑完這一趟後，決定帶著自己的商隊在西域與東瀛之間行商。

她請教了常往這兩地跑的很多老行商，利用陸明時給她的兩地邊防圖，設計出一條橫穿大周最方便的路線。雖然不是最近的，但勝在路途平坦，途經的州郡最少，需要繳納的關榷也最少。

她先寫信告訴長公主。得知她想去西域後，長公主派人快馬加鞭，給她送了許多本風物志，這些都是她在西域禮佛時珍藏的書籍。書裡記載了西域的風土人情和盛產的貨物，除了瓜果外，西域還盛產各種特殊染料染成的地毯、掛毯，以及加工晾乾後可供入藥的珍稀藥材。

東瀛與西域的風情完全相反，孟如韞請教過幾個來往東瀛與大周的商人，得知東瀛是個島國，雖盛產各種魚和海物，但路途遙遠不易運輸，因此決定先從西域往東瀛跑一趟。

她從通寶錢莊裡取了三萬兩銀子，寫信將自己的行程告訴陸明時後，便帶著商隊和鏢師啟程。半個月後，到達了大周與西域接壤的安樂城。

陸明時不知哪來的通天本事，找來一個通西域語的大周商人在此候著她。陸明時從流匪手裡救過他一命，他稱陸明時為「恩公」，熱情地稱孟如韞為「恩夫人」。

他陪同孟如韞去西域選貨，路上教她西域語。孟如韞學東西很快，他們在西域轉了一個月左右後，她不僅能熟練地用西域語與當地商人交談，而且還懂得了如何分辨西域地毯和藥草等貨物的品質，甚至抽時間寫了數萬字的風物志。陪孟如韞同去的商人看過之後十分喜歡，懇請孟如韞准許他抄錄一份帶回去收藏。

孟如韞花一萬兩買了西域地毯，兩萬買了各種耐放的藥材。離開西域時已是五月底，天氣漸漸轉暖，她回到大周，打算經過既定路線到達東部碼頭，然後雇船運往東瀛。

她偶爾會給陸明時寫信，雖然沒有收到回信，但陸明時總能準確地估算出她的速度和行程，然後做好各種安排提前等著她。

他人在北郡，手眼卻通徹大周，要她無論走得多遠都念著他。

六月中旬，孟如韞的商隊將貨物運到了大周東部海港。她花錢請來經驗充足的舵手和水手，臨行之前，又收到了陸明時送來整整兩箱藥材。原來是他請教了東海水軍的將領，得知長期在海上行走容易暈眩和氣血不足，特地備下藥材和一名藥師與她隨行，每天為她熬一碗藥湯。

他們去時順風，商船在海上行駛了九天到達東瀛。有陸明時提前準備的藥湯，孟如韞沒有覺得很難受，並趁此時間將常用的東瀛語學了個七七八八。

下船之後，孟如韞先找到當地管碼頭與關榷的官員們，送上從大周帶來的兩套茶器作為見面禮。

這份見面禮很受歡迎，更受歡迎的卻是她自己。

在這幾位東瀛官員眼裡，這位遠道而來的大周女子不僅生得美麗，如傳說中的海上仙子，更是聰慧異常，禮節周到。他們爭相請孟如韞喝酒飲茶，欣賞東瀛舞樂，卻絕口不提允許她開鋪經商之事，如此三、五天過後，孟如韞心中難免有些焦急。

她買通幾個當地的浪人打聽消息，自己磕磕絆絆地讀當地的邸報，得知如今的東瀛也不太平，幕府將軍德川架空了天子，德川尚武，正廣召壯丁訓練海軍。

從地圖上來看，東瀛國土狹窄逼仄，多島嶼海岸，而大周國土遼闊，與之相距不遠，德川訓練海軍，針對的八成就是大周。德川已經收服東瀛內政，更想圖天子名分，他若能從大周取利，必然有助於其收服人心，說不定可以趁此機會發動政變，取而代之。

所以這些官員不敢應允孟如韞，怕她藉開商鋪之名刺探國內消息，更怕德川將軍知道後會懷疑他們的忠貞。

孟如韞收買的浪人為她打聽了可靠的消息，德川將軍最寵愛的夫人是大周人。

孟如韞想見這位夫人一面，於是將大周的詩歌改為東瀛語，教小孩子們學會後在幕府將軍周圍傳唱。那位夫人很快就聽到了這首歌，只有她認出這首歌來自遙遠的故土大周。她派人來將孟如韞打扮成賣花娘子的模樣，邀請她到將軍府一敘。

德川盛寵的這位夫人比孟如韞想像中還要美麗，有種東瀛女子沒有的冷傲氣質，凜若寒梅，豔而不嬌。

四下無人，孟如韞朝她執大周禮節，以大周語言向她問安。「夫人萬福。」

她看見夫人眼中浮出淚光。

「德川為我改名為寒薇，東瀛人都稱我為寒薇夫人。」她對孟如韞說道：「沒有人知道我本姓薛，名采薇。」

薛采薇……

這個名字在孟如韞心中激起不小的波瀾，她試探著問道：「薛姑娘莫非是出身臨京薛家？」

「妳竟知道臨京薛家！」寒薇夫人激動地說道：「我的確出身臨京薛家！」她哽咽片刻，緩緩感慨道：「我已有許多年沒回過臨京。十歲的時候父親辭官，帶著我和母親離開臨京到東海郡定居。十六歲那年，我下海採珠時救了一個東瀛人，他說他的商隊中發生了叛亂，我救了他，又偷來一條小船送他離開。後來我被海賊擄走，剛好碰上他率海軍征剿，他救了我……卻不肯放我回去。」

「妳當年救下的就是如今的德川將軍。」孟如韞問道：「妳父親是曾任大周工部侍郎的薛平患，是嗎？」

「正是，我父親是薛平患。」薛采薇若驚若喜地拉住孟如韞的手。「我來到東瀛後，未再收過父親的消息，莫非姑娘是父親派來尋我的？」

孟如韞輕輕搖頭。薛采薇略有些失望，不甘心道：「姑娘既知我父親的名字，必然與他相識，對不對？」

孟如韞道：「我也只是聽過薛大人的名字，自他辭官後，未再見過他。」

當年明德太后去世後，薛家作為其文臣股肱遭到了宣成帝的為難。長公主的先駙馬薛青涯一己擔下罪責，薛平患也是在那時辭官歸隱。他是當時工部最有能力的官員，曾督修過靈江堤與臨京外城牆，悄無聲息地歸隱了十幾年，如今已經很少有人記得他了。

沒有打聽到父母的消息，薛采薇有些惆悵。「德川說東海郡這幾年鬧饑荒，死了很多人，他讓我死了回家的心，乖乖待在東瀛。」

孟如韞問她。「夫人想回大周嗎？」

薛采薇問道：「妳能帶我走嗎？」

孟如韞同情薛采薇的遭遇，可她此行別有目的，而且從權勢滔天的德川將軍府中將德川最愛的夫人偷走，無疑是比在東瀛開鋪子賺錢更困難的事。

她沒有一口回絕，這對薛采薇而言已經是有了希望。她低聲懇求孟如韞。「妳有什麼難處我可以幫妳，也求妳幫幫我，無論多久我都會等。」

孟如韞說道：「聽說德川將軍待妳很好，整座德川府都佈置成大周的樣式，妳在東瀛可以錦衣玉食。一旦回到大周，若是臨京薛家不肯認妳，妳一個獨身女子，可能會過得很辛苦。即使如此，妳也想回去嗎？」

薛采薇思考片刻，鄭重點頭。「我想回去找爹娘，哪怕是……給他們立個衣冠塚也好。」

孟如韞默然地望向庭院。

東瀛與大周一衣帶水，氣候與東海郡相近，就連東瀛人的長相也與大周相似。然而他們的衣食、語言、行為舉止卻與大周不同。

她看見幾個侍女腳踩高木屐，臉上塗著白牆似的濃妝，搖搖晃晃走過庭院，手中的木盤裡托著幾樣招待客人的吃食。

孟如韞能理解薛采薇的心情，更重要的是，她是薛平患的女兒。雖然他已經辭官許多年，但孟如韞始終欽佩他的才能和德行。

他的女兒，應該在大周自由自在地活著。

思及此，孟如韞心中有了決定。

她對薛采薇說道：「既然夫人想回故土，我答應妳，會試著將妳帶回去。」

「謝謝妳，謝謝……」聞言，薛采薇的眼淚落下來，緊緊抓住孟如韞的手，彷彿抓住了一根企盼多年才出現的稻草。

如今德川在東瀛一手遮天，將薛采薇帶回臨京這件事需要從長計議。

孟如韞讓薛采薇先安心在德川將軍府中住著，想辦法讓德川放鬆對她逃跑的警惕，外面的事情交給她來安排。

聽說孟如韞想在東瀛做生意，薛采薇想辦法給她弄來一張帶有德川家紋的許可令。有了這張許可令，管理海關和關榷的官員不敢再為難她，孟如韞成功將商鋪開了起來。考慮到德川對大周的警惕，她讓夥計們將鋪子裝扮成西域風格，準備下次去西域的時候再請幾個西域人來幫她打理鋪子。

薛采薇從她鋪子裡拿走一張漂亮的西域地毯，鋪在宴客的房間裡。很快，東瀛各貴族的夫人小姐們也爭相光顧，將幾百張地毯搶購一空，聽說過段時間還會有新貨，又在她這裡預訂了一千多張。

薛采薇還用從她這裡拿的乾紅花煎水泡茶。此花有活血化瘀、解鬱安神的功效，德川將軍喝過幾次後覺得對祛除水軍的濕寒症狀效果不錯，得知是西域草藥，買了許多賞給下屬。

有薛采薇的幫助，不到兩個月的時間，孟如韞從西域帶來的貨物就賣空了。她這一趟成本約在三萬五千兩，但是貨物賣出後的收入和預收的訂金超過了十二萬，將成本與給劉忘筌的分成扣除後，她試水的這一趟賺了足足有五萬兩。

孟如韞打算年底之前再跑一趟西域。回到大周後，她將薛采薇的情況寫信告訴了陸明時，未等他回信，便帶著商隊匆匆趕往西域。

這次去西域，除了收購地毯與藥材之外，她還買了上萬斤的棉花。

西域的棉花比大周的更加纖密輕巧，價格又低，做成冬衣會十分暖和。孟如韞十分喜歡，撥出五千斤派人偷偷送往北郡給陸明時，剩下的打算販到東瀛去。

五千斤不算多，只能做兩千件冬衣，考慮到隱蔽性和縫製人手，孟如韞先送這些試試，若是他那邊用得上，下次去西域的時候，她可以多收一些。畢竟北郡的冬天有多冷，她是親身體會過的。

作為回禮，這次陸明時又在東海郡碼頭上給她準備了驚喜。孟如韞看著停泊在碼頭上的雙層巨船，驚訝得瞪大了眼睛。

讓她更驚訝的是從船上走下來的人。那是個身量頎長的中年男人，長相中正，雖然穿著一身粗布棉衣，舉止間卻仍見士大夫的從容儒雅。

他走到孟如韞面前一拱手，說道：「鄙人薛平患，聽小姪子夙說姑娘有采薇的消息，特在此恭候。」

「原來竟是薛大人！」孟如韞驚喜難抑，忙屈膝回禮。「後輩不識，萬勿見怪。」

兩人登船詳敘。原來當年薛采薇走失後，薛平患為了尋她的蹤跡，開始在海上討營生。他會造結實的大船，逐漸組建起一支船隊，幫著當地的百姓清剿了方圓數十里的海賊窩，解救了許多被擄走的姑娘，卻都沒找到薛采薇的下落。這麼多年的搜尋，他和夫人幾乎快要死心時，陸明時卻突然找人帶信給他，讓他帶著船隊在東海郡碼頭等孟如韞。

孟如韞將薛采薇的情況告訴薛平患。薛平患聽完後唏噓不已，恨不能快船趕到東瀛去。可他也知道幕府將軍不是尋常海賊，如今德川勢盛，幾乎代表著整個東瀛，自己若輕舉妄動，反而會挑起兩國爭端。

可要他眼睜睜看著女兒被困在異國他鄉，他更不忍心。

孟如韞說道：「我們不打算硬來，我想找個機會讓薛姑娘死遁。我已經找到了一種特殊的藥，可以讓人閉氣若死一天左右。」

這藥是她寫信給長公主，讓她從許憑易的師妹魚出塵那裡要來的。

魚出塵與許憑易雖師出同門，走的卻是截然相反的路子。許憑易醫道求穩，用藥溫和，而魚出塵則極端大膽，有時候她能救許憑易救不了的人，但有時候她能把尋常小病的人直接醫死。

除了治病治傷之外，魚出塵還喜歡搗鼓各種奇怪的藥丸，比如能讓人渾身發麻的藥、讓人記憶混亂的藥、讓人閉氣若死的藥。

長公主知道薛采薇的事情後，花了整整三千兩銀子從魚出塵那裡買了這兩顆小藥丸。

為以防萬一，孟如韞自己嘗試了一顆，閉氣睡著後，嚇得手下人三魂七魄去了一半，一天後悠悠醒來，又把另一半人給嚇得魂飛魄散。

根據這藥的效果和作用時間的長短，孟如韞心裡有了一個大概的計劃。如今陸明時將薛平患給她找來，她心中的把握就更大了。

薛平患的船隊給孟如韞省了很多銀子，她帶著薛平患一起去東瀛，讓他扮作自己的夥計往德川將軍府中搬運東西。

雖然孟如韞已經提前將這件事告訴薛采薇，可是遠遠看到薛平患的那一刻，薛采薇還是驀然紅了眼眶。

不過四、五年未見，薛平患從風度翩翩的文人儒士變成了飽經風霜的海上商客。他的皮膚變黑了，兩鬢也添了白髮，只有目光仍慈愛如舊，欣慰而激動地看著薛采薇。

他扛著貨箱從薛采薇身邊經過，低聲用東瀛語說了一句「夫人小心」。

薛采薇壓不住喉嚨中的哽咽，怕人瞧出端倪，匆匆扭頭回屋去了。

第六十五章

這夜，德川將軍來到寒薇夫人院中時，明顯感覺到了她的愁緒。

薛采薇坐在窗前，望著外面的燈籠出神，眉眼間盡是無精打采的疲態。德川先問過侍女她今日做了什麼、見了什麼人，這才抬步走到她身邊來。

他府中只有這一位夫人，雖然她是大周女子，但德川見到她的第一眼就喜歡上了她。何況她還救過他的命，兜兜轉轉，又被命運送到了他身邊。

在德川心裡，千妍萬態，都比不過她歡顏一笑。

他低聲問她為何悶悶不樂，薛采薇垂眼不言。為了逗她開心，德川學街上小兒的笑話給她聽，薛采薇聽完，嘴角勾了勾，臉上終於有了幾分神采。

德川自身後擁住她，柔聲詢問道：「是何人令妳傷心，抑或別有所求？」

「我只是整日自己待在府裡，覺得有些孤單罷了。」薛采薇握住他的手，盈盈望著他說道：「我最近常聽見街上小兒的聲音，他們又笑又鬧，我也想要一個屬於我們的孩子。」

德川懷疑自己聽錯了。「妳的意思是，願意為我生一個孩子？」

薛采薇柔柔地「嗯」了一聲。

這是德川這麼多年來最高興的時刻，比他剛得到寒薇時都要高興。

他知道自己強留下寒薇，其實並沒有得到她的心。可如今她竟願意為他生個孩子，這意味著她的心將徹底落在他身上，願意永遠留在他身邊。

對一個女人而言，還有什麼是比願意為對方生個孩子更死心塌地的表現呢？是夜紅帳垂落，縱情恣肆，薛采薇累極而眠，夢裡也是滿懷沈甸甸的心事。

十月，將軍幕府傳來喜訊，寒薇夫人懷孕了。

這將會是德川將軍的第一個孩子，德川非常高興，同意了薛采薇想讓孟如韞入將軍府陪她解悶的請求。

於是，孟如韞上午在商鋪中打理生意，下午到將軍府中。這給了她很多機會幫這對父女聯絡消息，同時觀察東瀛這些貴人之間的往來關係。

她又藉著薛采薇的名義往將軍府安排了幾個婢女，這些婢女都是她從大周帶來的，熟通東瀛語，練習了一段時間儀態後，模樣舉止與東瀛本地的侍女無異。

她們做足了準備，一直耐心等待著出逃的機會。

十月底，東瀛國境沿岸出現了一群凶悍的海寇，搶了許多過往船隻。東瀛派出幾支海軍圍剿，不料對方十分強悍，輸得一敗塗地。德川將軍懷疑是大周軍隊扮作海寇，打算親自去看看。他臨行之前加強了府邸防禦，叮囑薛采薇安心養胎。

薛采薇親自送他出門，叮囑他注意安全，早去早回。

「昨天晚上作夢，夢見兩個小孩子，一個男孩，一個女孩。」薛采薇挽著德川的胳膊，抬腳邁下臺階，笑意柔和地問他。「你喜歡男孩，還是女孩？」

德川摸了摸她的臉。「若是女孩，會生得如妳一樣美麗；若是男孩，也會繼承妳的聰慧。我都很期待。」

薛采薇含笑低頭。「你這次若是去得久，回來的時候就能直接見到孩子。別忘了給孩子帶禮物，女孩要粉珍珠，男孩要藍珍珠。」

「那妳呢，妳想要什麼禮物？」德川問她。

薛采薇輕輕抱了他一下，說道：「我想要你平安回來。」

兩人依依不捨，德川一步三回頭地出門離開。薛采薇一直站在門外看著他，直到他的背影消失在視野裡，又過了一會兒，才慢慢轉身回去。

如果事情順利，這將是她見到德川的最後一面。

她要讓德川覺得自己是期待他回來的，這樣她假死的計劃才不會顯得可疑。

當然，這也是她的一點私心，她希望這最後一面，能讓他高興一些。

德川離開後不久，薛采薇召孟如韞入府。孟如韞將盛著小藥丸的瓷瓶交給她，叮囑她服用方法和禁忌。

「這顆藥大概能讓妳閉氣一天左右。德川將軍趕回來要兩、三天的路程，待他離幕府不遠時，會有人給妳遞消息，屆時妳再服藥，免得過了時效後露餡。」

薛采薇接過瓷瓶小心收好。「如何瞞住府中婢女？」

孟如韞道：「放心，那天守在妳身邊的都是自己人。」

薛采薇點點頭，面上卻仍不見有幾分輕鬆的神色。

孟如韞問她。「夫人莫非還有什麼顧慮？」

「顧慮倒談不上。」薛采薇苦笑，雙手撫上自己的小腹，嘆息道：「我只是覺得自己有些軟弱，明明等這一天等了許多年，朝朝暮暮盼著能回大周，如今要回去了，卻又有些捨不得。」

孟如韞沒問她是捨不得這裡的生活還是捨不得某個人。薛采薇邀請她相伴去院中走走。

東瀛本地盛產櫻花，而德川將軍幕府中卻栽滿了桃樹。

「這些樹都是從東海郡運來的，每一棵都是德川親手所種。他說第一次遇見我時，不遠處就有一片桃林，那時正是三月，桃花開得極盛。」

孟如韞問：「這邊的桃花開得好嗎？」

薛采薇笑了笑，神色中似有緬懷。「草木不及人戀舊。德川悉心照料，這些樹都長得很好，三月有花，八月有桃……可惜我看不到它們明年三月開花了。」她站在樹下，仰面閉眼，似在回憶三月時桃花紛落的景象。金燦燦的陽光灑在她臉上，有種沈靜柔和的美。

許久之後，她忽然笑了，自我開解道：「世間安得雙全法。能有選擇的餘地，已是上天待我不薄。」

見她能想開，孟如韞心中也輕鬆了許多。

幾日後，薛采薇出門作客，言語挑釁了早就對德川將軍不滿的東瀛皇后。

東瀛皇后本就對德川獨攬大權十分不滿，忌憚薛采薇懷了他的孩子。聽薛采薇話裡話外有要將她取而代之的意思，東瀛皇后十分憤怒，讓人暗中到將軍府投毒，要殺掉德川將軍這唯一的孩子。

薛采薇將毒倒掉，卻依然做出服毒而亡的假象。

消息傳到軍中，聽聞噩耗的德川將軍晝夜疾馳趕回來時，薛采薇已經沒了氣息。她靜靜地躺在他懷裡，面容蒼白，身體僵硬。

德川抱著薛采薇的手不停地顫抖，他的視線落在她臉上，卻始終看不清她的面容。

突然，他拔劍而起，欲自刎於薛采薇面前，幸而孟如韞眼疾手快地攔住了他。

她心中震驚，仍要努力做出一副傷心情態，用東瀛語勸他道：「夫人未來得及留手書，託奴婢將此玉轉交給您。她說想要按照大周的習俗早日下葬，請您親自將她的棺木放到漂向故鄉的海中，還望將軍保重。」

德川將軍靜靜望著那塊玉。薛采薇同他說過，這是她從大周帶出來的唯一東西，是她母族所傳，自出生時就伴隨她身邊的玉珮。

「她還說什麼了？」德川撫著薛采薇冰冷的面容，眼淚滴到了她嘴唇上。

「夫人還說，謝君照拂，半生無虞。」

德川聞言，埋首在薛采薇身上，放聲痛哭起來。

他的眼淚濡濕了薛采薇的衣襟。他哭得那樣絕望而痛苦，孟如韞不忍心瞧，悄悄背過身去，也跟著紅了眼眶。

直到哭累了，德川依然抱著薛采薇不肯鬆手。孟如韞只好又抬出薛采薇生前的話安撫他，許久之後，德川這才依依不捨地鬆開了薛采薇，輕輕擦掉淌落在她臉上的淚珠。她閉著眼，如同初見時那樣美麗無雙。

孟如韞喚來婢女為薛采薇更衣打扮，德川將軍最後吻了她額頭，小心翼翼將她放入棺中，又親手為她釘好棺木，一路扶棺哀歌走向海邊。

海風冷冽，天上的星辰分外明亮，遙遙指向西方的大周。

德川撐著一條小船說要送一送她。他在海上行了很遠很遠，直到望不見海岸，也不捨得將她的棺木放入海中。

孟如韞著急地站在海岸上翹首以盼。藥效只剩不到兩個時辰，薛采薇還懷著身孕，若不及時將她從棺材中放出來，很有可能會悶出人命。

冬夜的海上風高浪大，德川怎麼會獨自在海上待那麼久？

這本就是個三分運氣七分險的計劃，隨著時間一點一點過去，孟如韞心中越來越沈。她盯著滴漏，決定若是過了一刻鐘，德川將軍還不肯回來，她就去告訴他真相。

寧可計劃敗露，也不能讓薛采薇出事。

孟如韞按下心中的焦躁，命人悄悄準備好船隻，然後一動也不動地盯著滴漏。

一滴、兩滴……最後一滴水落下，孟如韞倏然起身，卻見昏暗的海面上出現一隻小船。乘船的德川像個無聲無息的鬼影，緩緩從海面上飄蕩回來。

他屬下懸著的心終於放下，要扶他回幕府去休息，可德川剛上岸走了沒幾步，突然腳下踉蹌，竟吐血昏厥了過去。

又是一番兵荒馬亂，孟如韞卻顧不得瞧他，一直暗中緊緊盯著西方的海面。過了約半個時辰後，遙遠的西方海面上空升起一束橙色煙花。

薛平患成功接到了薛采薇。

孟如韞鬆了口氣，心裡的石頭總算落了地。

將軍夫人去世後的幾天，東瀛籠罩在一片哀戚的氛圍裡。

孟如韞在商鋪中清點貨物時，聽客人們說起幾句閒話，說是德川將軍持劍闖宮，刺死了東瀛皇后，而後閉門不出，據說是生病了。

東瀛的局勢有些動盪，孟如韞打算年底之前就回大周去。所幸她此次從西域帶來的貨已經賣了個七七八八，只剩下一些容易出手的棉花和藥材，約莫半個月內就能賣完。

這幾天她將帳簿核對了兩遍，除去各種花銷和給劉忘筌的分成，她這兩趟西域之行賺了近十五萬兩，足夠應付答應給陸明時的軍餉。

她暗中悄悄將錢全部換成白銀和黃金，先行派人押送回大周。正當她收拾妥當回大周過年時，德川將軍突然光臨了她的商鋪。

半個月不見，德川將軍形容憔悴得險些讓人認不出來。

然而他的目光依然冷峻鋒利，打量著孟如韞，緩聲說道：「原來妳根本不是什麼賣花女，也不是西域老闆，妳是大周人。」

孟如韞冷靜以對道：「民女確實出生在大周，自幼跟隨父母在西域漂泊，為了生計又輾轉來到東瀛。民女既是西域老闆，鋪子中也有花朵寄賣。」

「府中下人說妳經常唱歌謠給寒薇聽，妳給她唱的，是大周歌謠。」

「那是民女的父母教給民女的，有許多種唱法，民女還會西域語——」

「妳膽敢欺騙我！」德川將軍突然掐住孟如韞的脖子，厲聲問道：「寒薇呢？寒薇去哪裡了?!」

孟如韞被他掐得喘不上氣，啞聲說道：「夫人……去世了……」

「是妳逼死了她是不是？她聽見妳的歌，想起了家鄉，寧願死在我面前……」

「將軍……」窒息感讓孟如韞十分難受，她勉強出聲說道：「夫人她……懷了您的孩子……她就算捨得您……也捨不得孩子……」

德川情緒十分激動，孟如韞險些以為自己要死在他手裡時，德川卻突然放開了她。

他想起了寒薇腹中的孩子，那個他和寒薇都十分期待的孩子。他曾見寒薇在獨自無人時，一臉柔情地撫著小腹唱歌。

她那麼愛他們的孩子，心裡一定是有他的，一定捨不得離開他。

德川背對著孟如韞，先是無聲落淚，繼而頹然痛哭。

在此之前，他仍幻想著這是一個騙局。他不敢相信，也不能接受，因為他的疏忽，使寒薇和他那未出生的孩子絕望而死。

孟如韞扶著桌子猛烈地咳嗽，望著他的背影，心裡長長嘆息了一聲。

許久之後，德川擦了擦眼淚，轉身望著孟如韞，雙眼赤紅而哀傷。他對孟如韞說道：「既然寒薇已經回家，希望妳回到大周後能妥善安排她的棺木，讓她安寧長眠，勿為外人侵擾。」

孟如韞點頭應下。

德川離開後，孟如韞收拾東西馬上啟程回大周。因為擔心船隊裡有德川的眼線，所以薛采薇沒有露面，薛平患早早帶著人在碼頭上迎接她。

孟如韞走下船來，見到他後十分高興。「薛叔！」

薛平患遙遙朝她拱手。「盼了這麼多天，總算安全回來了，我也能放心了。」

「薛叔盼我做什麼，準備請我喝酒嗎？」孟如韞樂呵呵問道。

「請妳喝酒是應該的，妳可是我們薛家的大恩人。」薛平患後退一步，朝孟如韞行了個大禮。

「別折煞我了！」孟如韞忙上前攙扶，笑道：「薛叔不必記掛心上，采薇姊姊也幫了我不少大忙。」

兩人邊說邊往碼頭裡面走，薛平患朝停在碼頭不遠處的馬車指了指。「采薇回來了，妳卻沒回來，這段時間實在讓人擔心，妳若再遲歸幾日，怕是有人要殺到東瀛去了。」

孟如韞順著他指的方向看去，只見馬車靜靜停在那裡，一陣風吹過，捲起馬車的簾子輕輕鼓動。

她心跳驟然加快。「那是……」

未等薛平患回答，她已經提裙往馬車跑去。她氣喘吁吁地登上馬車，掀開簾子，落入一個溫熱的懷抱裡。

第六十六章

熟悉的幽淡冷香將她裹住，陸明時托住她的腰，片言未語，先吻在了一起，互相傾訴著數月不見的相思。

馬車裡的人纏得難捨難分，陸明時笑著撫摸她的臉龐，低聲逗她。「東瀛是個好地方，矜矜去了一趟，竟變得如此熱情。」

孟如韞羞面生紅。「是你先親我的……」

「我不必去東瀛，對矜矜天生熱情似火。」

他說著又要低頭吻她，忽然看見她頸間紅裡泛青的一圈瘀痕，目光倏然變冷。

他扯掉她繫在脖子上的絲巾，握著她的下頷細細端詳，問道：「誰傷了妳？」

孟如韞欲伸手遮擋，被陸明時一把攥住了手腕。在他質問的視線下，孟如韞訕訕道：「計劃也不是那麼周密，被懷疑了一下，不過已經解決了……」

「是德川。」陸明時輕輕撫摸著瘀青。

孟如韞點了點頭。

她只是不想讓陸明時心疼，倒不怕他真殺到東瀛去。陸上的虎狼之師，到了海上說不定要變成旱鴨子。

孟如韞將東瀛發生的事與他說了，感慨道：「我沒想到德川將軍對采薇情深至此，若非我攔著，他險些自刎於棺前。可惜人各有志，或許這世上總有些求不得的事，越是妄求，越是遺憾。」

「我倒覺得並非如此。薛姑娘的心事藏了這麼多年都未了結，這是德川自己種下的苦果，方有今日。」陸明時撫摸著她的長髮，望著她的眼睛說道：「若是思卿所思，願卿所願，以卿心為我心，則萬事無遺憾。」

這話讓孟如韞想起前世的事。她生前未與陸明時見過一面，她死後那些年，陸明時卻真正做到了「以卿心為我心」。

她摟住陸明時的脖子，仰在他懷裡抬眼望他。

「陸明時。」

「嗯？」

「若是你從未見過我，還會這樣喜歡我嗎？」

陸明時聽不懂她又在說什麼胡話，捏著她鼻子逗她。「妳是巫山神女，縱不與我相見，也要到我夢裡相會。妳要我喜歡妳，難道我還能逃得了？」

孟如韞喜歡聽他說這些。他們的姻緣大概是天定、父母定、彼此定，所以才能如此相契。她這樣喜歡他，以至於生出憂怖。在東瀛時，她見過德川肝腸寸斷痛不欲生的模樣，在夢裡，扶棺哀行、望門泣血的人卻變成了陸明時。

孟如韞鼻尖有點酸，將臉埋在他懷中長長嘆息。

「你這麼喜歡我，我要陪你一輩子，很長很長的一輩子，要到一百歲。」

陸明時低頭吻在她髮間，柔聲安撫她。「好，要一起到一百歲。」

此次，陸明時又是從北郡偷跑出來的，要擄孟如韞跟他回北郡去過年。孟如韞哪裡經得住他軟硬兼施，只好給長公主寫了封信，然後隨陸明時往北郡去了。

他們到達北郡時已經是臘月中旬，孟如韞下了馬車，只見城牆逶迤，遠山皚皚，積雪覆著黃土，乾冷的北風穿過光禿禿的灌木撲面而來。

「冷嗎？」陸明時伸手為她緊了緊披風，嘆氣道：「穿得還是太少了。」

孟如韞穿了兩層棉夾襖，只覺得身上十分沈重，舉手投足像個圓滾滾的球。反觀陸明時，薄棉夾衣外面套一層圓領長袍，束髮露頸，一副玉樹風流的模樣，偏偏又懷暖手熱，令人欣羨。

孟如韞往他懷裡靠了靠，倔強地說道：「不冷，北郡凜冬也不過如此。」

陸明時笑了笑，擁著她進城去了。

他們落腳處是北十四郡中最熱鬧的天煌郡。來之前，陸明時已經託沈元思給孟如韞租好了院子，距離城外駐軍大營不遠，離城中最熱鬧的集市也很近。眼下正值年關，街上也有了熱鬧氣氛，有賣鞭炮的、賣麵點的、賣豬肉的，還有許多行商載著滿車的貨物在街上穿行。

孟如韞第一次來北郡，十分好奇，東瞧瞧西看看，看到有個老嫗在賣豆饃，轉頭對陸明時說道：「這就是豆饃呀，黑漆漆的一團。聽說北郡軍中會做很多豆饃當乾糧，你吃過嗎？味道如何？」

「吃過，入口乾澀，不好吃，但是比其他乾糧充飢。」陸明時負手行在她身側，笑吟吟地望著她。「今年妳來北郡，軍中也可以買豬殺雞，過個好年了。」

孟如韞不解。「為何？」

陸明時道：「妳不是帶了十萬兩嫁妝過來嗎？」

她又羞又惱，抬手掐他，被陸明時靈活躲開。反正已經到了他的地盤上，他不怕她跑掉，想逗就逗，想惹便惹，越發肆無忌憚起來。

兩人打打鬧鬧進了沈元思租的院子，跑得孟如韞渾身微微發熱，一進門就見沈元思老神在在地揣手兒坐在臺階上望天。

「沈兄，好久不見！」孟如韞從陸明時懷裡掙出來。

沈元思早知她要來，很穩重地點點頭。「好久不見。」

孟如韞轉頭問陸明時。「沈兄這是怎麼了？」

陸明時抬起下巴指了指他旁邊的枴棍。「喝多了踹樹，把腳踹骨折了。」

孟如韞沒忍住，「噗哧」笑出聲，忙伸手捂住嘴。

沈元思糟心地看了他倆一眼。他已經轉著圈在北郡軍中丟人，竟然還要在姑娘面前丟人，心裡十分氣憤，拾起枴棍連跳帶飛地跑了。

「鑰匙我扔堂屋桌子上了，最近別來煩小爺！」

陸明時帶孟如韞參觀這座小院子。他甚至連書房都給她佈置好了，孟如韞十分喜歡，最喜歡院中那棵兩人環抱粗的棗樹。她抬頭望著棗樹的枝椏說道：「如果現在是秋天該多好，這棵樹的棗子一定很好吃。」

陸明時問：「想吃棗子？」

「只是看到了，隨口一說。」

孟如韞說過就忘，又去看別的地方，但陸明時卻暗暗記在了心裡。

陸明時晚上要回營中，第二天一早便騎馬來接她出門。孟如韞正在書房寫東瀛風物志，聽見馬聲嘶鳴，扔下筆跑出來。

她倚在門上望著他笑。「安撫使真是軍務清閒，天天打馬遛街。」

「元思腳受傷，我怕他整日待在軍營裡無聊，便把軍務都讓給他了。我呢，就辛苦受累，帶妳四處轉轉。」陸明時朝她伸手。「走不走？」

「走！」孟如韞關了門，又要轉身。「我去拿件披風。」

陸明時阻止了她。「不用。」

習慣了被陸明時裹成粽子的孟如韞頗有些奇怪。「不用？」

陸明時摸了摸鼻子。「今天……不算太冷。」

孟如韞樂得少穿件衣服，扶鞍上馬，陸明時帶著她騎馬在街上穿行。有不少人認出了陸明時，遠遠朝他行禮問好，並好奇地打量他圈在懷裡的姑娘。

「我媳婦！」有人問起，陸明時便揚聲如此回答。

臨京人喜歡稱妻子為「內人」、「家婦」，北郡則喜歡稱為「媳婦」，陸明時更喜歡後者，覺得喊出來自有一股令人肅然起敬的氣勢。

他這樣喊了一路，孟如韞終於受不了了，屈肘向後搗了他一下，讓他閉嘴。

陸明時忍笑同她商量道：「妳若是不同意，那下次我喊『這是我媳婦』的時候，妳就大聲跟著我喊『我不是他媳婦』，怎麼樣？」

孟如韞氣噎。

陸明時勒馬在一家裁縫鋪前停下，孟如韞跟著他下馬，好奇地四下打量。「不是說出城玩嗎？來裁縫鋪做什麼？」

裁縫鋪的鋪主是個四、五十歲的婦人，見了陸明時，從身後的櫃子中取出一個木箱打開。「昨天剛完工，今兒貴人就來了。您先看看合不合心意，有不合適的地方可以再改。」

陸明時回身朝孟如韞招招手。「過來。」

孟如韞走過去，見陸明時從箱子裡拿出一件披風。

那披風是藏藍色的，下襬處用銀線繡著幾隻瑞鶴，或群聚或振翅，外面的陽光照在瑞鶴的翅膀上，熠熠閃著光。

披風的繡面十分漂亮，然而最引人注目的卻是狐毛大領。銀白色的柔軟狐毛團簇在領子上，短毛軟密，長毛若銀，往孟如韞身上一披，將她肩頸圍住，襯得一張鵝蛋臉的氣色越盛，如梨花襯海棠，更顯海棠之麗色。

這披風比孟如韞以往穿過的都要輕便，卻更加暖和，因為裡面縫了一整張狐狸皮。孟如韞是個識貨的人，她知道長公主有件狐裘披風，手感不及眼下這件，尚值千金，她身上這件恐怕更是難得。

都說北郡窮得就風吃土，卻也有如此寶物。

孟如韞雖然喜歡，卻不敢多看，瞋了陸明時一眼，小聲道：「你錢多燒心啊？」

鋪主十分驚豔地繞著孟如韞轉了兩圈，驚嘆道：「好衣合該配妙人，老身今日才知天底下還有如此仙子！」

孟如韞聽得面色更紅，拽了拽陸明時示意他離開，否則人家越誇她心裡越侷促。

陸明時不慌不忙地逗她。「喜歡就穿走，大不了我把自己抵在這兒給老闆娘幹活。」

鋪主笑道：「安撫使真會說笑，老身這小地方哪容得下您這尊大佛？」

孟如韞問道：「這披風很貴吧？」

「只需三兩針線錢，安撫使大人已經付過了。」鋪主笑道：「這銀雪狐是陸大人親自獵的。老身當了一輩子裁縫，頭回見著這麼好的毛皮，聽陸大人說要送給他夫人，老身沒敢讓學徒碰，一針一線全是老身親自繡的，夫人不嫌棄已是萬幸。」

孟如韞十分驚訝，看了看披風，又看了看正眉眼含笑望著她的陸明時。「這竟是你獵的？」

「此銀雪狐世上罕見，有半人之高，常於山路襲人。我在呼邪山寒凍大雪中獵得，可化雪於三尺之外，便想著剝了皮毛給妳做身狐裘。」陸明時端詳著她，越看越滿意。「顏色和樣式也是我挑的，還算襯妳。」

孟如韞心裡高興壞了，眉眼彎彎，嘴角的笑怎麼都壓不下去。

陸明時低頭在她耳邊悄悄說道：「算在聘禮裡。」

陸明時要帶孟如韞去他屯私兵的山谷中過年。

山谷在呼邪山附近，與戎羌國境相鄰，穿過十二年前呼邪山大戰時的那條峽谷，有一片隱密而開闊平整的土地，昭毅將軍陸諫曾派人在此屯兵駐守，後來無人看管，逐漸荒廢。

初至峽谷，孟如韞也十分驚訝，想不到狹如羊腸的山谷小路竟能通向如此開闊的地方。此處南臨峽谷，北至懸崖，周圍又有荒漠戈壁，天生就是訓練私兵的好地方，若屯兵在此，莫說十萬，便是二十萬、三十萬，也不容易被人發現。更何況北郡的詳細地圖只在陸明時等人手中存著，何銘山忙著斂財，幾乎不過問軍中細務。

經過陸明時一年多的佈置，這片谷地中已經設立起瞭望哨，搭建起數百座營房，儼然一座中等規模的村落。

孟如韞十分激動，騎馬繞著山谷慢慢跑了兩圈，然後站在高處勒馬遠望，感慨道：「兵家之要塞，必爭之險地。這麼好的地方，之前為何會荒廢？」

陸明時說道：「自十二年前呼邪山一戰後，戎羌雖然大敗我軍，但也為鐵朔軍所懾，平常不在距離北郡如此近的範圍內活動。父親死後，鐵朔軍被打壓得很厲害，知道這個地方的人本來就不多，何況朝廷新派來的轄制官員和巡撫，就更不知道此處要害了。」

將士們有些在校場上訓練，有些在營造戰車，飼餵戰馬，來往匆匆，嚴整有序，並未因年關無戰而稍有懈怠，可見為將者治軍之手段。

「此處共有騎兵五千，步卒一萬。這裡雖然隱蔽，但畢竟場地有限，明年我打算再尋個地方訓練新人。」陸明時同她解釋道。

這裡的人數雖然不多，可是陸明時親手督訓出來的精銳不能當作尋常士兵看待，幾乎個個有以一當十的本領。孟如韞旁觀了一會兒他們在校場上演練陣法，只覺煞氣沖天，暗自咋舌。

她問道：「你總共打算練多少人？」

陸明時一笑。「長公主能給多少錢，我就能練多少兵。」

「如今錢倒不是大問題。」孟如韞說道：「我只怕私兵太多，被看出端倪來。」

陸明時安撫她道：「放心吧，何銘山數錢尚忙不過來，他的人只在呼邪山以南活動，戎羌人出沒的地方他不敢來。」

「就只有何銘山需要提防嗎？」

「也有別人，各有各的心思，我會多加小心。」

孟如韞點點頭。軍事上的事她是外行，此行她只需替長公主看一看成果，以後該如何做，還是要聽陸明時的意思。

孟如韞參觀完了軍營，就輪到別人來參觀她了。

尋常士兵不敢在陸明時面前放肆，但那些與陸明時過命交心、輩分又比他大的弟兄，諸如向望雲等輩，開始打著各種藉口來找陸明時議事，連年夜飯上每桌添一隻雞這種事都要來請示他，實際上是好奇什麼樣的姑娘能收服他們英明神武又心比天高的陸安撫使。

孟如韞倒是大大方方任他們看。她又不是見不得人受不得驚的閨秀，她見過士農工商，也見過地痞流氓，有陸明時在旁坐鎮，這些武夫反倒顯得比她還拘謹有禮，只敢抬頭瞥一眼，就匆匆領命出帳。

陸明時還在一旁替他們辯解。「此次妳帶來的軍餉著實解了我燃眉之急，他們心裡感激妳，想來拜謝一番，妳多擔待。」

孟如韞說道：「都是赤誠之人，應當是我敬他們，何來擔待一說。」

陸明時聞言一笑。「妳啊。」

「我怎麼？」

陸明時見此刻無人相擾，飛快在她臉上親了一口。「天生是將軍夫人的料。」

「有些人還不是將軍呢，口氣倒是不小。」孟如韞回敬道。

陸明時眉梢微挑。「那矜矜說說看，想當什麼將軍夫人。鎮北將軍？徵北將軍？驍驃將軍？」

孟如韞單手托腮望著他。「若只是想想，那有什麼意思？」

「可此事也急不得，須待我立了戰功，向朝廷請封。眼下戎羌還算安分，估摸著怎麼也要過個三、四年才行。」陸明時一臉為難的神色。「不如妳先把夫人當了，然後再當將軍夫人？」

孟如韞知道他慣愛占她嘴上便宜，聞言哼了兩聲，渾不在意。「好啊，當就當。」

隨口一說尋開心罷了，三番五次她已經習以為常了。

然而她不知道陸明時有心算計，要的就是她似真似假的玩笑話。

第六十七章

孟如韞在帳中休息，醒來時天色已昏黑。帳中靜悄悄的，外面卻一片熱鬧。她只當是臨近年關，掀開羅幕一瞧，卻見陸明時大張旗鼓地帶著人往這邊扛箱子。

箱子裡整整齊齊地疊放著一套女子樣式的婚服、一套正紅色的胭脂水粉，還有滿頭鳳釵金步搖、新娘子手持的玉團扇。

孟如韞驚呆了，問道：「你這是做什麼？」

陸明時道：「添妝。」

「添——」她臉色一沈，氣也不是笑也不是。「陸明時，你也太荒唐了。」

陸明時心虛，見沈元思正支著腦袋與眾人一起看熱鬧，先把人都趕出了營帳，拉著孟如韞到一旁細細商議。

「成親這事，我也是三番五次同妳確認過的，是不是？」

孟如韞不認。「我還以為你在同我說笑！」

「說笑？」陸明時神色微變，正經道：「矜矜，君子三不戲——父母、婚姻、身後事。我怎麼可能拿妳我的婚事調笑呢？」

孟如韞轉身去仔細翻看箱子裡的東西。婚服應該是比著她舊衣的尺寸做的，雖然不是千金難買的料子，但做工精細、樣式繁複，絕不是短短幾日能趕工完成的東西。還有那些胭脂水粉、珠玉珐瑯……

她稍稍一想就想通了。陸明時不是心血來潮，或許早在她今年春天來北郡時，他心裡就憋著壞，一邊裝作說笑套她的話柄，一邊悄悄準備東西，要打她個措手不及。

孟如韞將箱子合上，冷笑著對陸明時道：「你同我說實話，這事還有得商量，你再油嘴滑舌，顧左右而言他，我明天就離開北郡，找兄長給我作主！」

她一句話拿捏住了陸明時的軟肋。

陸明時之所以藏著掖著，就怕她在給長公主的信中說漏嘴。嵐光兄長若是知道他安了如此了不得的心思，說不定會將孟如韞召回去，讓他一輩子見不得，甚至是給她另行安排婚嫁。

「好好好，我說我說！」

營帳外，沈元思帶著向望雲、趙遠等一眾軍中兄弟趴在營帳門口等消息，突然聽見裡面傳來撲通一聲響。

向望雲和趙遠面面相覷，不知所以。沈元思拄著枴，幸災樂禍地嘿嘿兩聲。「聽聽，我給我娘跪下時也是這個響！」

陸明時從不怯於同孟如韞說真話，她要聽，他便從頭到尾，一字一句說給她聽。

當初得知她就是孟家的女兒後，陸明時就想著早日完婚，去阜陽拜會老師時請老師給他們做主婚人，奈何老師不同意，要他先立業再成家。

後來的日子聚少離多，她在自己遙不可及的地方赴險，又有嵐光兄長從中作梗，自那以後，陸明時心裡始終懸著。

孟如韞氣鼓鼓地坐在木箱上，陸明時跪坐在她面前，目光柔和地仰視著她。

在北郡行走的少年將軍，有臨京世家公子所沒有的凜然氣度，又因進士出身，不乏文人的風雅與從容。

孟如韞默默別過眼去。

「卿心不在方寸之地，而在月明千里，此吾之幸，」陸明時抬手扳過她的臉，非要她堂堂正正地看著他不可。「然慕明月者甚眾，吾不過流螢之光，得卿眷顧，實屬僥倖，晝夜遠望，片刻不得心安。」

孟如韞道：「不必妄自菲薄，你很好。」

「既然覺得我好，矜矜，」聽她語氣有所鬆動，陸明時忙順桿爬。「能不能給我一個名分？」

孟如韞笑了。「你要我給你名分？」天底下竟然還有男子同女子討要名分的事？

陸明時嘆氣道：「妳也知道，嵐光兄長看不上我，若是被他知道我仍對妳糾纏不清，他肯定會把我腿打斷。妳給我一個名分，以後他看在妳的面子上，也會下手輕一些。」

搬出霍弋來，孟如韞心中不由得一軟。

她知道兄長反對她與陸明時之間的事。這雖是為了她的安危考慮，卻將陸明時拋於不管不顧之地，也難怪他心裡總是不安定，怕再次被無端拋下。

孟如韞傾身去扶他。「你先起來，跪我做什麼。」

「與我成婚，妳答應嗎？」

孟如韞不說話，起身又去翻箱子裡的東西，打開胭脂盒聞了聞，又小心將嫁衣拎起來抖開，比在身前看了看。

長曳墜地，肩綴流蘇，紅如榴火，更映得人面似桃花。

陸明時如何還不明白，自身後緊緊擁住她。

孟如韞問他。「找人算過日子了？」

「明天晚上，除夕夜，」陸明時柔聲道：「黃道吉日，宜嫁娶。」

除夕夜，陸安撫使要成婚，山谷中少有這麼熱鬧的時候。

大周各地駐兵一向是認將不認官，相比於朝廷，他們更忠誠於一同出生入死的將領。陸明時在北郡雖然不是品秩最高，卻是威望最高，除了他曾活捉戎羌忠義王世子之外，他也是北郡最治兵有方、愛兵如子的將領。

譬如此次朝廷削減軍餉，何銘山手下許多士兵被剋扣得只剩下幾個冷饅頭，陸明時不僅未剋扣，甚至出錢補足了朝廷削減的部分，重傷、戰亡士兵給予雙倍的津補。

這些錢，都是孟如韞辛苦奔波一整年賺來的。

聽說他們安撫使要娶這位衣食父母似的仙女為妻，整片山谷都沸騰了起來，張燈結彩，殺豬宰羊，點起篝火，舉著酒碗高聲歡唱。

營中沒有婢女，孟如韞獨自在營帳中裝扮。她端坐鏡前，從箱中取出胭脂，細細梳妝敷面，又以手抵眉，輕描螺黛，含染口脂。清麗出塵的芙蓉面上極盡濃妍，她一遍遍地檢查妝容，怕太過濃豔，又怕不勝紅燭。

天色漸漸暗下來，透過營帳，能望見外面篝火朦朧，聽見歡聲笑語。隨著吉時漸近，孟如韞的心跳也越來越快，有些坐立不安。

過了許久，忽聽外面喧譁聲越來越近。她聽見沈元思的聲音、向望雲的聲音，卻未聽見陸明時的聲音，好奇地探頭往外瞧，正撞著他們掀簾而入，於是孟如韞忙抬起紅團扇遮住臉。

透過朦朧的團扇，她隱約看見一身紅衣的陸明時朝她走來。

「阿韞，我來接妳了。」

他唸了卻扇詩，孟如韞緩緩放下扇子，驚豔了滿帳看熱鬧的將領。

陸明時望著她失神，直到眾人羨他好福氣才幡然醒悟，也不問孟如韞願不願意跟他走，突然將她橫抱起，將她的頭按在自己懷裡，用婚服的廣袖遮住她的臉。

孟如韞貼在他懷裡小聲笑他。「你是土匪嗎？」

陸明時一邊走一邊與她說悄悄話。「與日月搶良宵，當然心急如焚。」

孟如韞環住他的脖子，只聽見耳畔鞭炮聲與起鬨祝福的聲音此起彼伏。今夜是除夕，也是她的新婚夜，連北風都變得不那麼刺骨了。

陸明時將她放到用戰車臨時裝飾成的花轎上，騎馬帶著轎子繞營地轉了一圈。營中各處越發熱鬧，火簇此起彼伏，聽見車外聲響，孟如韞心裡也越發熱絡。她偷偷挑開一角車簾去看前面騎馬的陸明時，只望見他頎長的背影，紅衣在風中翻飛，風流倜儻。

他們繞了一圈，然後停在被裝飾成新房的陸明時的帳前。

陸明時將她抱進帳中，兩人喝過酒，他見四下無人，飛快在她臉上親了一下。

「我很快回來，等我。」

孟如韞以扇掩面而笑，輕輕點頭。

但她沒想到陸明時說的「很快」竟然不到半個時辰。

眼下剛到酉中時分，月亮還沒升起，他便已經打發完那群看熱鬧的兄弟，心急火燎地跑了回來，留瘸了腿的沈元思在外面替他擋酒。

孟如韞正在洗臉，見狀失笑。「你特地選了這處與世隔絕的好地方，難道還怕我跑了不成？」

「不是我急，」陸明時為她遞上帕子，笑吟吟地望著她。「是有人在心裡勾我。」

孟如韞瞋了他一眼，不說話。

陸明時拉著她的手到床邊坐下。此處沒有梳妝銅鏡，他親手為她摘下髮間的釵環，又以指作梳，為她理順頭髮。

他低頭在青絲上落下一吻，柔聲道：「餘生何其短，不過為卿通髮三萬遍。」

陸明時擁著她喊夫人，孟如韞嫌他膩歪，陸明時越發借酒醉之故賴著她。若說從前還顧忌幾分男女大防，今夜結為夫妻，他想怎麼摟摟抱抱就怎麼來。

今夜就算是霍弋趕過來，也得堂堂正正喊他一聲妹夫。

兩人擁在一處說了會兒閒話，陸明時見她不像自己剛回來時那麼緊張了，突然一把扛起她。孟如韞只覺一陣天旋地轉，下意識抓住他的衣襟，而後仰面倒在鋪著紅被子的寬敞行軍榻上。

陸明時傾下身來問她。「害怕嗎？」

孟如韞一時還有點暈，來不及怕。

陸明時笑了笑。「夫人不怕就好。」

他的吻格外溫柔，溫柔裡又藏著與往日不同的危險意味。孟如韞環住他的脖子任他施為，心裡的忐忑被他的吻與撫摸一點點安撫，填滿。

如春潮破冰，潺潺湧動，如暴雨驟至，嬌鶯夜啼。

疼過後是交織綿綿的歡喜與暢快，紅綃滴滿香汗，被衾濡濕鴛鴦，交織處，暴雨欲憐海棠，又不憐海棠。

陸明時的吻落在她後頸的硃砂痣上，直搖得身下牡丹花蕊沁露，粉瓣濃香，教人臥於其中，風流欲死。他夢中曾有過此曖昧情景，每每令他既愧疚又留戀，今夜大夢落於懷中，方知夢中之美不過冰山一角。

良宵何長，不過交偎一酣暢。

孟如韞醒來時，天色已經大亮，陽光透過層層紅紗照進來，照亮了衾被上的戲水鴛鴦。她緩了許久才慢慢起身，只覺渾身綿軟痠脹。帳外的人聽見動靜，慢悠悠走過來，挑開一角床帳，將新的裡衣遞給她。

孟如韞面色一紅，匆忙接過去，背過身穿衣服，烏髮垂落玉背，遮住昨夜留下的曖昧紅痕。

聽他還在背後杵著，孟如韞微微側首，啞聲喊他去倒杯水。

陸明時不動。

孟如韞低低喊了一聲。「夫君。」

陸明時這才起身去將溫了許久的蜂蜜水端給她，一勺一勺餵到她嘴邊。

餵完蜂蜜水，陸明時用指腹幫她抹掉嘴邊的水漬。「剛過巳時，若是覺得身體不舒服就再躺一會兒，等吃過午飯咱們再回城。」

孟如韞搖搖頭。「不躺了，我又不是殘廢了。」

她。

她穿好衣服踩著鞋子下床，剛一抬腿，險些踉蹌摔到地上，多虧陸明時眼疾手快扶住了她。

陸明時什麼話也沒說，只一副「妳看吧我說什麼來著」的表情瞧著她笑。孟如韞自覺丟人，任他將自己抱回床上，又拿來一個棉花軟枕放在她背後讓她靠著。

陸明時也在床邊坐下，慢慢將袖子捲到肘彎處，孟如韞警惕地瞧著他。「你做什麼？」

陸明時道：「我幫妳揉一揉，免得妳下午騎不了馬。」

為表誠意，他先給孟如韞按了按肩膀。他的穴位找得準，力道深而不疼，按了幾下過後，孟如韞便覺得肩膀發熱，鬆快了許多，這才乖乖趴在床上，讓他幫自己揉按腰和腿。

孟如韞趴在枕頭上小聲問他。「以後會不會每次都這麼難受啊？」

聞言，陸明時按在她腰上的手一頓。這句話讓他的自尊心極大受挫，他小心翼翼地問道：「矜矜昨夜不舒服嗎？」

孟如韞輕聲哼道：「反正我現在渾身難受。」

「那昨夜呢？」陸明時不依不饒。

「有點疼……」孟如韞將臉埋在胳膊裡，悶悶道：「後面太累了……」

「抱歉，是我孟浪了。」

陸明時眼睜睜瞧著她玉白色的皮膚漸漸如桃花點水，暈染開一片羞紅，從耳朵一直盛開至後頸。在她看不見的背後，陸明時的眸色漸深。「以後不會了。」

「疼！」剛說完，孟如韞被他按得險些從床上跳起來，甩開他捏在自己腿上的手，眼淚汪汪地瞪他。

陸明時頗有些手足無措，十分尷尬地清咳兩聲。「抱歉，我……一時沒注意。」

家養的兔子也禁不住三番五次驚嚇，何況昨夜陸明時的狼性沒藏好。孟如韞眼下只想離他遠一些，哪裡顧得上他昨夜食髓知味，眼下又起興致，直接將他趕出了帳中。

孟如韞又睡了一覺，起床用過午飯後，與陸明時騎馬回到天煌郡。

雖然是大年初一，但陸明時仍有軍務要處理，他將孟如韞送回租的院子後徑直去了軍營，直至夜深方歸。孟如韞迎他入門，見他懷裡抱著一個小筐，裡面裝滿了紅棗，大的竟有雞蛋般大小，遍體通紅，無一青斑，瞧著十分饞人。

「這是哪來的紅棗？」孟如韞有些驚訝。

陸明時道：「聽說樂央郡有賣的，所以過去看了一眼。剩的不多，好看的只有這些了。」

孟如韞問道：「你為了買這些紅棗，特意跑到了樂央郡？」

「不是妳說想吃紅棗嗎？」陸明時攬著她進屋。「我見妳這幾日胃口一般，想必是北郡的食物不合妳胃口。」

孟如韞從小是被江南水米養大的，吃不慣北郡的麵食，但她每次吃飯都努力多吃幾口，沒想到依然被陸明時注意到了。

雖知他是有意討好，孟如韞心裡仍禁不住地泛甜，拉著他的手去廚房將紅棗一個個洗乾淨。陸明時只嚐了她遞到嘴邊的一個，將剩下的都留給了孟如韞。

「好好的嘆什麼氣呀，有心事？」孟如韞問道。

陸明時輕輕搖頭，不說話，在她側臉親了一下。

孟如韞猜測是軍中的事，便沒有多問。兩人洗漱後吹燈歇息，陸明時的手輕輕揭開了她的衣帶。

年少氣盛，新婚燕爾，嘴上說著來日方長，意念一動，卻如洪水潰堤。

月上中天，照進庭院，帳內風捲雲雨濕海棠，粗軛亂搖錦鶯啼，情至濃處，許久方歇。

沐浴過後，孟如韞憊懶地偎在陸明時懷裡，將睡未睡之間，忽聽陸明時說道：「秦王的婚期定在正月十六。」

「嗯……秦王？」孟如韞遲鈍了片刻，緩緩睜開眼睛。「你說六殿下？」

陸明時「嗯」了一聲。「長公主來信說，是他自己點頭同意的。」

「殿下寫信了？她還說什麼了？」孟如韞微微支起身，又被陸明時按回了懷裡，往上扯了扯被子。

陸明時問道：「蕭胤雙成婚的事，妳心裡沒有什麼想法嗎？我擔心他是為了讓妳能回臨京才答應成婚，若是如此……」

孟如韞說道：「我不在乎他怎麼想，他成不成婚與我沒有關係。當初我未因他失言記恨他，如今也不會因此領他的情。」

陸明時問她。「那妳想回臨京嗎？」

孟如韞不說話，將臉埋在他懷裡嘆氣。

第六十八章

第二天，孟如韞思來想去，決定再跑一趟西域和東瀛，將兩邊的事都安排妥當，以求能源源不斷地賺錢，再考慮回臨京的事。她打算在北郡待到二月再出發，可是上元節剛過，長公主就又有書信寄來。

見孟如韞看完信後一臉凝重，陸明時問她。「怎麼了，臨京有變故？」

孟如韞點點頭。「聖上病重，殿下催我速歸。」

「聖上病重？」陸明時擰眉。「看來臨京的局勢很快要大變了。」

讓孟如韞擔心的事情不只如此。

根據她上一世的記憶，宣成帝駕崩是她死後近十年才發生的事，如今卻提前了。宣成帝前年剛裝病惹得太子逼宮，應該不會想不開故技重施，她擔心臨京出了大變故。

「別擔心，矜矜。」陸明時的手指落在她眉心，輕輕揉開她緊皺的眉頭。「臨京有殿下，北郡有我，不會出岔子。妳若是放心不下，我這就叫人準備馬車，明日一早就送妳啟程回臨京。」

孟如韞點點頭，又問他。「若臨京真的發生了變故，你覺得會是誰？」

陸明時說道：「蕭道全雖被廢，很有可能想要起死回生。秦王新近得勢，想要打鐵趁熱，一步登天。這二人皆有可能。」

孟如韞道：「長公主當年讓你在北郡訓練私兵，防的就是這一天。可眼下戎羌未平，鐵朔軍實力不夠，若臨京有難，你可能相救？」

「我自有辦法遵守我的承諾。」陸明時安撫她道：「妳只管保護好自己，不必擔心我，若有需要，隨時寫信給我。」

第二天，孟如韞乘馬車離開北郡，不久就改換快馬。回到臨京時正值二月初五，梅花正盛，城外草木也有復甦的跡象。

孟如韞直奔昭隆長公主府。蕭漪瀾正在拂雲書閣中，聽聞通傳雙眼一亮，忙起身相迎。

「殿下。」孟如韞入室即拜，蕭漪瀾親自扶起她。

「可算是回來了，再不回來，我還以為妳在北郡成家了。」

殿下倒是挺會猜。

她尚來不及說自己與陸明時的事，蕭漪瀾讓人去叫霍弋，趁這個工夫，將臨京發生的一連串變故告訴她。

幽禁在冷宮中的廢太子蕭道全有死灰復燃的跡象，據季汝清所言，馬從德似乎與蕭道全達成了某種合作，每當宣成帝對六殿下行事有所不滿的時候，馬從德總會有意無意地提起蕭道全。

季汝清代宣成帝批紅，遲令書也在摺子中為蕭道全求情，替蕭道全申父子之情，訴幽禁之苦。

蕭潃瀾說：「在與本宮爭權這件事上，小六做得遠不如廢太子做得讓陛下滿意。他對廢太子示恩，是在警告小六。後宮中，皇后和嫻貴妃也為此鬧得很僵。」

孟如韞問：「您覺得陛下的病會跟這些人有關係嗎？」

蕭潃瀾眉頭微蹙。「妳說聖上的病並非勞累過度，而是人為？此話從何說起？」

孟如韞輕輕搖頭。「只是直覺罷了。」

霍弋推著輪椅緩緩進來，看見孟如韞安然無恙，臉上的神情柔和了許多。

孟如韞過去幫他推輪椅，在茶案前坐下，俯身去取茶勺。霍弋從她手中接過去，溫聲道：「妳剛回來，歇一歇，我來吧。」

他有一手沏茶的好手藝，銅爐上的泉水燒沸，潺潺倒進汝窯冰玉茶盞中，瞬間水霧升騰，激起茶香裊裊。

孟如韞捧著茶盞抿了一口，緩緩將自己去年一年的經歷告訴長公主和霍弋。

蕭潃瀾道：「在外面奔波這一年辛苦妳了，接下來在臨京好好休息一段時間。薛平患已經給本宮寫過信，說會幫妳照顧好東瀛那邊的生意，妳放心便是。」

孟如韞自然放心。「薛叔的船隊甚至能剿海寇，我當然不擔心。」

正說著話，紫蘇匆匆走進來道：「殿下，馬大伴來傳聖詔了！」

孟如韞與蕭潃瀾一同站起，三人對視了一眼，都有些驚訝。

幾人匆匆往前院聽聖詔。馬從德的視線在霍弋身上掃了一圈，又看向蕭淯瀾。他手捧詔書高聲宣讀，蕭淯瀾越聽臉色越冷。聖詔內容與她無關，竟是要宣霍弋入宮奏對。

一個小小的長公主府幕僚，為何能驚動天子親詔？

見蕭淯瀾遲遲不接詔，馬從德又提醒了她一句。「長公主殿下，這是聖詔。」

蕭淯瀾起身，神色冷然地看著馬從德身後的天子親軍。

攔禁軍宣詔，她若敢不接詔，禁軍會當場破府拿人。如此大的陣仗，意味著聖上要見霍弋，絕不會是為了小事，此去凶多吉少。

雙方正僵持間，霍弋推著輪椅自她身後走出，對馬從德道：「臣接詔，只是臣腿腳不便，還請馬公公找幾個人來將臣抬上馬車。」霍弋說道。

「望之！」蕭淯瀾喊了他一聲。

「天子有詔，殿下不要任性，臣去去就回。」霍弋回頭看了蕭淯瀾一眼。「臣已將佛經抄完，就放在佛堂的青玉案上。」

他說完這句話就跟著馬從德離開了長公主府。

紫蘇將霍弋放在佛堂的黑木匣子取了過來。蕭淯瀾打開匣子，只見裡面放了兩本書冊，一冊記錄著近些年來長公主的重要人情往來與可用之人，另一冊記錄著屬於長公主府的產業。

書冊上放著一塊玉玦，是她收他入長公主府時送給他的。

這個匣子裡放著所有他能留給蕭漪瀾的東西。

孟如韞剎那無言，蕭漪瀾默然片刻，忽然喊道：「來人！更衣入宮！」

「殿下不可！」孟如韞比她稍微冷靜一些，攔住了她。「眼下諸事未明，您不能妄動。兄長已經入宮，您需要留在外面主持大局！」

蕭漪瀾說道：「望之有危險，本宮不能坐視不理。」

「聖上若真要對兄長下手，您進宮也無濟於事，且有您在宮外坐鎮，聖上才會有所忌憚。」孟如韞勸她道：「咱們先等等消息。」

蕭漪瀾望了眼外面的天色，說道：「若戌時還沒有消息，本宮就要進宮去。」

「好，」孟如韞道：「我陪殿下一起等。」

皇宮，福寧宮。

因為生病，宣成帝近日都沒什麼精神。太醫院的大夫們瞧不出什麼端倪，這次就連許憑易都無可奈何。

身體日漸勞累，宣成帝隱約覺得這次不是小病。

他心裡有些怕。他才五十歲，當了三十六年太子，只坐了十四年皇位。他剛剛坐穩了位置，還沒來得及大展宏圖，好好享樂，這一輩子竟然就要過去了。

他要趁清醒的時候處理好朝堂上的事，此時馬從德又向他提起霍弋，他妹妹蕭漪瀾身邊那個疑似陸氏餘孽的幕僚。

宣成帝雖然早就知道他的身分，卻遲遲沒有捉拿他，為的是放長線釣大魚，想拿住霍弋的把柄，最好能將蕭漪瀾也一起拉下水，清一清黨附於她的爪牙。

未承想身體傾頹得如此快，蕭漪瀾與霍弋尚未露出苗頭，他卻快要撐不住了。

於是宣成帝聽了馬從德的建議，宣霍弋入宮一見。

馬從德前往長公主府宣詔的工夫，宣成帝於病中作了一場舊夢。

他夢見了母親明德太后和父親仁帝。他是他們的第一個孩子，自幼就被立為太子，十歲時就在太傅的教導下臨朝聽政，但他的表現總是不能令母親滿意，他的政見總是與母親相左。他做了二十七年太子，直到父親仁帝去世，他都沒有得到過母親真心的誇讚。

他夢見了仁帝病重臥榻那天的事情。

那天，他去給父皇請安，明德太后也在。他正欲進門，聽見了他們在談論自己，於是躲在屏風後細聽。

他聽見母親說自己「用心不正」、「好弄權而輕民」。明德太后說：「漪瀾雖年幼，卻可見其志，若阿諶與漪瀾的身分能換一換就好了。」

時為太子的宣成帝心中一陣驚慌，不敢再聽，狼狽地悄悄離開了。

宣成帝從夢中悠悠轉醒，轉頭見宮女正在掌燈，啞聲問道：「幾時了？」

馬從德見他醒了，忙上前來。「回陛下，未時中了。」

宣成帝嗯了一聲，讓馬從德扶他坐起來。

馬從德伺候宣成帝喝水，覷著他的臉色說道：「昭隆殿下府中那位姓霍的幕僚已經請來了，正在外面候著，陛下可要見一見？」

宣成帝神情微變，點點頭。「更衣，宣他進來。」

霍弋行至殿中，宣成帝冷眼掃視他的雙腿，免了他的跪禮。

福寧宮裡飄著濃濃的藥味，霍弋看了眼臉色蒼白虛弱的宣成帝，又緩緩垂下眼，做出溫良恭謹的樣子。

宣成帝打量他半天，問道：「你跟隨昭隆多久了？」

「回陛下，臣跟隨長公主殿下已有七年。」

「七年……」宣成帝在心中算了算年紀，眉頭輕輕一皺。

王翠白交代過霍弋的來歷，說他是陸氏餘孽，改換身分後考中進士，先仕於東宮，後又改仕長公主府。霍弋說他今年二十七歲，也就是說，他考中進士時是十七歲，而陸諫的兒子如果活著，從年紀上來算，彼時應該是十二歲左右。

十七歲與十二歲的差距，容貌上應該看得出來。

宣成帝想了想，命人去太醫院傳許憑易，又讓季汝青去調霍弋中進士時的身分籍貫造冊。

許憑易來到福寧宮，宣成帝指了指霍弋，對他道：「去給他摸骨，看看他的年紀。」

許憑易走到霍弋面前，溫聲道：「請公子伸出左手。」

霍弋將手遞給他，許憑易捏住他的手腕，一寸一寸捏至掌骨，又仔細捏他的關節。過了約一炷香的時間，他鬆開了霍弋的手，對宣成帝道：「回陛下，這位公子的年紀在二十五歲至二十八歲之間。」

季汝青將霍弋中進士時的身分籍貫取了回來，上面清清楚楚寫著：霍弋，十七歲，宜州人氏。十七歲中進士，仕於東宮三年，仕於長公主府七年，今年二十七歲。

從年紀上看，眼前這個人和宜州霍弋的身分是相符的，而和當年陸家小公子的年紀根本對不上。

未能證實心中的猜想，宣成帝有些煩躁。他看了馬從德一眼，馬從德會意，高聲問霍弋。「你說你是宜州舉人，可宜州人辨認你的畫像，卻說你不是霍弋，你如何解釋？」

霍弋道：「臣自雙腿殘後形容憔悴，又十幾年不曾回宜州，認不出來也正常。」

馬從德道：「可前東宮詹事王翠白舉發你是陸家餘孽，是本應於十三年前伏誅的陸諫之子。對此，你有何話說？」

霍弋微愣，心中十分驚詫。

來皇宮的路上，霍弋就在猜測聖上召他入宮的目的。因為沒有牽扯到蕭漪瀾，所以只可能是自己的身分出了紕漏，但他沒想到，他們竟然將自己錯認為陸家的後人。

霍弋說道：「臣沒聽說過陸家，更不是陸家的後人，卻不知王詹事有何證據？」

「他手裡有當年查抄陸家的官員口供，那人自供說當年陸家少了一個孩子，因為怕追責所以隱瞞了下來。」

霍弋道：「天下之大，如魚游入海，無緣無故指認臣為陸氏後人，臣覺得十分荒唐。」

他咬死了不肯承認，說王翠白是為求免死而故意攀咬。宣成帝命人將王翠白提來，與霍弋當面對質。霍弋每句話聽上去都沒有紕漏，反觀王翠白，除了能證實當年陸家丟了小公子之外，再拿不出別的證據，說霍弋在東宮暗查舊案也是空口無憑。

年紀對不上，對質也對不上，從得知霍弋身分至現在，又沒有抓住他的把柄。此時，就連一向擅長疑人的宣成帝都感到無從下口。

宣成帝低聲問馬從德。「難不成白折騰一趟，就這麼把人放了？」

馬從德另有主意，低聲對宣成帝道：「既然已經把人傳召來，就不急著放他回去，只透個消息給長公主，說霍弋的身分有假，長公主若是對此知情，必然會有動作。屆時就知道霍弋是否在撒謊了。」

宣成帝覺得他說得有理，點了點頭。

第六十九章

長公主府很快收到了霍弋被軟禁宮中的消息，得知是他的身分出了紕漏，孟如韞也有一瞬間的慌亂。

蕭漪瀾坐不住了，當即就要入宮，叮囑孟如韞道：「我去見陛下，一定要將望之保出來。若是明日午時我們尚未回府，妳帶著我的印信聯繫這幾位老臣，讓他們馬上寫摺子，同時命人快馬給北郡傳信。」

孟如韞點頭。「我記住了。」

孟如韞送她到府門，蕭漪瀾剛跨上馬，紅纓從府中追了出來。

「殿下！鴿子！鴿子回來了！」

這隻鴿子是霍弋特地養來與季汝青互通消息的。孟如韞將鴿子腿上的消息摘下遞給蕭漪瀾，蕭漪瀾打開，只見上面簡單寫了幾句話。

少君無礙，殿下勿動，子夜來訪詳敘。

蕭漪瀾看完字條後思索了片刻，翻身下馬往府中走去。孟如韞忙跟上，蕭漪瀾對她說道：「繼續等消息吧，今夜汝青要來。」

兩人在拂雲書閣中等到了子時，等得孟如韞都快睡著了，紫蘇才引著季汝青走進書閣。

他一進來就開門見山地說道：「聖上懷疑霍少君是昭毅將軍陸諫的兒子，但眼下尚無證據，所以將他扣在宮中，想試探殿下您的反應。」

蕭漪瀾與孟如韞齊聲驚訝道：「陸氏後人？」

他怎麼可能是陸氏後人？

蕭漪瀾擰眉問道：「這是哪裡來的消息？陸家滿門皆亡於十三年前，這是眾所周知的事情，怎會突然懷疑望之是陸家人？」

季汝青道：「霍少君仕於東宮時，曾試圖在廢太子書房中找舊案文籍。此事被東宮詹事王翠白知曉，想必是為了保命，故意攀咬少君是陸氏後人。」

其實他早已知曉霍弋的真實身分是孟午的兒子，所以才願意與他合作，一起為長公主謀事。

他來長公主府之前悄悄去見了霍弋一面，霍弋只讓他轉達給蕭漪瀾一句話——「我安危事小，殿下的安危為大，切不可莽撞行動，授人把柄」。

蕭漪瀾聽完後蹙眉道：「不可莽撞行動，難道就要本宮眼睜睜看著他為人魚肉嗎？」

季汝青寬慰她道：「殿下且寬心。如今霍少君在宮中暫無性命之危，殿下只需要安心等待，快則一個月，遲則三個月，宮中必然生變。」

蕭漪瀾問：「汝青指的是什麼？」

季汝青溫聲道：「此事您還是不知道為好。這段時間您只需要沈住氣，與北郡保持聯繫即可。」

蕭漪瀾默然沈思。孟如韞心中想到一種可能，長睫輕輕一顫。

她心裡有一個尚待證實的猜測。

季汝青不能在宮外長久逗留，安撫蕭漪瀾後就要離開，孟如韞起身送他去西側門。

出了拂雲書閣，孟如韞低聲問他。「季中官是不是早就知道霍少君的身分？」

季汝青沒有隱瞞她，點點頭。「他是孟祭酒的兒子，我知道。」

「除此之外，季中官還知道什麼？」孟如韞試探著問道。

季汝青看了她一眼，溫和一笑。「孟女官是想問，我是不是也知道妳的身分？」

他既然這麼說，必然是已經知曉了。

孟如韞道：「看來當初蘇和州一面，是季中官有意為之。」

「妳的文章與孟祭酒風格很像，讀完之後，我確實想見妳一面。」季汝青笑了笑。「但妳的馬車不是我弄壞的。」

孟如韞倒沒有懷疑他這個，只是心中越發疑惑。「可是……為什麼呢？」

他稱父親為孟祭酒，想必與自家曾是故交，可孟如韞的印象裡並沒有姓季的世交叔伯，遑論宮中內宦。

「我父母早亡，叔嬸為我取名季棄，七歲時便將我賣進宮做奴才。我在浣衣宮給貴人們洗衣服，後來因為洗壞了嫻貴妃的一條披帛，我被她命人丟進染缸裡，泡了一天一夜。」

季汝青垂眼一笑，想起一些陳年舊事。

「彼時孟祭酒正兼任內學堂侍講，教後宮的奴才讀書寫字。他恰巧路過，見我可憐，救了我一命，又為我向管束公公求了個恩典，讓我一同在內學堂裡讀書。」

孟如韞心中微動，看向季汝青。看他如今從容清矜的氣度，很難想像他曾遭受過那樣的折辱。

「我的名字也是孟祭酒為我改的。」季汝青緩聲道：「他對我說，青為君子之色，願汝無論身處何境，此心長青。可惜……」

孟如韞問他。「我父親出事那年，你多大了？」

「那年我十歲。」季汝青道：「我記得很清楚，我剛讀完他送我的《諸子說》，正盼著他下次入宮為我答疑解惑，結果內學堂侍講換了人，後來我才知道，孟祭酒出事了。」

那位學富五車、和藹敦厚的孟祭酒，有著文臣死諫的錚錚傲骨，敢於在宣成帝面前為昭毅將軍鳴不平，不惜為此觸怒龍顏，自裁獄中。

季汝青失去了唯一一位願意教他識字、為他講學的先生，十歲的他望著皇宮漫漫長夜，第一次感受到了失去的痛苦。

後來，他也學會了鑽營取悅、賣乖討寵，認司禮監掌印馬從德為乾爹，討取他的歡心，一路走到了今天。

長公主府的西側門寂靜無人，停著一輛蒙著褐布的灰色馬車。季汝青自有他的本事在宮禁後入宮。他登上馬車，回身對孟如韞道：「外面冷，孟姑娘請回吧。宮裡的事有我，請殿下寬心。」

孟如韞又叮囑了他一句。「君子不立危牆之下，還請季中官不要莽撞，萬事惜身。」

季汝清笑了笑。「多謝提醒。」

馬車駛離長公主府，沒有走大路，在小巷中穿梭而行。季汝清端坐車中，合目小憩，並沒有將孟如韞的叮囑放在心上。

他不是行而有則的君子，一直都是不擇手段的閹豎。

經過季汝青的提醒，蕭漪瀾沒有莽撞入宮，但也不能對霍弋被扣押一事太過無動於衷，否則同樣會引起宣成帝的懷疑。

她打算早朝散後再去福寧宮與宣成帝提一提此事。

宣成帝早朝時遲到了半個時辰，是被馬從德一路攙過來的。蕭漪瀾瞧著他的臉色青中透白，乃是沈痾久病之狀，心中不由得一沈。

宣成帝提出要立秦王蕭胤雙為太子，令其監理國事。此言一出，滿堂竊竊，文武百官各自打起了算盤。

冊立秦王為太子一事，昨日已從內閣中傳出風聲，今日早朝上宣成帝親自宣布，給新進的秦王黨們吃了一顆定心丸。仍有蕭道全的黨羽不死心，他們見蕭道全沒死，還幻想著有一天能跟隨廢太子東山再起。他們出言阻攔此事，宣成帝聽完頗有些不耐煩地擺了擺手。

他看向沈默不言的蕭漪瀾，問道：「昭隆，兩個都是妳的姪子，此事妳如何看？」

蕭漪瀾不動聲色道：「儲君是國本，應該由陛下聖心裁示。」

「是嗎？」宣成帝冷笑道：「倒是難得妳如此懂事。」

他力排眾議，要禮部著手準備太子的冊立儀式，而後便宣布散朝。

蕭漪瀾正欲繞去福寧宮找宣成帝，卻先見到了站在丹墀下等她的蕭胤雙。

她欲作視而不見，蕭胤雙卻亦步亦趨地跟上來。「小姑姑為何不理我？」

蕭漪瀾低聲警告他道：「陛下不喜歡你同本宮走太近。此處是皇宮，你該學會避嫌。」

「妳是我姑姑，他是妳兄長，大家都姓蕭，有何嫌可避？」蕭胤雙道：「莫非是因為父皇要立我為太子，小姑姑生我的氣了？」

蕭漪瀾沿著丹墀往下走，訓他道：「你馬上就要入主東宮，怎麼還像個長不大的孩子，本宮生你的氣做什麼？」

蕭胤雙道：「我不想做太子。」

蕭漪瀾腳步一頓。

「我自小就不是被作為儲君培養，早已習慣了生性散漫，自由自在。我搞不懂東宮冗亂的官職，更不想每天與別人勾心鬥角。」蕭胤雙追上來道：「何況我心裡清楚，父皇要立我為太子，並不是滿意我這個兒子，而是別無他選。我至今都不明白皇兄為何會被廢，他做錯了什麼令聖心失望至此，更不知道自己以後會不會也步他的後塵。」

蕭漪瀾默然片刻後說道：「你同本宮說這些也沒用，本宮也決定不了聖心。」

「那我現在就去見父皇，請他收回立我為太子的旨意。」

「放肆！」

蕭漪瀾聞言心中火起，恨鐵不成鋼地冷聲斥他道：「蕭胤雙，你做事之前能不能動動腦子？你前腳與本宮說完話，後腳就去陛下面前請辭太子，你猜陛下會怎麼想本宮？」

「我會解釋清楚，絕不讓父皇誤會您。」

「是嗎？」蕭漪瀾冷冷瞧著他。「上次阿韞的事，你在陛下面前解釋清楚了嗎？」

蕭胤雙一噎，頓時啞口無言。

蕭漪瀾緩了口氣，低聲說道：「小六，你已經成婚開府，不是小孩子了，之前就曾吃過亂說話的虧，以後什麼話該說，什麼話不該說，你要想清楚了再開口。」

蕭胤雙苦笑了一聲，悶悶不樂道：「我明白了。」

蕭漪瀾來到福寧宮時，宣成帝剛睡下。她沒有打擾，便在外殿等著，過了約小半個時辰，看見許憑易從內室走出來，身後跟著兩個揹藥箱的太醫院學徒。

許憑易見了她，上前行禮，蕭漪瀾讓他平身，打探宣成帝的病情。

許憑易說道：「陛下是經年積勞，傷了根底，需要靜養。剛剛喝下藥，眼下已經睡著，恐怕要等傍晚才醒。」
馬從德從旁道：「既然如此，長公主殿下若無急事，可以先回府，等明日陛下醒了再來。」
「說不上什麼急事。」蕭漪瀾看了馬從德一眼。「只是想來問問本宮的幕僚如今在何處，既然皇兄身體不適，那就以後再說吧。」
她轉身往外走，馬從德笑吟吟地將她送出福寧宮，心中卻對她的態度十分納罕。
瞧著像是隨口一問，並不焦急。馬從德有些拿不準，究竟是霍弋的身分沒問題，還是連長公主殿下也被他蒙在鼓裡。
與此同時，嫻貴妃居住的昭陽宮中，剛得知朝會消息的貴妃娘娘正氣急敗壞地摔東西。
她是太子生母，自宣成帝尚為太子時就嫁給他為側妃，為他生兒育女，小意侍奉左右。誰承想到頭來，他不僅廢了她兒子，如今還要立六皇子為太子！
那蕭胤雙非嫡非長，算是什麼東西，也敢跟她兒子搶皇位？
嫻貴妃在昭陽宮中坐立不安，許久之後，心腹宮女急匆匆前來稟報。
「娘娘，季隨堂來了！」
嫻貴妃雙眼一亮。「快請進來！」
如今的季汝青是宣成帝身邊的第二紅人，享有代筆批紅的權力。對於他主動示好要幫廢太子復位這件事，嫻貴妃感激尚來不及，哪裡還記得自己十多年前曾因一條披帛懲治過浣衣宮的小太監。

季汝青走進來，掃視了一眼滿地碎瓷片。嫻貴妃端坐上首道：「讓季隨堂見笑了。」

季汝青道：「奴才能理解娘娘的心情，奴才此來正是為您分憂解難。」

嫻貴妃微微傾身。「請季隨堂指點。」

季汝青問：「我上次給娘娘的東西，娘娘手裡還剩多少？」

嫻貴妃起身從博古架後的隱蔽地方取出一個錦盒，捏著鼻子將其打開。錦盒中盛放著兩、三塊黑灰色的石塊，石塊上爬滿了奇怪的紋路。

「已經剩得不多了。」嫻貴妃道：「前幾次陛下每次來，我都會按照你交代的法子，把碾碎的粉末溶入茶水中。但陛下病了後未再來過昭陽宮，該不會是心中起疑了吧？」

「娘娘放心，此物無色無味，藥效溫和，症狀與積勞虧損無異，尋常人辨別不出。」季汝青安撫她道：「陛下若是起疑，奴才今日哪還有命來見娘娘。」

嫻貴妃點點頭。「這倒也是。」

季汝青說：「眼下已經到了最要緊的時候，過幾日，娘娘想辦法到福寧宮去一趟，將剩下這些藥全都餵進陛下嘴裡。」

嫻貴妃蹙眉。「陛下已經宣布了要立蕭胤雙為太子的旨意，若是此時出事，豈不是為他人作了嫁衣？」

「難道娘娘還指望陛下再把六皇子廢掉嗎？」季汝青不緊不慢地勸她道：「正是要趁六

殿下羽翼未豐，一舉成事。只要娘娘點頭，我會提前通知太子殿下做好準備，陛下一死，即刻擁立太子殿下登基。」

他在嫻貴妃面前仍稱蕭道全為太子。嫻貴妃緩緩攥緊衣袖，似在糾結。

「此事神不知鬼不覺，只差這臨門一腳，您就可以高枕無憂做皇太后，奴才也能跟隨太子一步登天。還望娘娘仔細考慮。」

滴漏一聲聲落下，許久之後，嫻貴妃長吁一口氣，終於下定了決心。

「好，我聽季隨堂的籌謀。道全那邊，還望你多多扶持。」

季汝青朝她一拜。「奴才遵命。」

離開昭陽宮後，他又悄悄去了趟冷宮，說服心灰意冷的廢太子蕭道全重新奪位的心志。

眼下正值二月，颳過皇宮的風裡依然有種吹徹人皮肉的冷。季汝青攏了攏身上的狐裘披風，匆匆走進宮燈照不亮的夜色中。

第七十章

那夜將季汝青送出長公主府後，孟如韞與蕭漪瀾商議一番，寫了封密信，派人加急傳往北郡。

既然宣成帝已經知曉陸諫的兒子當年逃過了一劫，若他查明此人不是霍弋，定會讓錦衣衛留心查訪陸諫之子的下落。這封密信一是為了提醒陸明時小心行事，不要露出端倪，二是讓他做好準備，倘宣成帝最終仍不打算放過霍弋，他要帶兵從北郡殺回臨京。

蕭漪瀾坐在燈下，心事重重地說道：「此事實在太過倉促。陸明時才回北郡一年，單是削減軍餉一事已夠讓人煩心，何況外有戎羌蠢蠢欲動，若臨京真出了亂子，他未必能救得了。」

孟如韞安慰她道：「此事是兄長替子夙擋了禍，子夙理應相救。他一向用兵如神，殿下不必憂心。」

然而她自己心中亦十分忐忑。

自宣成帝裝病開始，這一世許多事情的因果跡象已與前世不同。她阻止了長公主在宣成帝裝病時發起宮變，使得她能夠保存實力，不必再蹉跎十年；同時也引得蕭道全逼宮被廢，臨京的局勢波譎雲詭，被攪成了一鍋沸水。

如今，宣成帝的病情江河日下，他似乎已經失去了看朝中各方勢力爭奪抗衡的耐心。孟如韞覺得，他很有可能是想藉兄長身分這件事大肆發揮，意圖降罪於長公主府。

若真是如此，恐怕大家都沒有幾天安生日子過了。

她抬頭望向北郡的方向，在心裡默默嘆息。

陸明時同時收到了兩封密信。

一封來自臨京，孟如韞提醒他謹慎行事，不要暴露身分。另一封則來自戎羌。

他派往戎羌的探子打聽到了準確的消息，老忠義王於三月初九離世，王后拿出忠義王遺詔，扶立其親生世子為新的忠義王。三月下旬，前王后之子、世子同父異母的哥哥胡達爾發動政變，帶領母族騎兵圍困其王都花虞城。

內外同時生變，陸明時對著疆域邊防圖考慮了一整夜，終於拿定了主意。

他不能坐視嵐光兄長代他受過，畢竟如今也是他的妻兄；也不甘心錯過戎羌兄弟鬩牆的好機會，所以他決定撕毀和約，對戎羌出兵。

一來可以打戎羌個措手不及，倘戰事順利，能一舉平定戎羌也未可知。二來可以吸引宣成帝的視線，讓他擦亮眼睛，好好看看誰才是陸諫的兒子。

他將自己的想法告訴沈元思，沈元思聽完後倒吸一口涼氣。「陸子夙，你知道『謀大逆』三個字怎麼寫嗎？」

陸明時十分平靜地點點頭。「知道，聽說朝廷當年給我爹定的就是這個罪名。」

沈元思冷笑。「你爹那是堂堂正正的大將軍，以後是要流芳後世的。你這算怎麼回事，無詔動王師，無名起戰事，這一仗你若是打輸了，以後從你墳前路過的小孩都得唾你兩口。」

「往前十五年，往後十五年，我敢保證不會再有比眼下更好的機會。」陸明時神色認真地說道：「此次若不能一舉殲滅戎羌騎兵，令戎羌二十年間再無南下劫掠之力，一雪十三年前呼邪山之恥，我也就不配姓陸了。」

陸明時當即整頓北郡兵馬，沒有調動他藏在呼邪山山谷那三萬精兵，而是從北十四郡各郡駐軍中抽調精銳騎兵三萬、步兵五萬，留三分之一老弱者守城，以北巡戎羌異動為名要率兵北上。

陸明時用三天的時間點兵遣將，打算取道呼邪山直入北戎羌。向望雲斷了一條胳膊，陸明時讓他負責糧草的調度，又啟用了許多當年與他父親並肩作戰過的老部下，分派為各隊校尉和後援接應。

他指著地圖對諸將領說道：「天鹿城的駐軍已經被胡達爾調走，此時幾乎是座沒有守軍的空城。我帶五千騎兵精銳先行，取道呼邪山山谷，直取天鹿城；取城以後，據此一百二十里的扶桑城駐軍必來接應。江段——」

座中一人應而起身。「末將在！」

「你率兩萬步卒攔截其後路，以長庚星方向的煙花為信號，與我夾擊扶桑城駐軍，務必阻其退路。」

「是！」

陸明時繼續說道：「順利的話，六天之內就能連下兩城，從慎在後安撫民心。此時，胡達爾和世子呼格爾將會收到消息，很有可能息戰對外。若是如此，咱們就守城不出。守城最關鍵的是安撫好城中百姓，後援將領要約束好士卒，不得劫掠，否則罪加三等，明白了嗎？」

沈元思領命。「明白！」

陸明時安排好之後準備連夜拔營，這一動靜驚動了巡撫何銘山。

明明他才有調兵的權力，可陸明時十分不將他放在眼裡，竟在他眼皮子底下就把兵調走了。

何銘山十分生氣，但又不敢放他走，怕宣成帝覺得自己一點約束守軍的作用都沒有。聽說陸明時點完兵後，何銘山嘴上立刻起了兩個火皰，思來想去還是趕來天煌郡勸阻他。

「無令調兵，此乃大罪，輕則問忩權罪，重則以謀反論！陸安撫使，萬不可意氣用事啊！」何銘山正對著整裝的大軍，佝僂地坐在馬上，像一隻鵪鶉。

陸明時勒著韁繩，冷笑一聲。「怎麼，參我的摺子還沒回覆，何巡撫著急了？」

「哎，我也是為安撫使著想……」

陸明時馭馬慢悠悠繞著他轉了幾圈，看見部下臉上皆有義憤之神色，知道他們之前沒少被何銘山剋扣軍餉。此人仗著朝廷巡撫的身分作威作福，沒少禍害北郡。

陸明時嘖嘖兩聲。「何銘山啊何銘山，我沒空找你，你倒是送上門來了。」

何銘山問：「安撫使找我何事？」

「哦，小事。」陸明時皮笑肉不笑，看得何銘山渾身泛冷，只聽他幽幽道：「想請何巡撫陣前祭旗，振奮一下軍心。」

何銘山嚇得渾身寒毛倒豎，馭馬掉頭便跑，跑沒兩步一個踉蹌從馬上摔下來，砸其一片塵土，惹來身後將士們的一陣哄笑聲。

沈元思問陸明時。「你不會真想宰了他吧？雖然是挺痛快的，但會不會太任性了點？」

陸明時望了一眼天色，說道：「現在還不是時候。要殺他，得等奪了天鹿城與扶桑城回來。不過臉面倒不必給他留了。」

他喊了一聲出發，浩浩大軍如雄獅夜行，往戎羌的方向而去。

行至天色微明，陸明時令大軍在呼邪山下休整，騎兵休息半日後直接取道山谷，前往天鹿城，江段帶著步卒一天以後出發。

他們取道的山谷就是十五年前發生呼邪山一戰的地方。當年，鐵朔軍精銳大多折於此地，陸明時帶人在山谷中行進時，偶爾能看見當年的沈戟荒骨露在石間荒漠裡。

一些被陸明時重新提攜的老將見此情景紛紛落淚，沈元思見狀悄悄問陸明時。「這麼多年了，不會再有埋伏吧？」

陸明時搖了搖頭。「放心，我查探過，無論大路小路，最近半年內附近都沒有過戎羌軍隊的動靜。」

「戎羌大概沒想到大周軍隊還敢走這條路，更不敢想帶兵的人還姓陸。」沈元思說道：「不過他們這麼哭你不管管嗎？動搖軍心不說，怪嚇人的。」

陸明時輕輕搖頭。「沒有什麼比追憶葬身此地的故人，更能令軍心堅定。」

他先帶著十幾個精銳混入了天鹿城，調查清楚天鹿城的駐軍果然被調去了花虞城。他以煙花為號令，與埋伏在城外的部下裡應外合，不到兩個時辰就殺開了城門。兩千騎兵如魚入河海般湧入天鹿城，一萬步卒殿後，徑直殺入城主府。天明時分，已經控制了天鹿城的城主府與軍營，陸明時又將剩餘隊伍陸續遷入城中。

陸明時當眾斬殺了幾個不肯投降的官員，又安撫好願意投降的戎羌臣民，並勒令大周兵士不得侵擾。如此一番恩威並施後，天鹿城迅速被安撫下來。

他很快收到江段的消息，說扶桑城守將正率兩萬騎兵趕來天鹿城，兩天後就能趕到。陸明時送信給在呼邪山外候調的校尉，命其率五千騎兵衝鋒、兩萬步卒殿後，悄悄趕往扶桑城，四天後便大舉攻打扶桑城。彼時扶桑城守軍正在天鹿城鏖戰，斷無分身回救的可能。

他將守住天鹿城的任務交給了沈元思。這件事十分關鍵，他叮囑沈元思道：「一旦聽說扶桑城援軍來到，天鹿城臣民必然心中動搖。我出城迎戰扶桑城援軍時，天鹿城就在我身後，萬不可令其生變，與扶桑城援軍形成裡應外合的夾攻之勢。此事雖小，攸關成敗，從慎，除了你，我不敢託付給別人。」

沈元思十分鄭重地應下。「明白，子夙兄放心。」

扶桑城援軍兵臨城下之際，陸明時突然率一百多人的鐵騎從城中殺出，如一枝冷箭射入龐然壓城的野獸的身軀。

他教了這些精銳騎兵十分關鍵的一招，左手持戟擋住劈下來的刀，右手掄長斧專砍馬腿。此舉雖不能殺死騎兵，只能令其摔傷，卻能迅速衝開人群。在陸明時的帶領下，他們徑直衝入戎羌騎兵的隊伍，邊衝邊砍，不退縮也不戀戰，以猝不及防之勢殺得從未見過此種打法的戎羌騎兵一片混亂。

戎羌將軍西格率精銳趕過來，陸明時不與他打，揚手比了個手勢，天鹿城頭鳴金收兵，他帶著這群精銳騎兵馭馬掉頭，迅速回城關門。

他剛摘掉兜鍪，聞訊而來的沈元思十分興奮。「聽說你把戎羌蠻子殺懵了，可以啊陸子夙！」

陸明時說道：「殺懵了倒不至於。扶桑城騎兵並非浪得虛名，今日一戰，一是為了擾其軍心，揚我軍威，二是為了之後做鋪墊。想殺痛快，得等過幾天再說。」

接下來的兩天，陸明時數次故技重施，帶著靈活的騎兵精銳殺入扶桑城守軍中，又旋即撤回。他們每次出戰給戎羌援軍造成的傷亡並不大，但十分令人惱火，扶桑城將軍嘗試教給士兵防禦對方砍馬腿的招式，可這招剛學會，陸明時又換了一招，如此三、五趟下來，簡直防不勝防，不堪其擾。

扶桑援軍失去了耐心，每天都在城樓下罵戰，陸明時安坐不理。第四天傍晚，戎羌援軍正埋鍋造飯，忽見天鹿城城門開，陸明時又帶著人衝出來。

不起初他們以為來者是老招數，將軍便只讓外層士兵做好防禦，裡面的營地繼續吃飯。不料此次跟在陸明時身後衝出來的卻不只數百人，五千騎兵衝鋒，兩萬步卒殿後，黑壓壓如潮湧般傾瀉而出。

這些士兵觀戰了這許多天，早就按捺不住要跟著陸明時衝出城大肆殺敵，如今殺氣騰騰地奔來，騎兵殺馬，步兵殺人，迅速將戎羌軍隊衝得四分五裂。

陸明時不與普通騎兵糾纏，徑直奔向扶桑城將軍，兩人馬上對戰數十回合，扶桑城將軍被陸明時掄下馬，半空中只見長槍冷光一閃，人頭與身體同時落地。

陸明時馬上彎腰，搶起滾落在地的扶桑城將軍頭顱，高高舉起，喊道：「敵將已死，立降不殺！」

大周騎兵見狀熱血沸騰，亦揚聲助威。「敵將已死，立降不殺！敵將已死，立降不殺！」

本就被陸明時殺得軍心動搖的扶桑城騎兵見將軍被殺死，更是崩潰成一片。副將忙於收攏士兵，準備再戰，卻忽然得到消息，說扶桑城遭到敵襲，有失守之危。

占領天鹿城的大周士兵雖然不多，但是兵勇將猛，又殺死了他們將軍，恐一時半刻無法攻下；若是連扶桑城也失守，他們數萬將士將無家可歸，何況如今在扶桑城中駐守的，是他們將軍那沒什麼實戰經歷的兒子。

副將斟酌一番後，收攏殘餘部隊後撤，準備回守扶桑城。

陸明時率兵追擊，與早就等在半路劫持戎羌敗軍的江段裡應外合。兩方殺到第二天中午，扶桑城將領皆亡，剩餘騎兵死的死、降的降，戎羌數日之內折了五萬騎兵精銳。

陸明時沒有停留，與沈元思、江段等率軍趕往扶桑城。沒了守城軍隊，扶桑城也很快被攻下。

沈元思嚷嚷著要擺慶功宴，但是陸明時卻說他當晚就要趕回北郡。

「前段時間我讓人回臨京放消息，說我才是陸諫的兒子，再加上前幾天何銘山寫摺子參我，算算日子，朝廷的問責詔書應該已經到北郡了。我得回天煌郡一趟。」陸明時叮囑沈元思道：「天鹿城與扶桑城是戎羌門戶，務必要守好這兩座城，將來攻打戎羌才能勢如破竹。記住我的話，只守不攻。」

沈元思鄭重點頭。「你放心去，這裡有我和江段，天鹿城有趙遠和向大哥，不會讓你失望的！」

第七十一章

陸明時連夜趕回北郡，到達天煌郡時，正碰上天子特使前來宣詔。

宣成帝收到何銘山參陸明時的摺子後大怒，他最恨邊關守將不聽君令，尤其是北郡，更是橫在他心口的一根刺。

兩年前，他讓陸明時回北郡削減軍防，本是為了控制北郡的兵力，令其不至於脫離掌控。結果削來削去，改來改去，卻讓整個北郡的軍隊都改認陸明時為主，他竟然能耐到沒有虎符就調兵與戎羌開戰！

更何況，近日臨京裡傳唱著兩句讓宣成帝疑心大作的童謠。「南箭空射枉鬩牆，北鹿躍過呼邪去。」

「鹿」音同「陸」，暗指北郡陸氏，又與呼邪山相關，宣成帝馬上想到了已故的昭毅將軍陸諫，和近日鬧得他糟心不已的陸諫之子。

什麼叫「南箭空射枉鬩牆」？鬩牆乃兄弟相爭，意思難道是說他找錯了人，真正的陸氏餘孽不是昭隆的幕僚霍弋，而是他親授的北郡安撫使陸明時？

這也太荒唐、太大膽了！

對於陸明時的脫離掌控，宣成帝心裡隱約感到驚慌。他派特使前往北郡，詔陸明時回京，若陸明時不奉詔，特使有權持天子賜劍，將其就地格殺。就像當年對昭毅將軍陸諫一樣。

特使趕到天煌郡，向陸明時宣讀了天子詔諭，命他火速回京，並向他展示了天子賜劍，以示警戒。

誰料陸明時根本不吃這一套，竟一把奪過天子劍，放在手裡掂了掂。

他把玩著天子劍，似笑非笑地問特使。「不知此劍重幾何，刃利幾分，敢請特使將頭顱借我一試，如何？」

特使沒料到他竟如此狂妄，當即嚇得連話都說不俐落，在禁軍的護送下屁滾尿流地逃出了北郡，一路快馬趕回臨京。

在臨京再次傳回消息之前，陸明時調動了自己偷偷訓練的數萬精兵，面向臨京，整裝以待。

他希望李正劾足夠能耐，能爭取到宣成帝的信任，若是率兵來討伐北郡的人是他，自己能減少許多麻煩。

但他還是做好了萬全準備，如果不是李正劾，那就有一場自己人對自己人的硬仗要打。

特使回到臨京後，將陸明時的反應告訴宣成帝，本就病病殃殃的宣成帝當即氣到吐血，拍著西暖閣的床板讓馬從德去宣吳郟。

馬從德正要去，宣成帝又叫住了他。「不，吳郟不行，他是五軍都督，如今的臨京離不開他。他若是走了，小六這邊沒有兵權鎮著，恐有人要生事……去，去宣李正劾！」

自上次與陸明時密談過後，李正劾一直蟄伏在宣成帝身邊。他不偏向朝中任何一派，只勤勤懇懇地統領臨京附近的騎兵，守衛宮城。

他曾是邊關守將，在北郡待過，據他本人平日裡發的牢騷來看，他曾與陸明時多有齟齬，宣成帝思前想後，覺得要派人去北郡清剿逆臣賊子，李正劾比吳郟更合適。

宣成帝問他可願去北郡平逆賊，李正劾聽說陸明時的名字後咬牙切齒，發誓要親斬國賊，當即從附近州郡點騎兵五萬在前，步兵十萬隨後，浩浩蕩蕩前往北郡討賊。

確認來者是李正劾後，陸明時心中暗鬆了一口氣。

不到萬不得已，他不願過早地將藏起來的私兵暴露出來。

所幸宣成帝派來的人是李正劾，他帶著十五萬士兵浩浩蕩蕩到達北郡時，陸明時私下與他見了一面。

李正劾的語氣十分欠抽地對他說道：「想不到你小子也有今天。你不是挺能耐嗎？沒有虎符就敢跑去捅戎羌人的屁股，你有膽量惹事，沒膽量兩邊一起揍嗎？怎麼，跑來求爺爺饒你一命來了？」

有求於人，陸明時捏著鼻子讓他在面前得瑟了一頓，待他狠狠過了一把落井下石的癮，才與他正色道：「你這次帶了這麼多人來北郡，不可能閒逛一圈就回去，否則在陛下面前也交代不過去。我倒是有個想法，能一舉兩得，既能讓你在聖上面前把話說過去，又能在北郡助我一臂之力。」

李正勍嘿嘿一笑，指著陸明時道：「我來的路上就知道你肯定已經有了主意，快說說看。」

「其實想法很簡單，借力打力。」陸明時將隨身攜帶的地圖往李正勍面前一鋪，在地圖上指給他看。「如今我已占下天鹿、扶桑兩座城池，不出一個月，這兩座城池附近的小聚落也能陸陸續續收服。如今胡達爾兩兄弟雖然在爭位置，但他們很有可能先聯手對外。你既然帶了十五萬人來，不如牽到戎羌去跟他們抗衡，我則乘機帶人繞到其身後，直取戎羌王都花虞城。」

李正勍聽得一愣一愣的。「等等，你慢點說。你的意思是……讓我帶著人去打戎羌人？然後你去偷襲戎羌人的老家？」

陸明時點點頭。「大概是這個意思。」

李正勍沒想到他膽子這麼大。「這也太冒險了吧？萬一戎羌人看出貓膩，或者聖上派來的監軍看出貓膩，咱倆可就全完了。」

「這是眼下最好的辦法，德介兄莫非信不過我？」陸明時望著李正勍淺淺一笑，輕聲道：「還是說德介兄不敢跟戎羌人打？」

「放你娘的屁！」李正勍一把從椅子上彈起來，連珠炮似的罵道：「陸子夙你少在這兒陰陽怪氣地激將老子，老子改名以前，跟著你爹殺的蠻子比你尿過的褲子還多！老子憋了這麼多年，恨不得殺到戎羌蠻子老家去，奶奶的，哪個會怕死？幹就幹，讓胡達爾到地底下問問他爹當年怎麼被揍得屁滾尿流的！」

陸明時在臉上抹了一把。「小點聲，噴我一臉唾沫。」

李正劾冷哼一聲，拾起桌上的水壺對著嘴咕嚕咕嚕灌了一壺，抹了一把鬍子上的水，突然衝著陸明時不懷好意地一笑。

「你爺爺我早就猜到你不會安好心，所以此次特地帶了個人來治你，你猜猜看是哪位小祖宗？」

聽他說「小祖宗」，陸明時眼皮猛的跳了跳，腦海浮現出一個人。

李正劾嘿嘿一笑。「我把我閨女帶來了，這回你就乖乖等著給我做女婿，喊我幾聲岳丈大人吧！」

陸明時像被人輕薄了似的，猛的從凳子上跳起來，指著李正劾道：「你少胡說八道！小爺我已經成婚，是有家室的人了，你少在這裡污我清白！」

聞言，李正劾與正掀簾走進來的李平羌同時愣住。

那李平羌生得比一般女子高䠷，面容七分秀麗、三分英氣，裝扮成男子模樣，額頭上戴著虎紋抹額，瞧著更像位俊秀小將，以至於陸明時一眼沒認出她來。

其實陸明時本也沒見過她幾面，唯一的印象就是她自小使得一手好鞭子，特別能打，四、五個精兵降不住她。

李平羌看著陸明時愣了愣，想起他剛剛說已經成婚，又漠然將視線轉向一邊。

「哎呀這……這是什麼時候的事？」李正劾撓頭犯難，悄悄瞅了他閨女一眼。他好不容易才將這小祖宗連哄帶騙弄到北郡，說保證給她尋個登對的夫婿。他思來想去，覺得只有陸明時才配得上自家閨女，又能打仗，長得又俊俏，而且是進士出身，極有文化，以後說不定可以給自家改換門風。

陸明時解釋道：「去年除夕成的親。我夫人眼下在臨京，恕不能請出一見。」

李正劾斜眼瞧他。「該不會是編的吧？」

「編的？」陸明時氣笑了。「我好不容易娶到手的夫人，你竟然說我編的？」

聽他話裡話外這回護的語氣、生怕被玷污名節的宣告，李正劾長長嘆了口氣。「得，我家小祖宗白跑一趟。」

陸明時裝傻不接這話，李平羌羞惱得直瞪李正劾。

她亮聲說道：「什麼叫白跑一趟，我是來殺戎羌蠻子的，我也要帶兵北上！」

陸明時連夜與李正劾擬定了作戰計劃。

他派心腹四處散播謠言，說他陸明時就是當年被朝廷冤死的昭毅將軍陸諫的兒子，如今他回來復仇，要打下戎羌一片城池後自立為王，叛出朝廷。

這一傳言同時激怒了大周朝廷和遠在花虞城忙著爭奪王位的兩位戎羌王子。

李正劾在監軍面前痛罵陸明時八輩祖宗，監軍要他即刻揮師北上，討伐這一叛國賊。與此同時，花虞城兩位鬥得熱火朝天的兄弟也暫時息戰，胡達爾整頓軍隊，要率兵來戰趁人之危的陸明時。

兩方軍隊算著時間，在扶桑城外相遇了。

以城門緊閉的扶桑城為界，一方是威風凜凜的大周將士，一方是虎視眈眈的戎羌騎兵，雙方語言不通，只認得對面是敵人。

李正劾不管三七二十一，舉刀呼喝一聲，率兵衝過去。十萬騎兵相撞，二十萬步兵在後，只殺得扶桑城外黃沙漫捲，喊聲震天，剎那血流成河。

隨軍監軍在中軍戰車上急得滿頭大汗。說好是來討伐陸明時，怎麼和戎羌人打成了一團？

自臨京出發之前，聖上明明叮囑過要以剿平陸氏餘孽為重，不可擅自與戎羌人生戰事。這李正劾當時答應得痛快，怎麼一見了戎羌人就跟紅眼公雞似的衝了過去？

監軍又驚又怕，見天子劍鎮不住李正劾，便要強行鳴金收兵。誰料他剛一拾起敲鑼的鑼錘，只見寒光一閃，一柄銀背長劍凌空劈來，將他要敲收兵鑼的手齊腕砍斷。

監軍疼得直打滾，驚恐地看著手握長劍的李平羌。

「終於不用再受你的畜生氣了。」李平羌冷聲嗤笑，收起沾血的劍，一腳將監軍踹下戰車。

沈元思遵從陸明時的指示，外面殺得天翻地覆也絕不出戰。如今他正躲在牆垛子後面，手握琉璃鏡觀察戰況。

他看到了李平羌殺朝廷監軍這一幕，倒吸了一口冷氣。

「陸子夙果然有本事，連來討伐他的朝廷軍都能下降頭。」

他看見那年輕小將殺了監軍後，點了兩千精銳去包抄戎羌人的左翼。

戎羌主帥是大王子胡達爾，統領左翼的是他的副將多索，也是戎羌赫赫有名的騎兵將領。那多索生得高大威猛，李平羌馭馬衝到他面前，像一匹細白狼對上一頭棕熊。

沈元思正替自家小將提心吊膽，卻見對方下腰躲過了多索的彎刀，拔出腰間長劍躍馬而起，凌空劈下，與多索在馬上連對十幾回合，砍得多索應對不迭，連連後退。

那小將輕盈靈活，繞得多索花了眼，他憑空一陣亂砍，被尋了破綻，一腿掃下馬去。沈元思下意識往外探身，還沒瞧清楚，只見寒光一閃，那小將已拎著多索的頭丟出陣外。

大周騎兵歡呼而起，迅速將戎羌左翼衝得一片潰散。

這一仗直打到天昏地暗，日落平沙，漫天殘陽如血，遍地血如殘陽。

胡達爾被李正劾與李平羌左右包抄，漸漸支撐不住，不得已鳴金撤退，收攏參與部隊往花虞城的方向撤去。

沈元思命人開城門，殺牛宰羊，迎接王師入城。

李正劾本來還想在監軍面前裝一裝忠臣，誰料一個沒看住，竟然被他家小祖宗給砍了。

眼下他不反也得反，只好唉聲嘆氣地跟著沈元思進城去。

沈元思對李正劾十分客氣，讓人收拾出許多空閒營房給他的兵住，又派了軍中大夫，送去許多酒肉糧食犒勞賞賜。

他混跡於李正劾的部下中，到處打聽他們軍中的白袍小將，被問的人皆茫然搖頭，沒聽說過軍中有這號人物。

沈元思正納罕，暗忖是不是自己當時神迷眼花出了錯覺，忽聽幾聲女子的淒厲叫喊，神色陡然一凜。

他循聲趕過去，只見幾個醉醺醺的士兵正壓著兩個戎羌婦女撕扯，沈元思心中火起，上前一人一腳，將那幾個士兵踹飛了數尺。

這些士兵都是李正劾帶來的高等騎兵，今日剛打了勝仗，意氣驕矜，又借酒逞事，哪裡肯嚥這口氣，也不問身分，便將沈元思團團圍住，揚言要將他活活打死。

這麼多人，沈元思心裡有些慌。

那拳頭落下來，沒砸在沈元思身上，被一條破空飛來的鞭子捲住摔了出去。只聽啪啪幾聲，那幾個士兵皆被甩倒在地，捂著臉痛呼。

沈元思抬頭望去，見一女子手握軟鞭，踱步而來。

她穿著一件改良過的半袖襦裙，剛沐過髮，長髮半濕不乾地披在肩上，冷然地掃視著這些鬧事的士兵。

眾人見到她後都噤了聲。她蹙眉掃了一眼正瑟瑟發抖的兩個戎羌女人，目光又落在了沈元思身上。

「怎麼回事？你說。」

沈元思一動不動地盯著她，只覺得心臟要從喉嚨裡跳出來了，哪裡還說得出一句話。

李平羌輕嗤。「原來是個傻的。」

她收了鞭子，上前詢問那兩個戎羌女人的情況，奈何語言不通，那兩個女人攏好衣服，一邊嘰哩呱啦地說話一邊給她磕頭。

李平羌聽見戎羌語就煩，眉頭深蹙。

「她們說家住在後巷，是出門擠牛奶的時候被擄進軍營的，求妳放了她們。」

沈元思上前給她解釋，見李平羌那雙清冷冷的眼睛打量，頗有些拘謹地摸了摸鼻子。

「入城將士不得劫掠驚擾戎羌百姓，這是扶桑城軍紀，入城時我已派人告知過貴軍。」

李平羌問：「若是違反軍紀，該當如何？」

「輕則杖五十，重則杖一百。若鬧出人命，當梟首示眾。」

李平羌點點頭，命令道：「將這幾個混帳東西拖下去，每人杖責一百，再各扣軍餉五兩，給這兩個婦人賠罪，將她們送出軍營。」

有將士不服氣，說戎羌女人就算睡了又如何，戎羌蠻子劫掠大周時可從未對大周百姓心慈手軟。

李平羌聞言一鞭子甩過去，冷聲道：「你要做蠻子，就滾去投奔戎羌，我大周將士不收人渣。」

她手腕極硬，又是李正劾的女兒，聖上親封的總兵大人，沒人敢再忤逆她，灰溜溜地按照她說的去做。

李平羌轉身要走，沈元思忙跟上。

「你跟著我做什麼？」李平羌斜了他一眼。

「我……那個……」沈元思的眼睛黏在她身上，沒提防腳下一塊石頭，被絆了個趔趄，幸而李平羌眼疾手快地扶住了他。

她的胳膊很細，力道卻極穩，沈元思剛平靜些許的心又開始怦怦怦亂跳一通。

完了，他忘了自己要說什麼了。

第七十二章

接下來幾天，沈元思一邊忙著約束士兵，一邊與李正劾商量攻占周遭聚落的作戰計劃。他一天往李正劾的住處跑四、五趟，剛過門的新媳婦都沒有他殷勤。

與此同時，陸明時率領兩萬親信騎兵，繞過天鹿城與扶桑城一線，一路取到大漠，日行六百里，晝夜奔襲，悄然靠近戎羌王都花虞城。

老忠義王已死，世子呼格爾與其兄長胡達爾正在奪位，這些日子的花虞城風聲鶴唳，遠沒有老忠義王統治時那樣生機勃勃。

兩位王子達成妥協，世子駐守在花虞城處理政務，胡達爾去收復城池。為了防止呼格爾乘機自立為忠義王，胡達爾帶走了花虞城附近八成的騎兵駐軍。

他們兩兄弟不願見到鷸蚌相爭令漁翁得利，也不願另一方乘機壯大自己的勢力，所以妥協的同時不忘互相使絆子，這才令陸明時能利用他們之間的漏洞，率領騎兵穿過北漠，幾乎暢通無阻地兵臨花虞城下。

呼格爾聽說陸明時率數萬騎兵攻城後，幾年前被抓去臨京的陰影又浮現在他心頭。

他知道陸明時的本事，第一反應是帶著親眷遠逃，然而如今戎羌王朝中掌政的大臣仍是忠義王時期的舊臣，他們曾跟隨老忠義王南下大周劫掠，認為戎羌騎兵無所不能，如今被人欺負到門前，哪裡肯逃，聯合請求呼格爾派軍出戰。

呼格爾想成功登上王位，離不開這些老臣的支持，他不敢把人得罪狠了，只好派仍鎮守在花虞城的將軍帶兵迎戰。

城門開，兩位戎羌將軍持槍而來，陸明時拍馬迎戰，雙方來回十幾個回合，陸明時長槍一旋，將兩人的頭顱同時劈掉馬下。在城頭觀戰的呼格爾看得兩股戰戰，而陸明時身後的大周騎兵則士氣大振，喊聲震天。

陸明時長槍朝呼格爾的方向一指，高聲以戎羌語喊道：「戎羌王族聽著，今夜子時之前開城門迎我，我保諸位無恙，子時一過，我率兵攻城，城破之日，爾等皆死無葬身之地！」

呼格爾望著黑壓壓的大周騎兵，心裡一陣膽寒，鼓足勇氣喊道：「姓陸的你不要太得意！我兄長已得知你的蹤跡，不日就會率兵回來解圍，到時候死無葬身之地的是你！」

「呦，別來無恙啊，呼格爾世子！」陸明時勒馬望向他，笑了。「世子沒聽說過什麼叫借刀殺人？你兄長帶走了花虞城所有的駐兵，你以為他不知道我的蹤跡嗎？」

呼格爾臉色一白。「你什麼意思？」

陸明時道：「意思就是我已與胡達爾見過面。他一路為我放行，要借我的刀殺了你，待我攻下花虞城，他再帶兵折返。那時，這忠義王的位置非他莫屬。」

他的聲音不小，城樓上觀戰的諸臣皆竊竊私語起來，呼格爾更是覺得天暈地旋，大難臨頭，趔趔趄趄地跑下城樓去了。

花虞城的王宮內發生了激烈的爭吵。因為陸明時的那番話令人疑心胡達爾要借刀殺人，主降的人越來越多。一直吵到戌時，呼格爾突然站起來，將王印狠狠往地上一摔。

「何人主戰，我予他兩百精衛，出城與陸明時一戰！何人?!」

他這一聲吼，王庭裡頓時安靜下來。

過了一會兒，一個年輕的小將站出來行禮道：「末將願往。」

此人名賽罕圖，他父親曾跟隨忠義王麾下，在十三年前的呼邪山一戰中大敗大周人，他一直想建立像他父親那樣的功業，更看不起這群動輒要投降的懦夫。

見他站出來，呼格爾眼睛一亮。

呼格爾並非相信他能憑兩百人解花虞城的圍困，他知道賽罕圖心向胡達爾，一直想找個理由罷黜他，卻礙於其父親的名望，沒有下手的時機。如今他自請出戰，呼格爾忙派了兩百騎兵給他。

賽罕圖率領騎兵衝出城去與陸明時交戰，陸明時認得他，身旁近衛親軍欲提槍迎戰，陸明時抬手制止了他。

「都別動，我要親自砍下他的頭。」

親衛驚嚇。「您自己去？」

「區區兩百人，不足為患，我大周何人不可敵之？」陸明時正了正兜鍪，猛一拍馬道：「看好了！」

只見他挺槍快馬上前，長槍如龍穿入騎兵陣，左右一擺，將兩側騎兵撞下馬來，躍馬踩斷其嚥喉，後仰躲開刺擊後，反手撇槍離馬，將敵軍橫掃下馬，須臾之間，已殺敵十數人。

大周騎兵觀者皆熱血沸騰，舉槍高呼。陸明時馭馬縱行，舞槍若梨花，只見遍體紛紛，如飄瑞雪。賽罕圖看得心驚肉跳，他認得這槍法，這分明是陸家槍！

陸在大周是大姓，可曾令戎羌騎兵聞之喪膽的陸家槍卻只有一人。此槍法從永冠將軍陸持中手裡傳給兒子昭毅將軍陸諫，兩代人震懾了戎羌幾十年，在陸諫死後已經失傳，為何此人也會陸家槍法，而且招式更加靈活，殺機也更加凶猛？

驚詫之間，陸明時已經清理乾淨保護在賽罕圖身邊的騎兵，長槍又準又狠地穿過他面前人的喉嚨，徑直刺向他。賽罕圖往後一仰，那帶血的銀槍又迅速襲過來，他倉皇間接連躲閃，竟然找不到反手出招的時機。

眼見著那槍尖就要劃過喉嚨，賽罕圖心一橫，揮刀對砍。只見刀刃與長槍相撞處火花一閃，賽罕圖被那槍震得渾身發麻，猛的向後一勒馬。

陸明時見狀冷笑一聲，趁對面馬匹前蹄高高仰起之時，忽然一手拽著轠繩翻身下馬，正落於賽罕圖的馬蹄之下。

大周騎兵的心猛的提起，生怕陸明時被馬暴怒後尥起的蹄子踩死，卻見陸明時橫槍一挑，竟然從馬腹穿透了馬匹，連帶著捅穿了賽罕圖的大腿！

馬暴亡，賽罕圖摔在地上，急喘的喉嚨正對著陸明時的槍尖。

賽罕圖指著陸明時顫聲道：「你是……陸家後人……」

陸明時沒有否認，說道：「你可比你爹差遠了。」

賽罕圖以拳捶地，痛聲呼喊道：「陸家有後，此長生天不祥，罪我族人，亡我……戎羌！」

陸明時的槍尖一揮，砍下了賽罕圖的頭顱。

陸明時單挑賽罕圖和兩百騎兵的消息很快傳進了戎羌王宮。主戰的人聲音越來越小，畢竟賽罕圖可是年輕一代中最優秀的武將，眼見著大周騎兵士氣高漲，而戎羌騎兵人心惶惶，竟沒有人敢再領兵前往迎戰。

夜深，戌時，世子呼格爾頹然失落地從王位上走下來，望著淌滿大漠的冷寒月光，長長嘆息了一聲。

「開城門，投降吧，陸明時是個仁將，至少會善待族人的。」

花虞城的大門轟隆隆打開，伴隨著驚起的沙漠夜鶯和國破家亡的啜泣聲，陸明時率騎兵入駐接手了花虞城。

陸明時用兩天接管了花虞城的軍防和政務，呼格爾被他暫時軟禁在後宮裡，諸位大臣也被勒令卸任歸家，閉門不出。一開始，城中難免人心惶惶，但陸明時嚴厲約束下屬，除他讓人分發的口糧與賞賜外，不得在城中劫掠，有違必斬。眾人見他治下嚴格，沒有濫殺戎羌百姓和官員，心裡的不安漸漸平息。

得空時，陸明時去見了戎羌王后。她是已故忠義王的妻子，曾隨軍參與過十三年前與大周的那場戰事。

十多年的宮廷生活磨滅了她的意氣，王后盯著陸明時的臉，似要從他眉目間找出宿敵的影子。

「我和我爹長得沒那麼像，不然哪還有機會活到現在，親眼來看看戎羌王都長什麼樣。」陸明時冷笑道：「倒是呼格爾世子和他父親很像，一樣懦弱怯戰，心思陰毒。」

戎羌王后聲音微顫。「你果然是為了復仇而來……」

「您和世子能不能活，全在您一念之間，希望您好好回憶十三年前的呼邪山之戰，把您知道的事情全都說出來。」

王后嘴角動了動。「你有打到花虞城的本事，有些事情，恐怕早就猜到了。」

陸明時道：「您親口說出來，可以代表您的誠意。」

「當年呼邪山一戰，確實是大周皇帝與吾王共同策劃的陰謀。」戎羌王后一邊回憶著從前事，一邊緩緩說道：「陸家是明德太后在軍方最重要的支持，陸諫手裡的二十萬鐵朔軍，不僅震懾著我戎羌，同樣也威脅著蕭諶。他當了幾十年太子，大概是等不及要做皇帝了，於是派人秘密聯繫吾王，策劃了這場陰謀。」

陸明時問：「當年明德太后一開始只是偶染風寒，後來病情卻急劇加重，此事可與戎羌有關？」

王后點點頭。「戎羌有一種有毒的礦石，久服會讓人氣血耗竭而亡。當年宣成帝悄悄要了一些，聽說是給明德太后侍奉湯藥時親手餵下的。」

「妳是說，宣成帝弒母？」

「很奇怪嗎？」戎羌王后蒼涼一笑。「你看我戎羌如今兄弟相殘，何念骨肉之情！權力面前，父不父、子不子、兄不兄，遑論女子執政本就是篡權——」

「殺了明德太后，然後呢？」陸明時打斷了她。

戎羌王后道：「然後宣成帝就馬上登基，一邊清理大周朝堂上屬明德太后一派的文官，一邊和吾王聯手策劃了呼邪山之戰。他派了監軍來給戎羌遞消息，逼迫陸諫雪夜取道呼邪山山谷偷襲我軍，而我軍早在山中埋伏好弓箭手和巨石，所以那一仗贏得十分輕鬆。」

「十分輕鬆」四個字，讓陸明時心中狠狠一緊。

那時他與母親待在臨京。收到了李正劾千里跋涉送來的消息，母親面色蒼白如紙，一邊落淚一邊給他打點行李，將他往李正劾懷中一推，跪地請求他道：「陸氏一門不保，請李校尉將我兒送往阜陽韓士杞門下，我夫妻來世必結草銜環以報！」

其實自從明德太后提拔的官員逐一被清算的時候，陸夫人就想到了早晚會有輪到陸家的一天。她讓陸諫早些打算，可這位守了大周邊疆二十多年的將軍心思仍然十分單純，他以為臨京的掌政者都像仁帝與明德太后那樣寬和仁義，不相信他們的兒子會不體諒陸家為大周奉獻的一切。

自宣成帝登基後，這把清算舊臣的劍始終懸在陸家頭上，如今終於落了下來。

前因後果，陸明時雖早有猜測，可是從當年參與過此事的戎羌王后口中聽說，他心中仍然感到難受與憤怒。

他沈默了一會兒，對戎羌王后道：「請王后將此事親筆手書，加蓋后印。」

戎羌王后一愣，苦笑道：「寫下來做什麼？難道你還能找你們宣成帝報仇不成？」

「您只管寫下來加印便是。」陸明時沒有耐心與她多言。「您放聰明些，以後的日子也能過得舒坦些。」

戎羌王后最後還是寫了，押后印後交給陸明時。陸明時對著那薄薄兩頁紙翻來覆去看了一夜，第二天早晨，沈元思來找他時，他桌前的蠟燭尚未吹滅。

「子夙兄！子夙兄！什麼時候派兵去揍胡達爾，我也要去！」

陸明時慢慢揉著熬得通紅的眼睛，看也不看他。「你不是向來最愛守城嗎？怎麼，在扶桑城裡過得太舒坦了？」

「扶桑城有江段，放心吧！」沈元思道：「守城太憋屈了，一點都不能展現我的英勇氣度，我要去揍胡達爾！」

陸明時似笑非笑。「我看你是想給李正劾當女婿吧？」

沈元思一驚。「你怎麼知道！」

他還沒向李姑娘訴衷情，為何陸明時就先知道了？

「李正劾說你整天像隻蒼蠅似的，嗡嗡地繞著他家雞蛋轉，總想找縫叮一口。」陸明時伸了個懶腰，慢慢活動著筋骨。「你固然蠢，別人也不瞎。」

「那……那……李姑娘她也知道了？」沈元思心中忐忑。

陸明時笑了笑。「李正劾說你倆半斤八兩，他整天看著你倆逗樂子解悶呢。」

沈元思面紅耳赤，羞惱得張了張嘴，一句話也說不出來。

陸明時瞧著他納悶，實在想不明白，一個整天嚷嚷要娶臨京美嬌娘的紈袴少爺，怎麼就突然看上了李正劾那能揍一營兵的閨女？莫非是被揍服的？

陸明時嘖了一聲，對沈元思道：「你要討她歡心，我給你出個主意。」

「什麼？」

「給她當先行官，當著她的面把胡達爾宰了。」

沈元思想起胡達爾凶神惡煞的臉，倒吸了一口冷氣。

陸明時覷著他。「不敢去？你在我面前露怯倒無所謂，我一向知道你是個什麼德行，但李姑娘她會不會看不起你，我就不知道了。」

正說著，親衛兵急匆匆遞進來一封八百里加急的信，陸明時拆開看了兩眼，神情緩緩凝住。

「聖上病逝了。」陸明時將信遞給沈元思，望著臨京的方向皺眉。「如今臨京亂成一團，我得帶兵趕回去。」

沈元思問：「你想擁護秦王殿下登基？」

陸明時搖頭。

沈元思不解。「那你摻和什麼？」

「阿韞和長公主都在臨京，由不得我不回去。」陸明時說著就要去點兵，只扔給沈元思一句話。「戎羌這邊交給你了，好好在你未來岳丈面前表現！」

第七十三章

半個月前，嫻貴妃依照季汝青的教唆，親手將最後幾塊毒礦石碾碎成粉末，藏於袖中，待內侍驗過燕窩粥後，悄悄抖進粥中拌勻，親自餵進宣成帝嘴裡。

燕窩粥還剩下碗底幾口時，蕭胤雙突然帶著幾個內侍闖進福寧宮，見狀神色一變，喝令內侍將嫻貴妃按住，從她手中將玉碗奪過來。

他將碗遞給許憑易。「許太醫，你來驗一驗。」

許憑易取鹿須草汁與燕窩粥拌勻，粥變成了紅色，用火摺子點燃，嗞啦作響，發出刺鼻的味道。

許憑易掩鼻道：「粥中有冥石粉。」

宣成帝聞言勃然變色，驚怒地瞪著一臉灰白的嫻貴妃。「妳竟敢害朕……」

沒有人比宣成帝更清楚冥石粉的作用。此物產自戎羌，是無聲息害人的絕佳毒藥，中毒者血竭而亡，如同自然病衰而死。當年他正是用此物毒死了明德太后，未承想有朝一日，竟也用到了自己身上。

宣成帝扶床乾嘔不止，心中升起無限驚恐，揚手甩了嫻貴妃一巴掌。

嫻貴妃跪地痛哭道：「都是季汝青教唆妾，此事道全不知，切勿怪罪道全！」

聽見季汝青的名字，馬從德嚇得臉色慘白，撲通一聲跪伏在地。

「好哇！好哇！一個個都想朕死！都來害朕！」宣成帝狀似瘋癲，又瞪向蕭胤雙，瞇著眼覷他半晌，輕聲問道：「你又是從何得知，莫非是你讓季汝青教唆嫻妃，想借刀殺人嗎？」

蕭胤雙心中一涼，忙跪下為自己辯解。「有人留了張字條掛在兒臣案頭，說嫻貴妃要毒殺父皇。兒臣下值後看見便匆匆趕來，剛好遇到許太醫要來給您診脈！」

宣成帝一個字都聽不進去了，他扶著床頭渾身發顫，面如土色。他知道他要死了，服下冥石粉的人，神仙難救。

福寧宮中一片混亂，嫻貴妃被拖出去活活打死，冷宮中的蕭道全也被賜下鴆酒，這對曾在臨京翻雲覆雨、手遮半邊天的母子，在幻想著大計將成的前一日雙雙殞命。

宣成帝瘋癲過後陷入漠然，直直地望著帳頂。他不敢合目，一合眼就看見明德太后向他索命。就這樣氣若游絲地躺了半天，黃昏掌燈時分，他卻突然讓馬從德去宣蕭漪瀾入宮。

長公主府中燈火幢幢，孟如韞匆匆走進拂雲書閣，低聲對蕭漪瀾道：「打聽到了一些消息，聖上身上的毒是汝青教唆嫻貴妃下的。眼下汝青不知所蹤，應該已經安全出宮。」

蕭漪瀾問：「他若已出宮，為何不到我府中尋求庇佑？」

孟如韞道：「他必然不想讓這件事牽涉到您，所以一開始就沒讓您知道這件事。」

蕭漪瀾聞言嘆息，憂心忡忡地望向外面漸沈的夜色，忽聽下人來報，說馬從德來傳詔，要她即刻入宮面聖。

「殿下！」孟如韞心中忐忑。「聖上此時宣您入宮……」

「我不能不去，望之此時還在宮裡。」蕭漪瀾想了想，叮囑她道：「府中的事交給紫蘇，外面的事交給妳和紅纓，這是本宮的金印，倘本宮明日午時還未出宮，就按照咱們之前計劃好的去做。」

孟如韞鄭重地點了點頭。「殿下放心。」

蕭漪瀾乘車輦往皇宮的方向而去。孟如韞目送她離開，捧著金印的手心裡滿是冷汗。長公主的意思是，若她不能安全出宮，則馬上擁立六殿下即位，絕不能讓宣成帝再有胡作非為的機會。

孟如韞心中默默祈禱，希望長公主和兄長都能平安歸來。

福寧宮中一片哀肅，蕭胤雙與馬從德侍立一旁，太醫們圍繞在床榻邊，輪番給宣成帝診治。

蕭漪瀾受詔而入，宣成帝揮手讓太醫們退下，對蕭胤雙與馬從德道：「你們也都退下吧。」

內室裡只剩下宣成帝和長公主，獸金炭在火盆中燃燒，發出輕微的碎裂聲。

「朕與妳兄妹近三十載，不承想會有今日……」宣成帝拍了拍榻側。「昭隆，妳坐過來吧。」

蕭漪瀾走過去，在榻前的小凳上坐下，垂眼看著宣成帝。她的眼神似含著恨，又似有哀憫。

她對宣成帝道：「世間事向來有因有果，皇兄早該明白。」

宣成帝苦笑了一下。「難為妳還願意喊朕一聲皇兄。」

蕭漪瀾垂目輕嗤。

「不是皇兄不疼妳，只是妳與母后越來越像，朕不敢疼愛妳……朕看見妳，彷彿看到了二十年前的母后……漪瀾，朕心裡害怕。」宣成帝望著帳頂，緩緩嘆了一口氣。「朕對不起母后，也對不起妳。」

蕭漪瀾靜靜聽著，並不搭話。

「朕知道自己做了錯事，可朕不想當一輩子太子，每天都心驚膽戰，擔心被廢黜……朕不後悔，朕寧可死後再向母后賠罪，可是……」宣成帝重重喘了幾口氣，聲音更加虛弱，他轉頭望著蕭漪瀾，慢慢說道：「朕不想小六變得和朕一樣，被硬生生架空幾十年，做個不痛快的帝王，他最終也會被逼入絕境，犯下朕曾經犯的錯。」

蕭漪瀾抬眼望著宣成帝，平靜地問道：「您是怕他殺了我，還是怕我殺了他？」

宣成帝道：「一個是朕的妹妹，一個是朕的兒子，殺了誰，朕都捨不得。」

蕭漪瀾心中不為所動。她不想認一個能狠心弒母的兄長，也不願體諒他彌留之際突然省悟的良心。他們之間的兄妹情誼，早在十三年前就煙消雲散了。

蕭漪瀾問他。「那皇兄想讓我怎麼做呢？」

宣成帝道：「卸下監國長公主之任，回到妳的封地去，永世不要再回臨京……朕希望，妳與小六能相安無事過完這輩子，好好享受榮華富貴。」

蕭漪瀾默然片刻後說道：「只要皇兄將霍弋還給我，待小六登基後，我便回到封地，無詔不再踏入臨京半步，絕不會挾他做我攝政的傀儡。」

宣成帝頗有些驚訝。「為了一個男人，漪瀾，妳竟能如此痛快地放手嗎？」

「或許這正是我與皇兄不同的地方，」蕭漪瀾苦笑了一下。「皇兄若是信不過我，我可以起誓。」

「我要妳以母后的名義起誓，若妳有違此誓，她將永世不得超生。」

蕭漪瀾心中狠狠一顫，而後了然地笑了笑。

「好。」

霍弋被幽禁於宮中已有一個半月，之前有季汝青管束著各宮奴才，一日三餐不曾怠慢。宣成帝中毒、季汝青離宮後，他已經兩天水米未進。

落鎖的院門突然被推開，侍衛魚貫而入，霍弋握緊了輪椅的扶手，卻見蕭漪瀾款款而來。

「望之，我來接你回府。」

霍弋心下一驚，待出宮登上馬車後才疾聲問道：「您答應了聖上什麼？」

「他要我回封地去，」蕭漪瀾淡淡道：「在小六登基之後。」

霍弋氣急，兼以多日未食，氣血不足，腦中一片嗡嗡作響。

「您怎麼敢答應這種事？臣區區賤命死不足惜，可您籌謀十多年的心血，卻在這個關頭放棄，就算您甘心如此，那些追隨您、追隨先太后的人又如何甘心！」

霍弋從未如此疾言厲色過，蕭漪瀾神態疲憊地靠在車壁上，緩聲道：「本宮若不起這個誓，你我都不能活著出宮。皇兄他一向狠心慣了。」

「可——」

霍弋還想說什麼，被蕭漪瀾不耐煩地打斷。「你冷靜些，有什麼話回府再說。」

兩人平安回到長公主府，孟如韞懸著的心終於放下。她將金印還給長公主，這才發現霍弋的臉色十分難看。

「兄長在宮裡發生了什麼事？」孟如韞問霍弋。

霍弋不言，蕭漪瀾將她與宣成帝的對話一字一句地複述。孟如韞聽罷沈默了片刻，問蕭漪瀾。「殿下真的想清楚了，要待六皇子登基後退居封地？」

「依照當時的情境，本宮還有別的選擇嗎？」蕭漪瀾的臉色亦十分疲憊，揉按著額頭道：「夜深了，本宮也乏了，眼下不想說這些。」

紫蘇服侍她起身離開，拂雲書閣中只剩下孟如韞和霍弋。孟如韞讓人傳了粥菜，拎起爐子上溫著的蜂蜜水，給霍弋倒了一碗。

霍弋只喝了幾口水，一口飯都吃不下，只覺得心中焦灼，五臟六腑都攪在一起。

「兄長莫非在和殿下置氣？」孟如韞問。

霍弋搖頭苦笑道：「她是為了救我，我是最沒有資格生氣的人，我只是可惜她這麼多年的心血。」

孟如韞笑了笑。「兄長還是不懂殿下，要麼就是關心則亂。」

「此話何意？」

孟如韞將粥端給他，說道：「多少墊一墊，別把自己餓壞了。你一邊吃，一邊聽我說。」

霍弋從她手中接過溫熱的粥碗。

「殿下起誓說待六殿下登基後回封地，可並未保證未來登基的人一定是六殿下。換句話說，只要以後不是六殿下登基，長公主也不必回封地，並不算違背誓言。」孟如韞說道。

霍弋聞言一頓，思索了片刻後說道：「妳的話有道理，但殿下從不鑽這種措詞上的空子，她一向做事求心誠，也許只是巧合而已。」

「所以我說，兄長未必了解殿下。」孟如韞輕輕搖頭。「她若真是誠心起誓，要放棄臨京的基業回封地，必是坦坦蕩蕩，無愧無悔。可你瞧她回來後的反應，分明是心中彆扭，藏有心事，又羞於對人言，所以託詞疲憊，落荒而逃。」

霍弋問：「阿韞的意思是，殿下起誓時故意鑽了空子，其實她心裡並非十分願意扶六殿下登基？」

「六殿下登基，若是長公主不放權，遲早會生齟齬；若放權，待在臨京倒不如回封地自在。既然殿下連發誓回封地都這般彆扭，她心裡，也未必十分情願要推六殿下登基。何況，」孟如韞四下瞧了瞧，壓低聲音問霍弋。「兄長自己心裡就沒有別的想法嗎？」

霍弋沈吟片刻，低聲道：「妳既然問，我就與妳透個底，我不贊成六殿下登基。」

「巧了，我也不贊成。」孟如韞說道：「論嫡、論長、論賢，長公主殿下哪樣輸了六殿下？她自己心裡清楚，只是礙於長輩的仁慈，一時狠不下心要與六殿下爭位，所以才會這般彆扭。」

回想蕭漪瀾自宮中回來這一路的表現，霍弋覺得她說得有幾分道理。

「殿下那邊的意思，我會旁敲側擊問清楚。」他對孟如韞道：「陛下的身子熬不了幾日了，這幾日要緊鑼密鼓，萬事小心，不要被人抓住把柄。待陛下殯天，殿下的顧忌就少了。」

孟如韞點頭。「兄長放心，我明白。」

第七十四章

宣成帝的身子一天天壞下去，見過蕭漪瀾後又兩日，已經渾身疼到起不來床、嚥不下飯的地步了。每日只勉強聽馬從德唸一唸摺子，清醒時，零零散散見一見內閣重臣。

北郡的戰況傳回來，都說馬軍都指揮使李正劾跟著陸明時一起反了。兵部為這事鬧得焦頭爛額，不敢再妄自調兵去平剿，又不敢讓宣成帝知道，怕一句話直接把他氣崩。眼下是蕭胤雙與五軍都督吳郯、內閣首輔遲令書等人共同商議此事。

孟如韞抽身去了趟尚陽郡主府，勸尚陽郡主與沈元摯外出避禍。

尚陽郡主是個避世的性子，從不留意朝堂爭鬥，只說自己是南寧王的女兒，宣成帝的姑表親，就算聖上生沈元思的氣，尚不至於遷怒到她身上。

她將宣成帝想得太好，壓根兒沒想到她可能會被作為威脅沈元思的人質。

前世記憶的吉光片羽，難以讓孟如韞拼湊出有關尚陽郡主浮屠塔前自焚的全部細節，但結合今世的種種跡象，必然與宣成帝要制裁沈元思有關。

尚陽郡主勸不動，所幸沈元摯是個聰敏的，孟如韞將個中利害與他提點了一番，他思慮過後聽從了孟如韞的主意，以出門賞花為名，將尚陽郡主騙出城去，強行拉到了鄴郡的莊子上住著。

尚陽郡主府一空，孟如韞也跟著消了一件心事。

蕭胤雙騎馬在街上散心，偶遇長公主府的馬車，風撩垂帷，瞥見一張熟悉的臉，便馭馬上前攔下。

孟如韞捲簾一瞧，見是他，忙下車來見禮。蕭胤雙跳下馬，瞧著十分高興，扶她道：「不必同我多禮，許久不見，茶樓一敘如何？」

孟如韞點點頭，側身道：「殿下先請。」

蕭胤雙選了間僻靜的雅間，叫了茶，與孟如韞傾訴自己近些日子的苦悶。「朝堂上大事小事都要吵，各人有各人的盤算，我只覺得無能為力，一切看似都在掌控之中，樁樁件件卻都握不到手裡。」

孟如韞淡淡一笑，寬慰他道：「大任在肩，必然辛苦，殿下多習慣習慣就好。」

「可我本不必習慣這一切，若是二皇兄還在，這皇位該是他的。我到了年紀出宮開府，找個父皇心情好的日子，請他允我天南海北去走一走，這才合我的心思。」蕭胤雙說道：「可小姑姑偏要把二皇兄鬥倒，推我到臺前來活受罪。」

這話說得讓孟如韞心裡發笑。

六皇子還是像從前那般不懂事。在他眼裡，皇位倒像是個可隨意取予的物件，長公主是因為喜歡他、同他關係好，才從前太子手裡奪過來給他。

他從沒想過是因為北郡將士受石合鐵的無妄之災，沒想過蘇和州的百姓遭受朝廷和巨商的雙重剝削，沒有在心中考量過，宣成帝蕭諶和他兒子蕭道全，到底配不配得上大周皇位。

「孟姑娘？」

「嗯？」孟如韞回過神來，放下手中茶盞。

「我瞧妳表情冷得很，還以為是自己說錯了話。」蕭胤雙笑了笑。「妳不知道，其實我最懷念蘇和州那段日子，那時有妳在身邊幫我，萬事都是盼頭，我心裡很踏實。」

孟如韞笑了笑。「殿下已經成親開府，身邊有王妃、幕僚、諸多親眷，都會幫扶殿下。」

「這不一樣，他們並非真心為我好。」蕭胤雙說道：「其實我是想問問妳，我知道妳有大抱負，不願囿於尋常後宅，若妳願意之後進宮來幫我——」

孟如韞驀然抬眼。「殿下這是什麼意思？」

話已至此，蕭胤雙索性說開。「我想讓妳入宮，封妳為貴妃，皇后之下以妳為尊，方能配得上妳的身分。」

孟如韞道：「謝殿下錯愛，但入宮為妃，非我所願。」

「為何？皇貴妃不夠尊貴嗎？」

孟如韞輕輕搖頭。「皇貴妃固然尊榮，可我生性懶散，受不住拘束。」

「妳受不住拘束，難道我就受得了嗎？」蕭胤雙皺眉說道：「妳與小姑姑在我身上套了這麼重的枷，然後便要棄我而去，一個要回封地，一個不願意入宮陪我，只留我自己在宮裡受罪，憑什麼？」

孟如韞心中冷笑，頭一回聽說送皇位還送出錯來了。

「若殿下真心不願受皇位的拘束，大可禪讓出去。」

蕭胤雙一愣。「禪讓？妳寧可讓我放棄皇位，也不肯入宮陪我，為何？妳心裡竟如此厭惡我？」

孟如韞嘆了口氣，與他實話實說道：「因為我已經成親了。」

「什麼時候的事？」蕭胤雙一驚，變了臉色。「那男子是誰？是強逼於妳還是——」

「我嫁的人是北郡安撫使，陸明時。」

「陸明時……」

蕭胤雙如被人兜頭潑下一盆冷水，心中那微渺的、希望她是為人所迫的幻想瞬間被澆熄。

他在蘇和州時見過他倆情深意篤、旁若無人時的模樣，他自知比不上這位曾在臨京大出風頭的安撫使，所以不曾在孟如韞面前剖白心跡。

可陸明時如今是朝廷叛賊，他是天子親立的皇儲，難道此時在她心中，自己竟也比不過陸明時嗎？

蕭胤雙低聲同她商議道：「陸明時是人人得而誅之的叛賊餘孽，跟著他只會害了妳，若我不介意妳曾嫁給他的事，妳願不願意入宮陪我？」

孟如韞神色一冷。「我不願意。殿下也認為昭毅將軍陸諫是朝廷叛賊嗎？」

「三公議罪，朝廷公文，這本就是不爭的事實。若陸明時心中有冤，為何不堂堂正正到朝廷訴告，而要在北郡攪弄風雲，挑釁皇權，這不是叛國又是什麼？」

孟如韞掩在袖中的手緩緩攥緊，強壓下心中的憤怒，起身對蕭胤雙說道：「該說清楚的事我已與殿下說清楚，這茶已經涼了，再喝也沒什麼意思。我先走了，謝殿下款待。」

蕭胤雙起身叫住她。「阿韞！」

孟如韞腳步一頓，並未回頭。「我姓孟，六殿下不要踰矩。」

她快步離開了茶樓，徒留蕭胤雙在原地黯然神傷。

宣成帝駕崩於四月初七，臨京城正是山茶花盛開的好時候，然而沒人有心賞花，除了馬從德，也沒有幾人真心為宣成帝哭喪。

朝廷百官、內朝後宮，各自撥著各自的算盤。

蕭胤雙與五軍都督吳郟等商議後，決定給陸明時定下謀大逆的罪名，從地方抽調二十萬兵馬，五月初點兵完畢後，由吳郟親自領軍北上。

蕭漪瀾聽聞這件事後十分生氣，去找蕭胤雙理論。她要平戎羌，蕭胤雙卻要聽從宣成帝臨終前的吩咐，要他定內亂。禮部正緊鑼密鼓地準備著蕭胤雙的登基典禮，而他在此之前已學會了聖心獨斷。

蕭胤雙勸她道：「陸氏餘孽是國賊，還望小姑姑以公為先，不要徇私枉法。」

「你說本宮徇私？」蕭湞瀾氣笑了。「自古攘外必先安內，陸明時再大逆不道，他有抗擊戎羌的赫赫戰功在身。如今戎羌雖遭重創，卻仍有反擊餘力，若胡達爾不死，日後必要生事，你何以如此急著藏弓拆橋？」

蕭胤雙並不認同，說道：「我大周武將甚眾，平戎羌非獨陸明時可行。若人人都學他恃功自傲，戎羌平定之前，我大周朝廷就先散了。」

他鐵了心要拿陸明時開刀，蕭湞瀾鎩羽歸府。孟如韞聽說這件事後，思忖時機已到，鄭重跪在了蕭湞瀾面前。

她對蕭湞瀾說道：「我已與陸安撫使拜過天地，行過夫妻之禮，此生此世不願背棄所愛。曾經六殿下開府娶妻，我尚可離開臨京避禍，若他有一日登基，您可自退居封地，可他要給我夫君定罪，要我入宮為妃，我們將再無立身之所。若果真有這麼一天，不如我今日就同殿下辭別，從此山高路遠，永不相見。」

蕭湞瀾望著她。「妳這分明是以退為進，逼我與小六奪嫡。」

孟如韞緩聲道：「但也是事實。」

蕭湞瀾默然，霍弋不知在外頭聽了多久，此時推著輪椅緩緩走進來，望著蕭湞瀾問道：「殿下可知大周百姓是如何評價明德太后的？」

「有人誇她賢明，有人說她牝雞司晨。」

霍弋道：「也有人評論明德太后，說她為善不終，致大業崩於途，從臣喪其後。」

蕭漪瀾一愣。「為善……不終？」

霍弋點點頭說道：「仁帝遺詔中說暫不立新帝，讓明德太后秉理國事，其實已經表明了仁帝的態度。他對時為太子的宣成帝不滿意，希望將大周交到明德太后手中。仁帝的眼光是準的，他死後的十年間，明德太后將大周治理得很好，內有薛家，外有陸家，大周變得越來越好；若明德太后趁此時廢掉太子，自立為帝，大周在她的統治下，至少還能再昌盛三十年。」

霍弋頓了頓，又繼續說道：「可是她不忍心。宣成帝是她與仁帝的親兒子，所以明知他非明君之才，仍不忍心取而代之。同時，她又放不下握在手中的權勢，所以將宣成帝架在了一個非常窘迫的位置。當時的宣成帝應該也覺得自己像一塊食之無味的雞肋，他和明德太后之間，必然要有一個人打破眼下的局面。」

蕭漪瀾沈聲說道：「如果打破這個局面的人是母后，那皇兄就會被廢；如果打破這個局面的人是皇兄——」

「明德太后病故，宣成帝登基為帝，薛家與陸家先後被清算，」霍弋頓了頓。「正是後來發生的事。」

蕭漪瀾緩緩攥緊雙手，蔻丹深深掐進掌心裡。

「所以，你們覺得，如果我不與小六爭皇位，早晚會落個與母后一樣的下場。」

「萬民之尊，本就是有德才者居之，何謂爭與讓？」孟如韞從旁勸道：「何況明德太后曾秘密寫下衣帶詔，將皇位傳給您，論名義與正統，殿下，您也從來不比宣成帝父子少什麼。望您能替追隨您的臣屬想一想，替大周的百姓想一想，您有放棄權勢後的退路，他們有嗎？倘若您的仁義恭愛是以犧牲信任您、追隨您的臣民為代價，這種仁義，還算得上仁義嗎？」

她的聲音不大，卻字字有千鈞之重，落在蕭漪瀾心上，竟質問得她啞口無言。

蕭漪瀾定定望了他們許久，而後起身緩緩走出拂雲書閣，邁下臺階。

天色將晚，暮色沈沈，天邊歸鳥棲林，夜晚到來之前，一切漸漸平息。

蕭漪瀾望著院子裡的天色暗下來，終於轉身說道：「本宮想明白了，本宮要這大周的皇位。」

第七十五章

臨京城裡又起波瀾。在霍弋的有心安排下，欽天監夜觀星象，說昨夜子時紫微星光芒大盛，直指明德太后陵寢的方向。京中小兒傳唱童謠，說「鳩占鵲巢十四載，凰鳥銜衣出北海」，暗指宣成帝父子得位不正，當年明德太后留了衣帶詔給長公主，分明是想傳位於她。

一時間，拜祭明德太后的祠中香火大盛，大周百姓望塵而往，遮道而拜。

蕭胤雙聽信吳郟的建議，要派五軍府的兵去鎮壓百姓，妄自祭拜者皆以大不敬論。蕭漪瀾聽說後親自帶府衛趕過去，要吳郟放人，吳郟不肯，雙方正僵持間，蕭胤雙親自到了。

這座祭拜明德太后的頤安祠堂，自宣成帝去世後香火不斷，園中草木也被修葺整齊，龕間塑像纖塵不染。

蕭胤雙負手望著龕上的金像，他對這位祖母已經沒什麼印象，待蕭漪瀾添完香、磕了三個頭起身後，他也上前添了三炷香。

「祭拜先賢是正道，為何要派人阻攔？」蕭漪瀾問。

「吳都督說他們為人驅使，用心不良。」蕭胤雙望著蕭漪瀾問道：「吳都督還說，小姑姑手裡有明德太后留下的衣帶詔，如今要將皇位從我手中奪回去，是嗎？」

蕭漪瀾沒有否認，默然片刻後說道：「時至今日，再藏著掖著也沒什麼意思。本宮承認，比起推你為帝，如今本宮更想自己坐皇位。」

蕭胤雙臉色瞬間變得十分難看，落在身側的雙手倏然緊握成拳。祠堂外，吳郯帶領的中軍與長公主府府衛分庭而立，隱隱相抗，祠堂外圍滿了被擋在外面不得祭拜的百姓。

蕭胤雙冷聲道：「當初是小姑姑要推我做太子，如今卻又要將皇位從我手中奪回去，世上哪有這般予取予求的道理？更何況父皇的遺詔中明明白白寫著要立我為帝，這皇位是父皇留給我的！」

蕭胤雙望著龕上神情慈悲的金像，緩聲問蕭胤雙。「你之前不是說，不想做皇帝，為權勢所困嗎？」

「小姑姑不也說讓我懂事些，別太任性嗎？」

之前只是代宣成帝秉政，那些紛繁複雜的朝政鬧得他眼花撩亂，心神俱疲。可近來他發現，當皇帝並不意味著一定要累死累活，權勢是最大的自由。

朝政上的事，他可以託給吳郯、遲令書，他只需要高坐明堂上，所有人都會敬著他，他可以謀取一切自己想要的東西、想要的人。

他對皇權的理解實在過於淺薄，今日，蕭漪瀾終於對自己當初的決策感到了徹底的後悔。

她緩聲說道：「戶部度支司郎中蔡文茂昨日被迫遞了辭呈，翰林院經筵講官何書遠，一個僅有清望而無實權的閒官，因為去年在祭天大典上少磕了個頭，如今正被人參『不敬禮制』。這些事，都是你授意的，對嗎？」

蕭胤雙沒有否認。「我知道他們是姑姑妳的人。」

「本宮推你為太子時，是想你做個為國為民的好皇帝，上聽忠臣明諫，下撫黎民百姓，而不是把皇位當作哄人玩耍的禮物送給你。」蕭漪瀾又想起了他正派人點兵，不日要北上平剿陸明時，嘆息道：「而今看來，小六你並不適合做帝王。」

「我不適合，那誰適合，難道是小姑姑妳一介女流嗎？」

「十三年前，本宮不敢應承。本宮想了十三年，如今終於想明白了。」蕭漪瀾昂首看著他，一字一句道：「本宮的確比皇兄、比你，更適合做大周的帝王。」

蕭胤雙被她的氣勢所震懾，一時竟無話可說。

祠堂外，忽聞一陣急促的馬蹄聲，巡防兵送來急報，陸明時親率三萬鐵朔軍精銳騎兵，已突破陳州、袞州兩州防線，長驅直逼臨京而來。

蕭胤雙臉色一變，高聲喊吳郟進來。「我還沒派兵去討伐他，他竟然敢帶兵來臨京！吳都督，眼下如何是好？」

吳郟看向蕭漪瀾，意有所指道：「陸明時此時來臨京，想必是得了長公主殿下的授意吧？」

「你說他想擁立小姑姑即位？」蕭胤雙不可思議地看向蕭漪瀾。

吳郟拔出佩劍，指向蕭漪瀾。蕭漪瀾袖中藏著防身的短匕，她側身躲到蕭胤雙身後，刀鋒抵在了蕭胤雙脖子上。

祠堂內刀刃相向，院中府衛與中軍亦一觸即發。

蕭漪瀾冷聲對吳郟道：「鬧到這個地步，吳都督覺得好看嗎？你敢對本宮拔劍，先傷的必然是你的少主。」

「小姑姑……」蕭胤雙被刀尖逼迫著仰起頭，苦笑道：「我從未想過妳會拿刀指著我。」

蕭漪瀾道：「我不想傷你，只想讓你與我一同去見一見陸明時。」

蕭胤雙道：「我與叛臣逆賊無話可說。」

「你眼下尚未登基，」蕭漪瀾輕嗤。「是不是叛臣逆賊，還不是你說了算。」

臨京城城門緊閉，三萬騎兵兵臨城下，只見城下銀甲陳列，如魚鱗交疊蟄伏。

這些就是陸明時為蕭漪瀾訓練的私兵，年輕力壯，銳不可當，眼神裡只有對主帥的服從，而沒有絲毫對臨京皇室的敬懼。

蕭漪瀾望著他們，彷彿看見十三年前陸家的鐵朔軍又回來了。

陸明時算準了時機，又提前與陳州安撫使通過氣，得知陸明時想保長公主登基的底細後，陳州駐兵對他視而不見，做做樣子就放他過去了，並且好心幫他安撫下袞州駐兵。

如今陸明時兵臨城下，臨京城中只有五千騎兵、一萬步兵，何況陸明時的兵以一當十，這一仗不用開打，就已經看到了結局。

陸明時馭馬在前，高聲衝城樓喊道：「蕭胤雙，出來見我！」

蕭漪瀾與蕭胤雙同上城樓，收到消息的文武百官紛紛開路，神色複雜地看著這對姑姪。

孟如韞神色焦急地迎上來。「殿下，您總算來了。」

陸明時既已帶兵趕回來，奪位已有了六分勝算，孟如韞只怕蕭胤雙與吳郟狗急跳牆，對長公主不利，眼下見她趕過來，孟如韞心中鬆了口氣。

蕭漪瀾收了匕首，對蕭胤雙道：「上前看看吧，小六，看看我大周鐵朔軍的樣子。」

蕭胤雙走到牆垛子之間，俯視著這三萬氣勢洶洶的騎兵，為首的陸明時頭戴銀兜鍪、身披月白披風，意氣風發地坐在馬上。

陸明時抬頭望著城樓高聲道：「聽聞六殿下想登基，我北郡鐵朔軍特地趕回恭賀您。可惜來得倉促，沒有帶什麼賀禮，唯有戎羌王后的手書一封，想唸給六殿下聽聽。」

「陸明時！你既已叛出大周，為何又要摻和臨京的事！」蕭胤雙怒聲道：「你可知亂臣賊子，人人得而誅之?!」

「亂臣賊子？」陸明時冷嗤。「六殿下先聽完，才明白到底誰是亂臣賊子。」

他從懷中取出加蓋了戎羌王后印的手書，遞給身旁副將。「唸！」

副將接過手書，聲如洪鐘地唸給城樓上的人聽。

手書中詳細記載了十三年前呼邪山一戰的真相，宣成帝為了從明德太后手裡奪回皇位，不惜與戎羌勾結，在明德太后的藥裡加入了冥石粉。明德太后死後，宣成帝先後派馬從德、何缽等人去北郡，與戎羌勾結，出賣軍機，導致昭毅將軍陸謙帶兵穿行呼邪山峽谷時，幾乎被全殲；而後何缽以陸謙通敵叛國為名，將其斬首於軍前，陸家滿門，盡皆戮沒。

這封手書不過千字，讀來字字驚心。

城樓上驚起一片竊竊私語，有人唏噓，有人驚懼。蕭胤雙越聽臉色越白，揮拳狠狠砸在牆垛子上。「簡直一派胡言！父皇本就是太子，對皇祖母敬愛有加，怎會做出弒母之事！陸明時，你不僅背叛朝廷，如今又誣衊先皇聖名，簡直其心可誅！」

陸明時冷笑。「看來六殿下是不打算認了。」

蕭胤雙氣極，高聲道：「父皇沒做過的事，我為何要認?!當年本就是昭毅將軍陸謙通敵叛國，勾結戎羌，陷我大周，如今他兒子又與戎羌王后勾結，要毀謗先皇！我為何要認?!」

城樓之上歸於寂靜，然各人神色皆不同，心中各有不同的打算。

「六殿下。」

一道清透的女聲在他身後響起，蕭胤雙回頭，看見站在蕭漪瀾身後的孟如韞走上前來。

她望著蕭胤雙，神色認真地問道：「殿下可曾聽說過國子監祭酒孟午？」

蕭胤雙下意識皺眉。「那又是誰？」

「那是當年一同前往北郡的隨軍史官，是因不肯曲筆而自絕於獄中的諍臣，是我的父親。」孟如韞臉上倏然閃過一抹苦笑，昂然地望著蕭胤雙，高聲道：「當年他在獄中以血為筆，記下呼邪山一戰，命我牢記於心，十三年來，夙夜不敢忘，今願誦與諸位聽。」

她向前一步，脊背挺直地站在文武百官面前，長風揚起她的衣服，青絲纏繞著白色的廣袖，如欲乘風的白鶴。

清亮的聲音如玉磬金鐘，自城樓上隨風散開。

遙望著她的身影，陸明時緩緩攥緊了手心裡的韁繩。

「呼邪山，一名『扶葉山』，北去樂央郡七十里，立如壁刃不可攀，中有谷狹如腸，為兵家之險道也。時昭毅將軍陸諫率二十萬北郡鐵朔軍，北襲戎羌，取扶葉谷而行，馬裹蹄，人銜枚……」

這篇〈呼邪山戰記〉共兩千多字，完整地記載了當年呼邪山一戰慘烈的情景，幾乎每個字都融進了孟如韞的骨血裡，隨著她一同長大，如今終於有機會昭示人間。

有人認出了結尾那句「非將無一戰之力，帥有貳主之意，實天命所限，誠可罪乎」，是當年國子監祭酒孟午為陸諫陳情之言。

背完最後一句話，孟如韞的聲音近乎哽咽。

孟午當年在文官中極有聲望，他的許多門生如今仍在朝為官，秉承著他的文道，乍然聽聞老座主生前所作的最後一篇文章，不禁潸然淚下。

如今縱使是蕭胤雙亦無話可說。他頹然地閉了閉眼睛，心中裂痕遍生的城牆轟然傾頹。

他可以自欺欺人地掩飾自己心中的懷疑，說陸明時為父洗冤，有偏親之嫌，可是這樣一篇聲聲泣血、字字椎心的文章擺在面前，他再也沒有為宣成帝狡辯的餘地。

他默然許久，蒼涼的目光一一掃視過眼前人，沈聲道：「事已至此，父皇已崩，再翻這些陳年舊事又有何用。子不言父過，難道要我背父棄君嗎？」

孟如韞道：「六殿下想子繼父位，自然要父債子還。」蕭胤雙冷笑道。

「卻不知是如何還，難不成讓我為此償命嗎？」

孟如韞站在城垛口朝下高聲道：「陸安撫使！你有何請求，盡可說來！」

陸明時抬頭望著她，高聲道：「第一，派人收殮呼邪山中亡者屍骨，厚葬其骨肉，安撫其親眷。」

蕭胤雙點點頭。「理應如此。」

「第二，為舊案牽涉之人翻案正名，將呼邪山一戰並明德太后去世的真相公告天下，記於史冊。」

蕭胤雙皺眉道：「斯人已逝，非得鬧到不得安生嗎？」

「第三，請六殿下替父還罪，下罪己詔，為我鐵朔軍二十萬亡魂服斬衰之喪，磕頭叩首，以安亡魂。」

蕭胤雙怒聲道：「混帳東西！你不要得寸進尺！」

陸明時長槍橫於馬上，遙遙直指蕭胤雙。「否則我陸明時寧死也不願擁六殿下為天子，要麼平罪昭雪，要麼拱手讓位，六殿下，你總要選一個！」

萬人所指之處，蕭胤雙渾身抖如篩糠，竟一句話都說不出來。

沈冤之恨，闔族覆滅之仇，陸明時絕不可能讓步。

可是父皇的遺詔是他登基的正統，待他代父還完罪，宣成帝就成了大周的罪人，那他作為罪人的繼承人，更沒有資格繼承大周的皇位；即使得到皇位，他也將終生活在往事的陰影中抬不起頭。

這是死局，是蕭胤雙的死局。

蕭胤雙死死捏著城牆的磚瓦，心中一片死寂。

他回身看向蕭漪瀾，問道：「小姑姑會為了得到皇位答應陸明時的這些條件嗎？」

蕭漪瀾淡淡道：「這是我蕭家欠下的，自然要還，本宮等了十三年，等的就是今日。」

「好、好、好！」蕭胤雙似哭似笑，一連說了三個「好」字。「你們都是替天行道，只有我為虎作倀……我背不動這麼重的罪孽，這皇位……不坐也罷。」

文武百官皆靜默地望著他，竟無一人出言勸阻。五軍都督吳郟還作著國丈夢，不甘心就此放棄，奈何大勢已去，就連遲令書都衝他緩緩搖頭，讓他不要生事。

乍聞陸明時率軍圍城時，遲令書來不及換衣服就要往城樓上趕，恰逢女婿程鶴年攜女兒歸寧拜會，已許久不理政事的程鶴年竟然勸他倒向長公主。

「長公主殿下雖與您脾氣不合，但她生性仁慈，登基後能保您全身而退。您身處急湍猛流，我和琬琬都希望您平安。」

遲令書有些驚訝。既驚訝於他對么女態度的轉和，又驚訝於他對朝局的肯定。「賢婿如何知曉長公主要奪位自立？」

程鶴年笑了笑，含糊其辭。「我昨夜睡前卜吉凶，夢中得悟天機，悟得自己從前行事多錯，愧對琬琬，也夢得朝局大變，長公主會即位登基。」

他態度十分誠懇，遲令書思慮之後，聽從了程鶴年的建議。

遲令書上前一步，撩袍跪於蕭漪瀾面前，跪拜恭請。「請昭隆長公主殿下稟受天命，登基即位！」

其他的朝臣也跟著跪拜下去。城樓之上，陸陸續續跪倒一片，最後只剩下零散的幾個先太子舊臣，因早就把長公主得罪透了，仍舊有些猶豫。後來他們見長公主登基大勢已成，只好也跟著跪倒在地，一聲聲恭請道：「請昭隆長公主殿下稟受天命，登基即位！」

城樓之下，陸明時比了個手勢，數萬鐵朔軍騎兵齊齊下馬卸甲，聲如虎嘯龍吟，捲地而起。「請昭隆長公主殿下稟受天命，登基即位！」

蕭漪瀾望著他們，掩在袖中的手微微顫動，眼眶一熱。

夙願將成，心中又是另一種沈重。

「本宮受命，諸位平身！」

第七十六章

蕭漪瀾的登基大典定在八月十六，禮部與鴻臚寺成了朝廷最忙的兩個機構，不停地在長公主府與皇宮之間往來穿梭。

這種時候，長公主府裡也上下忙成一片。蕭漪瀾與霍弋白天忙著接待拜見的大臣，夜裡商議擬定新朝官員變動與處置，就連紫蘇與紅纓也忙得席不暇暖。幾天之後，她們就是新帝身邊的三品尚宮，要逐步接手皇宮內外的儀制管理，如今正忙著學習尚宮儀典。

孟如韞忙裡偷閒，悄悄跑出長公主府，一路馳往鐵朔軍臨時駐紮的北大營。

守衛驗過令牌，見長公主府女官神色匆匆，未及稟報，忙帶她去陸安撫使正在議事的營帳。

孟如韞被思念沖昏了頭，竟未及辨別這是宿帳還是議事帳，只掀簾聽見陸明時的聲音，便急不可耐地撲了個滿懷。

「之後所有臨京周遭的駐軍都要──」

陸明時的聲音戛然而止，滿帳正襟危坐的將領們十分震驚。

這些將領有他從北郡帶過來的，也有臨京養尊處優的武將，大多數年紀輩分都在他之上，正口服心不服地聽陸明時調動營防，一時沒有看清是怎麼回事。

孟如韞看清帳中人後渾身一僵，下意識想推開陸明時站好，卻被他反手箍在了懷裡，那覆著銀甲的臂膀像鐐銬似的，鎖得她動彈不得。

只聽他輕咳了幾聲。「內人……讓諸位見笑了。」

在場沒有人敢伸長舌頭打趣他，都默默垂下了眼睛，但孟如韞還是羞愧得恨不能遁地而逃，只好將臉埋在他肩上。

陸明時一邊若無其事地摟著孟如韞不讓她動彈，一邊快速將未交代的事情交代完，將未議定的事情一錘定音。

「鐵朔軍在北大營是臨時駐紮，北大營的將領無權管轄，將領的臨時調動我剛才已經安排，照著去做便是。吳郟雖然現在還是五軍都督，但是我的兵一個也不許他動，他若敢，我就親自拆了吳府。」陸明時的聲線聽起來溫和輕柔了許多，然而字字句句都像在搧人耳刮子，他說完之後頓了頓，裝模作樣地問道：「諸位還有問題嗎？」

他們連反抗陸明時強行接手北大營的勇氣都沒有，哪敢在此時提問題。

陸明時笑得如沐春風，彷彿他一向這般和藹。

「天色不早了，諸位既然沒有異議，就先回去休息吧。有什麼事都可以商量著來，我隨時恭候。」

十幾位老將飛快起身離開軍帳，最後一位還貼心地放下了帳簾。

孟如韞覺得後腰一鬆，那鐵枷似的胳膊終於從她身上挪開，可是還未等她喘口氣，陸明時又一把將她撈起來，單手勒著她的腰在帳中轉個不停。

「放我下來！」孟如韞被他轉暈了，小聲喊道：「陸子夙！」

「快親我一口，讓我知道我沒作夢！」

孟如韞氣得在他脖子上咬了一口。

她恨自己沒長一副鐵齒銅牙，這一口咬下去，不啻一桶油潑進柴火堆。陸明時將她抵在帳木上一陣亂親，將她身上的羅衫揉成了一團抹布，氣得孟如韞狠狠捶了他幾下，拳拳落在軟甲上，疼得她直抽氣。

「好矜矜，我快想死妳了！妳不知道我這些日子在北郡是怎麼過的……」

他低頭又要親，孟如韞一把捂住他的嘴。「一身塵土味。」

陸明時一愣，這才放開她，尷尬地摸了摸鼻子。「一時激動，忘了……」

北郡的風雪不似江南養人，半年未見，他消瘦許多，臉上的輪廓越發明顯，眉峰如刀，鼻梁側望如山，不笑時如覆冰雪，氣度冷然。

然而此刻他望過來的眼神亮得燙人，黑白分明，卻著實說不上清白。

孟如韞臉色微燙，正色道：「我來是要問問你，北郡的事可都安排妥當了？」

陸明時道：「有李正劾和沈元思盯著，出不了岔子。我在臨京待到殿下登基再回去，這幾天可以好好陪陪我夫人。」

孟如韞嗔道：「我可不是閒人，再說咱倆成親的事，我還沒告訴殿下呢。」

河邊。

「我有婚書在手，由不得妳不認。」陸明時抱著她不撒手。「不怕妳飛到天上去。」

他膩歪得骨頭都軟了，軍中沐浴不便，他讓孟如韞先休息會兒，自己抱著乾淨衣服去了河邊。

夜色漸深，孟如韞騎了一路馬，確實有些疲憊，靠在陸明時堅硬的木板床上閉眼休憩，正半夢半醒間，忽然感覺身上一沈。

她朦朧睜開眼，撞進一雙深如靜夜的眼睛裡，他頭髮還未乾透，有清冽的水氣。

「陸子夙……」

「夫人有請，我卻之不恭了。」

她請他什麼了？

溫熱的手掌撫進她的衣衫，一切如山雨驟至，春潮破冰，湮沒似醉似醒的驚呼。

孟如韞是被北大營晨起操練的號聲驚醒的。營帳外的天色曚曚亮，平明時分正是最冷的時候，她起床穿衣梳洗，凍得打了兩個寒噤。

她在帳中縮了一會兒，直到晨練解散，陸明時披著一身寒氣走進來，將身上的披風解給她，將她嚴嚴實實裹住。

「吃過飯，我同妳一起回長公主府。」

孟如韞道：「那豈不是被人知道我一夜未歸？」

「妳我是正經夫妻，怕什麼？」陸明時捧過她的臉。「為夫還想靠夫人的裙帶關係在未來陛下面前討個肥差呢。」

兩人吃過飯後一同馳往長公主府。蕭漪瀾與霍弋正在拂雲書閣中商定六部名冊，見陸明時與孟如韞一前一後走進來，蕭漪瀾長眉一挑，霍弋則直接黑了臉。

他對陸明時道：「殿下尚未登基，六部朝臣都盯著長公主府，陸安撫使應該懂得避嫌才是，免得以後不能服眾，說是你殷勤謁見長公主府之故。」

陸明時笑吟吟朝他作揖，恭聲道：「妻兄教訓得是，來了這一趟，不再亂跑了。」

「你！」霍弋被他噎了一句，心中十分憋氣。「無媒無聘，陸子夙你嘴上放乾淨些，欺負我孟家無人了是嗎？」

陸明時道：「我與阿韞在北郡時已成婚，我真心想娶她，也是真心視少君為妻兄，怎麼能說是欺負呢？若說之前因北郡未平、朝局不定，您不放心將阿韞交給我，如今大勢已定，您仍要執意悔婚，未免有背信棄義之嫌。」

孟如韞悄悄擰了他一下，讓他不要火上澆油。

她對霍弋說道：「我與子夙在北郡時的確已拜過天地，只因天長路遠，未及告知兄長，還望兄長不要怪罪。」

霍弋當然不會怪她，在自家哥哥眼裡，她也是棵被坑蒙拐騙的小白菜罷了。但讓他如此輕易地放過陸明時，他心中不甘，怕這段姻緣得來過於容易，阿韞日後會不受珍視。

況且女子一生中最重要的日子，怎麼能在北郡潦草而過？

此時，蕭漪瀾出言調停道：「陸卿不必緊張，既是阿韞認定了你，我與望之也沒有棒打鴛鴦的道理。但本宮視阿韞如胞妹，本宮的妹妹成婚，自然要十里紅妝、風光大嫁。因此你倆在北郡的婚禮揭過不論，待本宮登基後，禮部閒下來，讓他們挑個明年的黃道吉日，為你們好好籌備。本宮要讓阿韞以皇室公主的儀制成婚。」

陸明時臉上的笑緩緩凝住。「敢問殿下，什麼叫揭過不論，莫非明年婚禮之前，阿韞都不再是臣的夫人了嗎？」

蕭漪瀾一笑。「六禮未成，陸卿不要亂喊。」

陸明時的臉一垮，求救地看向孟如韞，蕭漪瀾卻衝她招手道：「阿韞過來，有事給妳做。」

孟如韞同情地回視了陸明時一眼，抿唇笑著到蕭漪瀾身邊去。

蕭漪瀾將擱在案頭的六部名冊交給她。「六部有些要職要調動，昨夜我與望之討論了個大概，已在名冊中朱筆作批，妳看看有沒有覺得不合適的。」

「是。」孟如韞抱起名冊到後堂去看，陸明時眼睜睜瞧著她頭也不回地走了，深深嘆了口氣。

他強打起精神向蕭漪瀾稟報北郡的情況，大致的戰況已在信中稟明，卻不如當面講得清楚細緻。

「如今戎羌最重要的十二座城池，我軍已占下七座，其中包括戎羌王都花虞城。據臣觀察，戎羌的兩位王子中，世子呼格爾怯懦愚笨，其兄胡達爾野心勃勃。前者更好操控，可立為王，命其依附大周，以大周諸王的規格削減其屬兵，並派北郡有識之士到戎羌為官，確保戎羌再無生變的能力。」

蕭漪瀾道：「你的想法倒是不錯，只怕戎羌心不甘。」

「臣此次定要將戎羌打得再無還手之力，免得他們三年一蹦五年一跳。」陸明時道：「和闐族屠盡相比，呼格爾應該清楚什麼才是明智的選擇。」

蕭漪瀾笑了笑。「你有此心，倒與本宮不謀而合。只是此事要速戰速決，本宮登基後，需要以戎羌為祭來穩定民心，十三年前的案子，也需要以此事為契機揭開重議。」

「臣明白。」陸明時道：「待您登基後，臨京穩定下來，臣就帶兵返回北郡協助李正劾。」

蕭漪瀾點點頭。「陳、袞兩州駐兵需要留在原地拱衛臨京，你將鐵朔軍帶回北郡，儘管放手去打，眼下軍餉寬裕了，不要苛待了我大周將士。」

陸明時聞言嘆了口氣。

蕭漪瀾問：「怎麼，你覺得哪裡不合適？」

「外面都傳我是從龍第一功臣。」陸明時懶洋洋道：「本來今天是來向您討封賞的，結果倒好，賠了夫人又折兵。」

霍弋從旁冷哼一聲，心裡暗暗覺得神清氣爽。

蕭滽瀾笑道：「賞你的自會給你留著，你且去安定戎羌，回來還能苛待你不成？」

陸明時一揖道：「別的倒不重要，臣只要臣那如花似玉的夫人。」

蕭滽瀾一嗤。「知道了，滾吧。」

陸明時形單影隻地從長公主府離開，回去繼續整頓北大營的駐兵。孟如韞留在長公主府中也跟著忙碌，一時竟抽不出閒暇去尋他。

這日午後，蕭滽瀾入宮去了，霍弋在議事堂與禮部商定儀典事宜，拂雲書閣裡只有孟如韞在梳理公侯封賞名冊。正此時，紅纓急匆匆地走進來尋蕭滽瀾。「殿下呢？季中官來了，眼下正在偏房裡等著。」

孟如韞聞言扔下筆，與紅纓一同出門去迎。「快讓人請進來！」

季汝青緩步而來，身著一襲淺藍色的寬袍，像個儒雅隨和的文士。他見了孟如韞遠遠作揖。「孟姑娘。」

孟如韞回禮，高興地請他往書閣中去。「這些日子沒有消息，殿下總記掛你，你這是去哪兒了？」

季汝青溫聲道：「無妨，遇到一個朋友相幫，在她家躲了幾天。」

見他不欲多言，孟如韞也沒有多問，讓人傳了茶來。「殿下再有半個時辰就該回來了，季中官先歇一歇，用些茶。」

季汝青道了謝後從容入座，端茶時袖中掉出一支紅色瑪瑙珠釵，孟如韞瞥了一眼，只覺得十分眼熟。

季汝青將珠釵拾起，重新藏回袖子中。

蕭漪瀾回來後，不免斥責了季汝青幾句，說他行事莽撞，不與長公主府聯絡，空教人心裡掛著。季汝青唯唯聽完訓責，這才將自己此行拜訪的目的說出。

「羅仲遠之子羅錫文與錢兆松之子錢帷等人，近來正勾結廢太子黨羽，想在臨京城中生事。這幾人雖難成大孽，但殿下正可乘機抓來一用，免得您慈悲慣了，有些人心裡不安生。」

蕭漪瀾問：「你這些日子躲在哪裡，怎麼會知道這幾人的行蹤？」

季汝青同樣沒有多提。「在一個舊識朋友家中，湊巧聽朋友說起過他們幾人的動靜。」

孟如韞從旁聽著，腦海中靈光一閃，突然想起來在哪裡見過那支紅瑪瑙珠釵。

去年正月，表姊江靈在小攤上買過一支一模一樣的，據說是西域貨。

這段日子，季汝青竟與表姊見過面嗎？

蕭漪瀾聞言點了點頭。「這件事本宮會派人留意，眼下你先留在長公主府中，登基大典過後，你再隨本宮回宮。」

季汝青道：「奴才有毒害先帝的惡名在身，恐連累殿下清白。」

蕭漪瀾蹙眉，有些不高興道：「罪魁禍首已被杖斃，此事與你有何關係？區區小事，望之早已處理乾淨，你如此推脫，莫非不願侍奉本宮？」

「奴才不敢。」季汝青道：「既然殿下已有主意，奴才聽殿下的。」

「本宮身邊沒有稱奴才的，你莫學馬從德那不入流的作派，往後在本宮面前要稱臣。」

季汝青一拜。「是。」

「行了，在外面流離這麼多天，先下去好好休息吧。」

蕭漪瀾讓紫蘇給季汝青單獨安排了個院落，望著他緩緩離去的背影，蕭漪瀾感慨道：「汝青這人骨子裡謙卑慣了，本宮對他和顏悅色，他三辭五推，非得疾言厲色地喝著他，他才肯受。」

孟如韞笑了笑。「他願意留下，兄長一定會很開心。」

第七十七章

八月十六這天是蕭漪瀾的登基大典。

作為大周開朝以來的第一位女帝，蕭漪瀾的冕服與前任帝王不同，是禮部與尚衣局多次商討後共同完成的。冕服的形制以大長公主的宮裝形制為參考，黑色為底，正紅為襯，裙上以金線繡成龍鳳交織，身後長襬曳地，暗繡萬里江山圖，隨著她緩步前行而熠熠生輝。

祭過天地拜過皇祠後，蕭漪瀾經奉天門登上奉天殿，在大朝會的龍椅上坐定，接受百官朝賀，山呼萬歲。而後不同品級的官員依照禮部唱贊，依次入殿拜賀。

孟如韞站在蕭漪瀾的身後掌著龍鳳印。在她的視野下，能看見百官跪地垂首，高高將象牙笏舉過頭頂；能看見奉天殿外丹墀綿延，重臣跪服；能看見秋日明媚，山河壯觀，蟠龍柱上金龍燦燦。

她心中突然覺得有種如墜雲霧的縹緲感，前世今生一片恍然。正出神間，鴻臚寺唱名到陸明時，她回過神來，只見幾位二品紫衣官員手捧象牙笏，同趨進殿。

蕭漪瀾說等陸明時將戎羌的事安定下來後一同定封賞，但已提前透了口風，說要他代替吳郟做五軍都督，因此今日恩許他同二品官一起入朝拜賀。

除陸明時外，其餘二品重臣都是頭髮花白、老態龍鍾的大臣。他們大都是明德太后時的遺臣，二品加身於他們而言是彰揚身分而非授以重柄，只有陸明時是個例外。他身著深紫色朝服，玉帶束腰，更顯筆挺頎長，烏紗罩住半個額頭，更襯眉目銳利，意氣風發。

他跪地而拜，聲音在一眾老臣中也格外醒目，如洪鐘玉振。「新君秉天，大周建元，吾皇萬歲萬歲萬萬歲！」

鴻臚寺唱「跪」後，諸臣跪拜，而後徐徐退出殿外。

陸明時躬身而退時偷偷掃了孟如韞一眼，這一眼毛頭小子似的，破了他偽裝出的端莊恭肅。

蕭漪瀾突然有些懷疑，他到底能不能鎮住五軍都督這個官職。

登基大典自卯時起、未時止，共四個時辰，結束之後，蕭漪瀾率眾人遷居長信宮。這裡曾是母親明德太后起居的宮殿。

孟如韞給蕭漪瀾摘了頭上的旒冠。這旒冠前後綴了八十一顆海珍珠，快把她脖子給壓折了。

孟如韞將旒冠擱至一旁，抬手幫蕭漪瀾揉按肩膀，恰逢霍弋推著輪椅進來，對孟如韞道：「妳也累了一天，我來吧。」

孟如韞了然一笑，緩緩退出殿去。

霍弋的手暖和而乾燥，蕭漪瀾向後靠在他懷裡，閉著眼睛休息。

今日登基大典，霍弋沒有去，他自己推脫說腿腳不便，恐惹人注目，但蕭漪瀾心裡清楚，原因不止於此。

「望之，我想讓你接手內閣。」

霍弋給她揉按肩膀的手微微一頓，溫聲道：「遲令書還沒到致仕的年紀，他做事滴水不漏，突然免他的官，恐令內閣不穩。」

蕭漪瀾不以為意。「一群坐而論道的書生，還敢造反不成？」

「新朝初定，百廢俱興，陛下還是求穩為好。」霍弋勸她道。

蕭漪瀾微微睜開眼。「你不要內閣，是不想，還是不敢？你若不想，我可以給你換個去處，讓我想想……吏部怎麼樣？御史臺也可以考慮，只是你待我好習慣了，讓你做諫臣實在是難為你。」

「陛下，」霍弋哭笑不得。「不急著安排，讓臣休息幾天吧。」

「是該好好休息。」蕭漪瀾點點頭。「聽說魚出塵快回來了，等她把你腿疾安排好也不遲，正好趁這段時間，我也提前做些安排。」

之前魚出塵說霍弋的腿還有救，孟如韞的身體大好後，蕭漪瀾讓她給霍弋治腿。為此她特地跑回神醫谷請教師父、搜羅藥材，已經離開近一年之久，上個月剛傳信，說過段時間回來。

蕭漪瀾已經答應了魚出塵，若她能將霍弋的腿治好，就將太醫院交給她管，讓許憑易到她手底下打雜，天天給她揹小藥箱。

霍弋眼神一黯，沒有應聲。

蕭漪瀾知道他在擔心什麼，柔聲道：「試一試好嗎？望之，就當是為了我。我以前總聽說東宮詹事府裡有位風姿卓然的幕僚，可我見到你時，你雙膝已經受傷，你陪在我身邊這麼多年，我想見到你站起來的樣子。」

她大概是累了，語調格外多愁善感。

霍弋注意到她沒有在自己面前稱「朕」，好像不願用這個稱呼將兩人之間隔得更遠。

霍弋心裡軟成一片，掌心輕輕落在蕭漪瀾髮間。

許久之後，蕭漪瀾半夢半醒間聽見他輕聲低語。「好，我聽漪瀾的。」

蕭漪瀾登基半個月後，臨京的局勢逐漸穩定。北郡傳了消息回來，胡達爾聯絡了周邊的游牧部落抗擊大周軍隊，一時與李正劾打成持平之勢。

陸明時整頓鐵朔軍，準備北上支援李正劾。論起揍戎羌人，還是陸明時比較有經驗。

他臨行前入宮告辭，結果下臺階時哎喲一聲崴了腳，非要賴在宮中休養一晚才走不可。

霍弋聽說後罵他不要臉，孟如韞又氣又笑地趕過來，被他一把摟住不撒手。「好矜矜，我這一走短則數月長則一年，妳收留我一晚上行不行？」

孟如韞面色微紅。「這可是皇宮，又不是你府邸。你快活了，你走之後陛下肯定要笑我。」

陸明時可憐巴巴望著她。「妳住正殿，我住偏殿，我什麼也不做，就守妳一晚上，行不行？」

聞言，孟如韞心中已動搖了六、七分，低聲道：「那我去求求陛下。」

蕭漪瀾准了她。陸明時死皮賴臉地在孟如韞的瑤華宮住了下來，只在偏殿守著，遙遙望著正殿的燈火。

亥時末，正殿裡的宮燈熄了，庭中月華如練，風吹花影搖曳。

羅襪踩在青石地板上，一點動靜都沒有，只在推門時發出極輕的吱呀聲。孟如韞繞過碧紗櫥，探頭瞧見陸明時和衣屈腿躺在床外側。

她自以為悄無聲息地走過去，正合目裝睡的陸明時驀然睜眼，將她一把捲上床，一氣呵成地回手放落了床帳。

孟如韞捶了他一拳，驚嚇道：「我以為你睡著了。」

「沒有，在想一闋詞。」

孟如韞好奇。「什麼詞？」

陸明時隨手拆了她的髮髻，俯身在她耳邊，聲音含笑地在她耳邊唸道：「花明月暗籠輕霧，今宵好向郎邊去。剗襪步香階，手提金縷鞋。畫堂南畔見，一向偎人顫。奴為出來難，教君……恣意憐。」

這等豔詞，他記得倒是清楚。

孟如韞惱羞成怒地捶他，一雙手腕卻被箝住按進軟錦中，話音與力氣都在夜浪中漸漸破碎，如雲搖月影，風不息而不止。

陸明時第二天又是一早就走，孟如韞一路送到城樓上，遙遙目送大軍出征，三萬鐵朔軍精騎如龍蛇出洞，騰馳越向北方，驚起黃塵漫漫。

眼下已是九月初，他們的婚期定在明年六月。孟如韞在心中默默數著日子，只有不到一年的時間，對蕩平戎羌而言顯得有些倉促，也不知他能不能及時趕回來。

送完陸明時回城的路上，孟如韞又撞上了程鶴年。

他彬彬有禮地朝孟如韞作揖。「我猜到妳今日會送他出城，所以特地在此等候，不是偶遇。」

「程公子找我有事嗎？」孟如韞仍坐在馬車中，打起一角車簾看向他。

自上次酒樓一別，一年多未見，程鶴年的面容變得有些陌生起來，就連他通身的氣度也發生了很大的變化，變得更加從容、淡泊、謙和。

程鶴年笑道：「有些疑惑，想向孟姑娘請教。」

他們揀了家清淨的茶樓臨窗而坐，拒絕了茶博士服侍，程鶴年親自沏茶。

這些日子他待在家中，沒有俗務纏身，除了讀書，也常常鑽研此道。

「我前些日子總是作夢，陸陸續續夢見許多從前事，與孟姑娘有關，所以想來請教一番。」

孟如韞拈起茶盞，笑道：「我從不擅解夢。」

「不是為了解夢，我是想問問孟姑娘，是不是與我作了同樣的夢。」程鶴年端詳著她，緩聲問道：「孟姑娘是否早就夢到過天機，知道長公主殿下會登基，陸明時會官至五軍都督，十三年前的舊案會重新昭雪？」

孟如韞握著茶盞的手驀然一頓，臉色微變。「是嗎？天底下竟有這等奇事？」

「不只有，且不止於此。」程鶴年望著樓下熙熙攘攘的長街，苦笑了一聲。「我還夢見妳前世早夭，我辜負了妳的信任和託付，致妳遺願延宕十年不得償，又在妳之後娶妻納妾，將妳拋於腦後。」

他倒是誠實。孟如韞飲了口茶，也細細端詳程鶴年，不知他是真的作了個夢，還是與她一樣，是重生一世？

今世的事情，自她重生後發生了很大變化，是前世的程鶴年從不曾經歷過的。如果程鶴年是重生而來，應當不會生在眼下這一情境中，那麼很有可能與他說的一樣，只是作了十分逼真的夢。

思及此，孟如韞笑了笑。「一個夢而已，程公子未免太當真了。」

「是嗎？」程鶴年望著她。「我當真倒無妨，只是我夢中有負於妳，醒來後覺得心中慚愧，想向妳賠禮道歉。」

孟如韞輕輕搖頭。「夢中事夢中散，你我已各自婚嫁，程公子不必掛懷，程公子該負愧的另有其人。」

程鶴年輕聲嘆了口氣。「夢裡，我確實連累了琬琬。」

前世他站在蕭道全一方，不計手段地與長公主抗衡，甚至在蕭道全死後不惜藏起國璽來阻止長公主登基。

他連累了琬琬和他們的一雙兒女，可琬琬從未怨恨他，幫他收殮了屍骨；程府被查封後，她帶著孩子另賃陋舍，昔日金尊玉貴的宰輔千金、誥命夫人，後來靠替人漿洗縫補維持生計。

年少時的心動與偏執，在如此深情厚誼面前，卑陋得不值一提。

「乾坤已定，我無意試探什麼，也無心謀求什麼。」程鶴年溫聲道：「我是來謝謝孟姑娘，若非妳阻止，我早已釀成不可挽回的大禍，落得與夢中一樣的下場。我雖死不足惜，只是不忍牽累我夫人。」

孟如韞但笑不語。

程鶴年舉起茶盞道：「今日我以茶代酒，一是為寡信薄情賠禮道歉，二是為懸崖勒馬向妳致謝，祝孟姑娘從此平步青雲，一展宏圖。」

孟如韞亦舉起茶盞。「那我祝程公子餘生順遂，琴瑟和鳴。」

「請。」

兩人舉杯飲盡，天光正盛，一笑泯恩仇。

第七十八章

蕭胤雙的封號由秦王降為楚王，吳郟已倒，曾支持他登基的大臣也作猢猻散，楚王府門前冷落，人人避之唯恐不及。

他閉門不出許多天，每日在府中通宵達旦地買醉，直至他的王妃被診出懷孕三個月，蕭胤雙才清醒了幾分。

他哀憫地望著王妃說道：「妳我都是戴罪之身，這個孩子來得不是時候。」

王妃撫著小腹落淚。「可這是妾盼了好久的孩子，妾想保住他。」

她是吳郟的女兒，自幼在花團錦簇中長大，不曾如今日這般體會過人情冷暖，到頭來，竟然連自己腹中的孩子都保不住。

「妾自嫁入王府，從未求過殿下什麼，這是妾求您的第一件事，也是唯一一件事。請您帶妾入宮，面陳陛下，妾想保下這個孩子！」

蕭胤雙有些驚訝。「妳說……妳想入宮見陛下？」

蕭滃瀾在長信宮接見了他們，聽說王妃懷孕後，命人賞賜了許多滋補的藥材。這是同意他們留下這個孩子的意思，楚王妃心中一鬆，伏在殿中含淚拜謝。

蕭滃瀾叮囑蕭胤雙好好照顧王妃。「我蕭家人丁不旺，獻王之子皆已被廢為庶人，你要好好照顧王妃腹中的胎兒，朕也能早日做姑奶奶。」

蕭胤雙聞言亦動容，俯身叩拜，語含哽咽。「臣遵命。」

幾天之後，蕭胤雙遞了封摺子，自請去蘇和州做巡撫，希望蕭滃瀾同意讓他的王妃入宮養胎。

蕭滃瀾看完摺子後感慨道：「從前事也並非全是小六的錯，他能解開心結是好事，朕樂意見他振作起來。只是他過於謹慎了，非得將王妃送到朕眼皮子底下，讓朕對他放心。」

孟如韞道：「聽說此事是楚王妃主動提的，王妃是個聰明人。」

蕭滃瀾點頭。「吳郟這個女兒是個有主見的。」

蕭滃瀾批准了蕭胤雙的摺子，他出宮前往蘇和州那天，孟如韞代蕭滃瀾去送了他一程。

蕭胤雙走後，朝堂上發生了一番變動。

蕭滃瀾陸陸續續將宣成帝提拔的官員裁撤掉，換上自己人。吳郟被貶官奪爵，程知鳴也辭去了內閣的職務，從戶部尚書左遷至禮部侍郎，唯有遲令書安穩如山。但明眼人都看得出來，新帝並不喜歡這位滴水不漏的首輔，召集心腹大臣議事時從來沒有遲令書，或許是等著尋他的錯處，早晚要將他裁撤掉。

九月底，魚出塵風塵僕僕回到了臨京。

為了治好霍弋的腿疾，她先回神醫谷請教了自己的師父，搜羅了許多珍稀藥材，找來情況類似的病人提前試驗，經過整整一年的時間，終於信心十足地回到了臨京。

「道理很簡單，霍公子是因為被剜掉了膝蓋所以不能站立，只要另找一副膝蓋給他換上就可以，比較麻煩的是換的過程以及後續的保養。師父將玉和山的鎮山寶貝斷續膏給了我，據說是神醫谷尚未開山之前，山中有一頭靈熊——」

蕭濟瀾打斷了魚出塵。「妳說要找一副活人的膝蓋來？」

魚出塵點點頭。「最好是成年男子，高矮胖瘦與霍公子差不多的。」

以蕭濟瀾對霍弋的重視程度，有大把人願意奉上自己的雙膝，但這並不是霍弋願意看到的結果。

他體會過被人活生生剜掉膝蓋的痛苦，不願蕭濟瀾為了他造下此種罪孽。

「陛下，要不還是算了吧，我……」

蕭濟瀾擺擺手，吩咐禁軍去刑部死牢裡提一個人，對魚出塵道：「朕有一個人選，妳過目一下，看是否合適。」

禁軍很快將人提到了大殿裡。那人戴著枷，被折磨得骨瘦如柴，戰戰兢兢地低著頭。但霍弋還是認出了他，認出了這張他永遠忘不掉的臉。

曾經的東宮詹事，王翠白。

早在蕭道全被宣成帝鴆殺那天，他就該追隨座主而死，但宣成帝一時將他忘了，後來蕭濟瀾特地留了他一命，想讓霍弋來親手了結二人之間的恩怨。

如今看來，沒有什麼比以牙還牙更合適的做法了。

這是霍弋的報復，也是王翠白的贖罪。

魚出塵走上前，抬腳踩了踩王翠白的腿，點點頭道：「底子不錯，就是最近有些營養不良，先養幾天再動手吧。」

蕭漪瀾點點頭，這才看向霍弋。「這個人，望之覺得合適嗎？」

她已經安排好了，霍弋笑了笑。「我聽陛下的。」

魚出塵翻著黃曆，挑了個暖和的好日子準備動手，許憑易來給她打下手。為了錢，魚出塵捏著鼻子忍了。

魚出塵下手狠辣，要先將沒有知覺的肉層挖開，切掉已經長在一起的筋骨，然後將清理乾淨的王翠白的膝蓋骨用斷續膏黏上。她的動作又準又狠，想來不知提前剖了多少頭牛才練出來的手法。許憑易在一旁給她打下手，目瞪口呆地看著她行雲流水的動作，又是切又是縫，不像個大夫，倒像個屠夫。

屋子裡傳來痛苦的哀號，孟如韞心裡一緊，蕭漪瀾安慰她道：「是王翠白。」

孟如韞又坐回去，捧著茶碗的手微微顫抖。蕭漪瀾又要掛心裡面又要牽掛她，自己反倒無暇緊張。

她們從清晨等到暮色將起，房間的門終於被打開，一股翻騰的血腥氣湧出來，孟如韞扶著桌子一陣乾嘔。

魚出塵一邊揉按脖子一邊走出來。「好了，沒什麼大問題，就是咬碎了兩塊木頭，疼昏過去了。」

許憑易留在裡面處理後續傷口。有人進去將昏死過去的王翠白抬出來，蕭漪瀾特意讓人蓋住他的腿，怕孟如韞見到他的慘狀後聯想到霍弋當年的情況，無端惹她傷心。

「陛下，人還活著，是抬回死牢還是？」

蕭漪瀾看了王翠白一眼。「讓太醫署的人稍微照拂一下，等人醒了，送他回家吧。」

霍弋的腿恢復得比魚出塵想像中要快，三天止住血，五、六天後就開始感到劇烈的疼痛，兩條木然了近十年的腿似乎要一口氣將所有的知覺爆發出來，有幾回直接將他疼昏了過去。

霍弋拒絕了蕭漪瀾和孟如韞的探望，只讓魚出塵和許憑易輪流守著。但有些疼是必須要捱的，否則後續恢復情況會不盡如人意，所以兩位大夫守著他，也不過是看著別讓他活活疼死。

北郡斥候傳回了消息，分散了孟如韞一心牽掛霍弋的心思。

陸明時在信中說，他率領鐵朔軍回北郡後，與沈元思、李平羌在花虞城會合。恰逢胡達爾請來的援軍攻擊花虞城，李正劾又被胡達爾拖住了腳步，趕不及救，陸明時與沈元思裡應外合解了花虞城之困，將胡達爾請來的西北部落援軍全殲，自此再也沒有周遭部落敢借兵給胡達爾。

陸明時整頓花虞城之後，留江段、向望雲等人留守城中監視世子呼格爾，他與沈元思、李平羌率騎兵支援李正劾，與胡達爾在戎羌北境的大草原上相遇。

李正劾被戎羌連弩射傷了腿，陸明時代他為將，與胡達爾對戰，沈元思與李平羌各對胡達爾的副將。雙方自黃昏廝殺至平明時分，胡達爾與其副將皆被斬首，共俘虜騎兵兩萬多人、戰馬一萬六千匹。

至此，戎羌被盡數踏平，再無與大周一戰之力。

信是九月底寫的，陸明時說待戎羌諸事安排妥當，年前就能班師回朝。

孟如韞讀完信後便開始數日子，高興地在屋裡轉了好幾圈。

天朗氣清，惠風和暢，戎羌已平，朝堂初定，正是讀書作記的好時候。

孟如韞將擱置了好幾個月的《大周通紀》書稿翻出，從頭至尾開始修改。

這段時間，她親身經歷了大周的皇權更迭，對朝政和身處其中的人有了更深刻的理解。她重新修改了帝王、公侯、文臣、武官四卷，寫起最後的〈國策卷〉時也更加得心應手。

前世《大周通紀》的後兩卷是陸明時為她代筆，雖與她的風格有脫節之處，但仍然十分出色。這一世，孟如韞思來想去，決定在陸明時那一版的基礎上，保留其風骨而改其形貌。等他從戎羌回來，估計那時已經完成，屆時再聽聽他的看法。

除此之外，孟如韞也理解了韓老先生對她的評價，何為「不敢臧否人物」。經歷這麼多事後，那些與她距離遙遠的故人，如今在心裡逐漸變成了有血有肉的存在。於是她乾脆俐落地將明德太后的傳記從周仁帝的傳記後面分出來，在〈帝王傳〉中獨成一篇，將許多隱晦的句子都刪掉，堂堂正正地評論她有「帝王之才德胸襟」，也敢於說她「去太子之實而留太子之名，游移失大計」。

倘若明德太后當年能狠下心來自己稱帝，明白宣成帝非帝王之才後能換太子，或許之後宣成帝沒有機會弒母奪位，孟、陸兩家也不會家破人亡。

但孟如韞也明白，人居於世，如霧裡行舟，行一寸見一寸，而非俯瞰天地，草木分明。並非人人都有她這樣重生一世，早早窺視天機的幸運。

倘明德太后對子不仁，那她也未必會仁於百姓，可能正是因為她見權勢而不自私，才令她流芳身後，恩澤山河，此為憾之始，但更是仁之源。

臘月快到底的時候，孟如韞終於寫完了《大周通紀》。

陸明時緊趕慢趕，在年底之前趕回了臨京。蕭漪瀾早與內閣議定，在朝會上封他為五軍都督，並賜下一座位於晉雲街的府邸。

孟如韞特地選了座只有三進的小宅子，一早就帶人將府邸打掃乾淨，庭院種上梅花綠竹，屋內陳設案桌床几，將正座府邸裝扮得明亮大氣。

陸明時是個不挑剔的人，租的小院子也能住，軍營的硬床板也能睡。但孟如韞有私心，自她上次與程鶴年茶樓一敘後，她也偶爾會夢見前世的景象，夢見長公主登基後，官至五軍都督的陸明時住在深寂空蕩的高宅裡，過得像個沒有人氣的和尚。

陸明時一回來，她就迫不及待帶他去府邸裡看看。第一進院子是議事待客的地方，第二進院子供他生活起居，第三進院子暫且空著，等以後成了家、添了人再打算。

「我沒想到妳會在這些小事上費心。」陸明時很不可思議，聽說主院花圃中的花是她親自修剪過之後，更是一枝一葉仔細欣賞。「這些花花草草能和文武百官的摺子得到同一個待遇，也算是有造化了。」

孟如韞依在鞦韆上。「做起來是有些瑣碎，可想著以後要長久住在這兒，忍不住自己多費些心。」

陸明時喜歡聽她說打算將來的話，這讓他心裡覺得十分踏實，能真切地感受到他們之間已經互相割捨不斷。

他走到孟如韞身後，收著力道給她推鞦韆，煙粉色的軟綾羅隨風揚起，輕輕拂過他的側臉，又緩緩離去。

孟如韞有一搭沒一搭地和他說以後的打算，說著說著，陸明時突然一把停住了鞦韆。

她正盪在興頭上，疑惑道：「怎麼了？」

「我突然想起一件事，」陸明時三分懶散地瞇起眼，一本正經對她道：「矜矜，隨我進屋一趟。」

孟如韞不疑有他，從鞦韆上跳下來，牽著陸明時的手進屋。

梨花木門從內闔上，啪嗒一聲落了鎖，屋裡傳來一聲驚呼，而後又湮沒不聞。

這一覺直到暮色四合，宮門落鎖，陸明時沒有叫醒她，派人去宮中回稟她今夜宿在宮外。蕭漪瀾聞言，了然地笑了笑，霍弋聽罷，無可奈何地搖頭。

「距離大婚尚有半年，陸明時這小子也太不守規矩了。」

孟如韞醒後也懊惱不迭，怪自己一時心軟，更怪陸明時孟浪。她已經能想像到自己回宮後將要面臨陛下的打趣和兄長的說教，頭疼地將自己蒙進了被子裡。

得了便宜還賣乖的陸明時十分誠懇地向她賠不是，賠到最後自己卻憋不住笑了，氣得孟如韞從被子裡伸出腿踹了他一腳。

陸明時連被子一起摟住，道歉道：「看在我素了半年的分上，饒我這回行不行？先起床吃飯，我有正事和妳商量。」

聽他說有正事，孟如韞更加裹緊了被子。

陸明時正色保證道：「這次是真的。」

府邸裡的僕役不多，廚娘做了三菜一湯，兩人簡單吃了幾口，在院子裡遛達著消食。

陸明時問她。「明年三月是老師的八十大壽，我想帶妳到阜陽去見見他，妳想不想隨我去？」

「去阜陽見韓老先生？」孟如韞眼睛一亮。「當然想啊。」

「記得帶上妳的書稿，老師一定會很高興的。」陸明時道：「當初妳在城樓上背誦了一篇〈呼邪山戰記〉，妳說那篇書稿是孟伯父的遺作，應該也被妳收進了《大周通紀》裡，是嗎？」

孟如韞點點頭，剛好要與他說這件事。「《大周通紀》十二卷我已寫完，若你近來閒暇，我想請你掌掌眼。」

「我自然想看。」陸明時笑了笑。「只是一直沒想明白，妳當初為何會把這件事託付給我？我雖是進士出身，卻只堪列二甲，與妳有天壤之別，難道妳就不怕我狗尾續貂，或與妳觀點相左，辜負妳和孟伯父的一片苦心嗎？」

「你沒有那麼不堪大用。」孟如韞望著天上的星星，意有所指道：「因為我作過一個夢。」

「夢見我了？」

「嗯，夢見你認認真真、嘔心瀝血地寫完《大周通紀》，韓老先生指導過你，甚至比我前面寫的幾卷還要好。如果沒有你，這十二卷書稿將永不見天日，昭毅將軍與父親的污名也永遠不會洗去。」孟如韞長嘆了一口氣，笑道：「你很好，我當然相信你。」

陸明時盯著她，狀似玩笑地問道：「所以當初妳第一次見到我時就說心悅我，竟然是真的？」

孟如韞一愣。「我說過嗎？」

「好啊妳，又騙我。」陸明時嘆氣。「孟姑娘一向過目不忘，憶舊如新，這會兒又不認了。」

孟如韞想起來了，當初陸明時問她為何要高聲提醒有人行刺，她支吾不得，便扯了思慕他做幌子，想來陸大人一向君子風範，必不會細究。

她笑道：「那會兒半個臨京城的姑娘都思慕你，算不得我撒謊。」

陸明時問：「所以妳那時便覺得我比程鶴年好，是不是？」

「好端端的，怎麼提起他來了？」

陸明時不答反問。「在妳說的那個夢裡，他是不是欺負過妳，所以妳才不喜歡他了？」

孟如韞一頓，渾不在意道：「只是一個夢，怎麼還煩你縈心了？」

「真的只是夢嗎？」

孟如韞薄唇微抿，握著他的手，不說話了。

「罷了，妳不想說，我就不問了。」陸明時輕聲道：「是從前也好，是夢中也好，總歸眼下是真的。」

孟如韞笑著靠在他身上。「你說得是。」

第七十九章

今年的除夕，兩人都是在宮裡過的。準確地說，是陛下讓孟如韞在宮裡過年，陸明時不願孤零零地守歲，偏要一同跟進宮去。

霍弋的腿在逐漸恢復，如今已經能撐著枴杖從長信宮慢慢走到瑤華宮。魚出塵讓他別太心急，最遲再有兩年，他就能扔掉枴杖，除了不能劇烈跑跳，慢慢行走時，將與常人無異。

他們站在長信宮外看煙花。陸明時從小太監手裡挑了幾個小的給孟如韞玩，孟如韞嘴上說著成何體統，最終還是沒忍住，被陸明時拉著去點火。

她點了火就跑，陸明時嫌她跑得慢，一把將她扛起，三兩步跑到屋簷下，正好見煙花高高竄起，在夜空中炸開，映出一片火樹銀花。

蕭漪瀾與霍弋站在一起說話，季汝青負手默默看著長信宮前那鬧得不可開交的兩人，手心裡摩挲著一支紅瑪瑙的珠釵。

放過煙花，御膳房呈上了五福餃子，吃完餃子後又傳上好酒，未傳歌舞，幾人聽著外面的鞭炮聲圍爐對談。

孟如韞最喜這宮中的杜康酒，暢飲之後，面色浮上薄紅。

蕭漪瀾望著她，突然說道：「阿韞酒量不錯，日後入朝為官也吃不了虧。」

孟如韞疑惑。「入朝？」

霍弋道：「陛下說等妳從阜陽回來，想讓妳入朝為官，不知妳意下如何？」

孟如韞的酒意清醒了幾分，心神都被抓了過去。「我真的可以入朝嗎？」

「不只是妳。朕想過了，朕是女人，在文武百官這群男人眼裡，這永遠都是名不正言不順的地方，他們或許會忠於朕的權勢、威望或者才能，但是很多時候，他們也會因為朕是女人而與朕對抗，譬如朕的婚姻，乃至未來皇儲的選擇。因此朕希望此時朝堂中有一些人能站在朕這一邊，而這些人，必須都是女子。這是朕的想法，不知阿韞妳願不願意？」

「我願意！」孟如韞毫不猶豫地表態。「但女子入朝並無大周先例，陛下需立個規矩，以防士子們覺得搶了自己的位置，以有傷風化為由反對您。」

蕭漪瀾道：「朕打算春闈秋闈之外增設女仕科，第一批人選先從各大世家的年輕姑娘中挑選，能通過女仕科考試的，朕會在朝中另立一閣，授予她們官職，發給她們俸祿。女士子對朝堂的了解比不得男人，就先讓她們跟在朕身邊，幫朕處理朝堂瑣務，有能力出眾者，朕會再授予其官職，令其入朝。」

蕭漪瀾只說了個大概的主意，孟如韞已覺得可行，縱然這個過程中仍會有許多人反對，會遇到許多曲折，但是能看到希望，這讓孟如韞十分興奮。

「我能幫陛下什麼呢？我一定竭盡全力。」孟如韞說道。

「朕需要妳做一個榜樣。女仕科的考試不會比科舉簡單多少，朕需要妳來堵住天下悠悠眾口，告訴天下士子，朕沒有為了讓女子入朝而降低對她們的要求。就像仁帝當年設立科舉，對世家貴族和寒門子弟同樣公平一樣，朕對女子與男子，也會一視同仁。」

「我明白了，我會好好準備明年的女仕試，必不辜負陛下期望。」孟如韞說道：「但除此之外，我還有一個想法。」

「妳且說來。」

「朝堂上若有人反對女子入朝這件事，大概會有兩種理由，一是有傷風化，為世俗不允；二是覺得女士子在文章和見識上比不過男士子。陛下您也是女子，有人想拿世俗風化作文章時，必然會投鼠忌器，掂量自己說的話會不會首先得罪您。相比於這一點，第二點理由對他們而言明顯更安全，因此我估計朝堂上大部分都會以女士子學識不足為由來反對。」

孟如韞頓了頓，接過陸明時遞來的水，繼續說道：「無論女仕科的題目難或簡單，他們總有理由辯成不如科舉。既然陛下想讓我來立個態度，不妨允許我同時喬裝參加科舉考試，倘我能在科舉與女仕科考試中同時奪魁，他們就沒有理由以女子學識不足為由來反對這件事。」

「科舉與女仕科同時奪魁?!」

滿堂同時驚訝出聲，倒吸一口冷氣望著孟如韞，只有陸明時笑了笑，彷彿早已篤定她會說出此話。

孟如韞面上一紅，似也覺得自己的話說得有些大，聲音漸漸低了下去。「其實我也不敢保證點狀元，努力得個一甲應該沒問題，陛下覺得呢？」

一甲分為狀元、榜眼、探花，這三者的區別有時不是紙上文章能決定的，所以孟如韞想了想，將話說得保守一些。

蕭漪瀾看向霍弋，霍弋笑了一下，說道：「阿韞是從小聰明到大的，我自然信她。」

「朕不是信不過阿韞的才華，」蕭漪瀾道：「只是如此一來，阿韞在朝堂上必成眾矢之的。那些文官的口誅筆伐不是尋常人能受得住的，阿韞，妳不害怕嗎？」

「我不怕，我受得住。」孟如韞說道：「這對我而言，也是難得的機會。」

「好，」蕭漪瀾放下杯盞。「妳若真能以一己之力替朕完成此事，朕保妳五年之內入內閣。」

「臣先謝過陛下。」孟如韞以水代酒，朝蕭漪瀾遙遙舉杯。

二月初，陸明時和孟如韞出發去阜陽，打算在阜陽待到四月底再回臨京，剛好趕上兩人的婚禮。

他們乘船南下，登岸換馬，一路遊山玩水，縱情飲宴，於二月二十三日到達阜陽。韓士杞派梁煥與陳芳跡一同在阜陽城外十里亭迎接。兩年多不見，陳芳跡個子長高了許多，遙遙向兩人作揖行禮，通身氣度如書香世家出身的年輕儒士。

陳芳跡性子內斂羞澀，不及梁煥活潑，但兩人平時關係最好，梁煥不住地誇陳芳跡文章作得好，回回都能得到老師的誇讚。「陳兄去年在鄉試中考了解元，老師說他有連中三元的潛質。」

陸明時說：「這叫名師出高徒。」

梁煥疑惑道：「我與師兄也是韓老師的弟子，為何咱們就沒成高徒？」

陸明時朝孟如韞一挑下頷，得意道：「這位才是名師。」

孟如韞瞋了他一眼。「到了韓老先生面前，你可別這樣班門弄斧。」

韓老先生致仕後，在阜陽山下修了十幾間屋舍，專心教書治學。天下有志有才的讀書人聞名而往，數十年間，屋舍數次翻新，逐漸擴成一座學宮。孟如韞一行人到達學宮時，韓老先生正盤坐在高壇上講學。

韓士杞年已八十，一身仙風道骨，不見疲態，見了他們喜不自勝，當即散了學，請他們進屋去坐。

孟如韞初時有些拘謹，奈何韓士杞太喜歡她，只恨不是自己的親孫女。陸明時攛掇他認個乾親，韓士杞冷笑道：「你喊我一聲老師，卻要阿韞喊我爺爺，我看你是想白賺高一個輩分，方便以後禮高壓人。」

陸明時道：「您可真是高看我了，她在今上眼裡比親妹妹還親，我哪敢壓她，往後受了氣，我還得來找您作主呢。」

他嘴上沒個把門的，氣得孟如韞想給他使眼色，又怕韓老先生瞧見，只悻悻地端著杯子喝茶，在心裡默默給他記上一筆。

韓士杞待她親切，孟如韞在學宮裡住了兩日便住熟了，忐忑不安地將《大周通紀》給韓老先生過目。韓老先生讀後掩卷唏噓道：「陽正志未泯矣！」

陽正是孟午的字。孟午年輕時也曾跟隨韓老先生求學，是他當年的得意弟子之一。如今他的女兒又攜作拜會，讓韓老先生十分高興，他整整一個月閉門不出，與孟如韞探討這十二卷《大周通紀》的修改與完稿。

四月初，《大周通紀》修成，韓士杞開門廣宴生徒，席間擊箸而歌，大醉方歸。陸明時扶他去休息，侍奉於榻前，像小時候那樣為他脫靴蓋被，將枕邊倒扣的書收好。

「子夙啊……」韓士杞酒醉呢喃道：「汝父才高、命薄、德厚……」

陸明時用手背貼了一下他的額頭，低聲問他。「老師頭不疼嗎？」

「命薄殃己，德厚蔭汝……汝……汝當承父之志，像阿韞那樣，你們孟、陸兩家，必將綿祚千古……我將身後無憾也！」

「您喝多了，少說幾句吧。」

陸明時不想聽他談身後事，起身去給他倒解酒茶，韓士杞卻笑了幾聲，頭一偏，呼呼大睡過去。

韓士杞為《大周通紀》作序，此書一問世，因其文直事密，不虛美、不隱惡，在大周士人間引起廣泛討論。

回到臨京後，孟如韞將抄印副本呈給蕭漪瀾。蕭漪瀾看完後，屢次想提筆作注，最終卻又擱下筆。

「文已言盡，朕思慮一夜，竟無一言可指摘。」蕭漪瀾對霍弋感慨道：「朕並非事事與阿韞觀念一致，譬如對母后的評議中，有許多朕不認同的地方。但阿韞有她的道理，朕不能為了袒護母后而以勢壓人，那朕與皇兄也就沒什麼區別了。」

霍弋安慰她道：「陛下未免過於自慎。史書為人作，必然有偏頗，阿韞也不是事事都能切中肯綮。您若覺得自己出面評議不合適，不妨在國子監中舉辦評議雅集，令諸修撰、博士等一同評議，既可為《大周通紀》揚名，又可弼正學風與文風。」

蕭漪瀾想了想，十分贊同。「這個主意不錯，不妨就安排在九月秋闈放榜之後，天高氣清，正是好時候。」

孟如韞與陸明時的大婚定在六月，在此之前，她仍住在瑤華宮中。

因為除夕夜放了話說明年要雙榜奪魁，孟如韞又開始廢寢忘食地讀書。

她雖然文章錦繡不讓人，但科舉畢竟是大周第一試，自有人才濟濟，不能輕敵。她找來自科舉實行後被點為一甲的考生的所有文章仔細研究，幾乎夜以繼日地誦讀揣摩。

陸明時入宮需先通稟，十分不方便，且內宮不比江家，不能任他翻牆遛瓦。他自己懶得回都督府，便常宿衛宮中，在外宮的城牆上放風箏。

風箏精準地落在孟如韞院子裡，她撿起來，見上面歪七扭八寫著幾句詩：卿住紅牆裡，我住紅牆外，恨不為明月，過牆照見卿。

孟如韞將這寫了歪詩的風箏收了，第二天又飛進來一只，詩寫得比上回還歪，只能從字跡上判斷出是陸明時的手筆。那上面寫道：行也思卿坐思卿，紅豆熟落相思生，明月一枕黃粱夢，醒不見卿夢見卿。

孟如韞唸得牙酸，心想陸明時好歹也是個二甲進士，整日寫這些讓人過目難忘的酸詩，真是太平日子過久了，閒得他骨頭癢癢。

一連三天，孟如韞每天都能在牆底下撿到一只風箏。第四天沒撿到，孟如韞以為他消停了，孰料第五天又從牆頭上落下來一只。

孟如韞撿起風箏後心裡直打鼓，懷疑昨天的風箏是被別人撿了去。那詩寫得又荒唐又膩歪，被人瞧見，豈不是會笑掉大牙？

恰逢此時陸明時遞了請柬，邀她出宮遊湖，孟如韞心裡記掛著風箏的事，第二天早早就出宮去見他。

陸明時身著一身靛青窄袖長袍，長身玉立，臨京的水土養人，他整個人的氣質都柔潤了許多，不像北郡時那樣鋒利，更像個俊俏的文臣。

孟如韞瞧見他，快走幾步上前，被陸明時一把摟住，單手攬腰轉了兩圈。

她笑著擰他。「在宮門口，你成何體統！」

「下次妳一天不見我，我就轉一圈，兩天不見我，我就轉兩圈。超過三天，我就抱著妳去太和殿轉圈，讓文武百官都評評理，看我被自家夫人冷落成什麼樣了。」

孟如韞輕輕打了他一下。「還有半個月就大婚，你就不能讓我清靜地溫幾天書嗎？」

陸明時笑道：「怎麼，我在妳這兒又成消磨心志的禍水了？」

兩人一路鬧著到了南陽湖，租了一條小船，眼下天氣已有些炎熱，湖上卻涼風習習，十分宜人。

陸明時划船，孟如韞坐在船頭吹風，看見有孩童在岸上放風箏，想起了這碼事，問陸明時到底放了幾只寫了酸詩的風箏。

「我只怕被別人撿去，背後定要嘲笑你，壞了你堂堂二甲進士的名聲。」

陸明時同她說實話。「那天我故意沒放，聽說這叫若即若離，不然妳也不會答應今天跟我出來遊湖。」

孟如韞一愣，氣也不是笑也不是。「整日琢磨這些，陸都督真是好清閒。」

「不然這半個月可怎麼熬啊。」陸明時長長嘆了口氣。

第八十章

其實日子說過倒也快，眨眼便到了六月十五，孟如韞與陸明時大婚的日子。

趙寶兒和青鴿早早入宮來幫她準備。這場婚禮是按照公主出嫁的規格操辦的，自皇宮至都督府，鋪成紅妝十里，宮人儀仗往來塞路。

孟如韞身穿正紅翟衣，流金綃的鳳冠霞帔，光彩照人，恍若神女。

霍弋陪她從瑤華宮走出，一路護送到正極門，將她交到了身著紅衣吉服的陸明時手裡。

陸明時朝霍弋深深一拜。「多謝妻兄照拂。」

孟如韞同行萬福禮。「多謝兄長。」

這一對神仙眷侶瞧著十分登對，霍弋心中縱有不捨，有千言萬語，也怕誤了吉時，只叮囑了陸明時幾句好好待她，便讓他們一同去長信宮拜見陛下。

鳳冠霞帔重逾二十斤，孟如韞腳踩一雙厚底鳳首繡鞋，小心翼翼地沿著紅綢邁步子。陸明時有心攙她，知道她臉皮薄，斷不肯在大庭廣眾下壞了規矩，只好打消了這個念頭，陪她一起慢慢挪步子，時刻準備著在她不小心崴腳時扶住她。

拜過了蕭漪瀾，大樂演奏〈蕭韶〉，有宮女在前開路、在後隨行，載歌載舞，將兩人送出皇宮，送上婚車。

直到坐進婚車裡，青鴿幫她把頭上的鳳冠摘下來鬆快一會兒時，孟如韞才鬆了一大口氣。之後的流程，便與在北郡那一回十分相似了。

陸明時沒有邀請不熟悉的同僚，只邀請了幾個同在北郡出生入死的兄弟，譬如李正劾、向望雲、江段、趙遠等。沈元思也從戎羌趕回來了，還將李平羌一起忽悠來，說陛下給都督府賞了二十罈極品杜康酒。

拜過天地後，孟如韞被送入新房，喜娘們進進出出忙碌著。青鴿幫她換了身輕便的吉服，她和趙寶兒、江靈等坐在八仙桌前吃酒說笑。

忽見有一面生女子探頭進來，她生得七分明豔、三分英氣，高聲問道：「陸都督的新娘子在這裡嗎？」

她看見身穿吉服的孟如韞，眼睛一亮，快步走進來，朝她一抱拳。「問新娘子安，我是李正劾之女李平羌，特來賀妳與陸都督新婚。」

孟如韞驚訝，忙起身相迎。「竟是李姑娘，失瞻了！快請進來。」

李平羌倒也不客氣，撩裙入席，拾了個杯子給自己倒酒，舉止俐落大方，把江靈等人都看呆了。

李平羌連飲三杯杜康酒過癮，從懷中掏出一個錦盒打開，裡面放著銀釧樣式的鐲子。她解釋道：「這可不是普通的鐲子，這鐲子上有機關，機關裡藏著銀針，能一針將人射暈，最適合妳這種嬌嬌弱弱的姑娘家。倘若以後陸明時欺負妳，就用這個收拾他。我送的新婚賀禮，戴上試試？」

孟如韞十分新奇地端詳手臂上的銀鐲子。「謝謝李姑娘。」

見她喜歡，李平羌十分高興。「叫我阿羌就行。」

正說著，前廳傳來喧鬧聲，說是新郎往這邊來了。他回回都是這樣，留沈元思等人在外面擋酒，天未黑透就往新房裡跑。

房中幾人忙將八仙桌上的酒菜點心收拾一下，換上一桌寓意吉祥的擺盤，待新人飲過合巹酒、盟過長生誓後，都十分知趣地退出了新房。

新房外，沈元思也溜了出來，正在月洞門處張望，看見李平羌後，高興地揮了揮手。

李平羌翻過欄杆，三兩步邁過去。「你跑新房做什麼，鬧洞房嗎？」

沈元思聞言一樂。「妳爹都不敢來，我敢鬧他的洞房？妳看我有幾個腦袋夠陸子夙擰？我是來找妳的。」

「沒想到這麼多年不見，陸都督竟然長成了如此凶殘的性子。」向來喜歡鋤強扶弱的李平羌在沈元思的抱怨中建立起了對陸明時的印象。「看來我給孟姑娘的新婚賀禮是送對了。」

沈元思問：「妳送了她什麼？」

李平羌得意地一挑眉。「不告訴你。」

女孩之間送的禮物，無非是些精巧的小玩意兒，沈元思沒有糾結於此，邀請她去前面喝酒划拳。

李平羌放倒了一桌人，包括她爹，最後扶著半醉半醒的沈元思出了都督府，打算送他回家。都督府內熱鬧，街上卻有些冷清。沈元思清醒了幾分，自己站好，突然握住了李平羌的手。

李平羌側眼瞧他。「怎麼了，難受想吐？」

沈元思擺擺手。

李平羌繼續往前走，沈元思快步跟上來，問道：「阿羌，妳覺得成親好玩嗎？」

「宴席上喝酒划拳好玩，單說成親，吹吹打打迎來送往，倒沒什麼意思。」

沈元思嘆了口氣，是他問錯話了。他想了想，又問：「那妳想成親嗎？」

李平羌瞥了他一眼，問道：「跟誰？」

沈元思不說話，心口跳得飛快。

李平羌樂了。「我自己怎麼成親？」

沈元思突然鼓起勇氣問道：「那……倘若是與我……行不行？」

李平羌一愣。「你想和我成親？」

沈元思點了點頭。「我……那個……救命之恩無以為報……」

「你說的是花虞城那次還是扶桑城那次？」李平羌以為沈元思的羞澀是不情願，十分大方地拍著他肩膀道：「你也幫過我，都是好朋友，不必如此客氣。」

客……客氣？誰會客氣到邀請好朋友成婚？

沈元思哭笑不得，偏拉著李平羌不讓她走，索性與她直說了。「我不是與妳客氣，我是真的想娶妳。妳呢，是真聽不明白，還是心裡不願意，裝聽不明白？」

李平羌眨眨眼，反應了一會兒。「難道你喜歡我？」

沈元思臉紅到脖子，耳朵都快燒起來，低低嗯了一聲。「我喜歡妳……挺久了。」

「這樣啊，」李平羌笑了笑。「那你找我爹提親去吧。」

正心中忐忑害怕被拒絕的沈元思一時沒反應過來。「啊？提親？」

李平羌道：「對啊，成婚要先提親，我剛聽孟姑娘說的。」

「不是，那妳……」沈元思此刻心中冰火兩重天，又激動又迷茫。「那妳是什麼意思，妳願意嫁給我嗎？」

李平羌伸手拍了拍他的臉。「我不是同意了嗎？讓你找我爹提親。」

這……這就同意了？

沈元思覺得此事簡單得有些離譜，趁著酒意問道：「妳同意嫁給我，是不是心裡也挺喜歡我的？」

李平羌反問他。「你說說看，什麼叫喜歡？」

這句話問倒了沈元思。他也不清楚什麼叫喜歡，他只知道自己喜歡阿羌，一見了她，心口就慌得似要跳出來，有時候緊張得話都說不清楚。

他想了半天，越想臉上越熱，鬼使神差地嚥了口氣，小心翼翼問她。「妳願意讓我親妳一口嗎？要是妳願意，說明妳也喜歡我……至少不討厭我。」

李平羌眨了眨眼。「親哪裡？」

沈元思心跳過快，竟真一句話都說不出來。

李平羌勾著他的衣領往下一拉，抬頭貼上了沈元思的嘴。

柔軟濕潤的觸感如春風吹開滿樹花，青澀而生疏地試探著舒展。唇齒間殘留的杜康酒氤氳醉人，沈元思覺得有些頭暈，顫顫扶住了李平羌。

一輛馬車靜悄悄停在不遠處，順路來接醉鬼回家的沈元摯給尚陽郡主打起了車簾，兩人捂嘴在一旁偷看。

李平羌終於放開了沈元思，問道：「可以了嗎？還需要我怎麼證明？」

沈元思一動也不動地盯著她發怔，過快的心跳讓酒意一股腦兒衝進腦子。他穩了又穩，定了又定，結果身子一晃，栽進了李平羌懷裡。

都督府內，孟如韞與陸明時的新房裡，同樣是一片狼藉。

兩人都曾食髓知味，此夜比北郡新婚時更加情意綿綿。行過儀式後，陸明時橫抱起孟如韞放在大紅鴛鴦錦被上，回手放落紅帳，一邊與她低聲絮語，一邊拆掉她髮間的釵環，解開她身上的層層錦繡。

玉白纖長的手臂上套著一個樣式新奇的銀鐲子，陸明時好奇地問這是什麼，孟如韞便將李平羌送賀禮時說的話告訴了他。

「你來得急，忘了摘下來了。」孟如韞解釋道。

「我還以為妳是防我。」陸明時聞言低笑，俯視她的眼神幽深如淵。「我欺負妳的時候，妳不也很快活嗎？」

他一邊俯身親她，一邊單手拆她手腕上的鐲子。可惜陸都督得意忘形，沒摸到鎖釦，反倒摸到了機關，一根銀針倏然射出，正中他肩膀。

陸明時嘶了一聲，只見他皺眉拔出了銀針，過了一會兒，似有暈眩之症，而後頭一歪，倒在了錦被上。

孟如韞倉促披衣下床，喊人去叫大夫。宿醉在客院的許憑易被人搖醒，他按著腦袋醒了醒酒，忙跑到新房去查探情況。

陸明時身著中衣，安靜地躺在錦被上。許憑易查了他的脈象和徵狀，又檢查了手鐲裡的銀針，頗有些幸災樂禍地笑出聲。

「無妨，這銀針上塗了極罕見的麻藥，只會讓人昏睡，沒有別的害處。」許憑易將鐲子還給了孟如韞，說道：「讓他睡吧，等睡過洞房花燭夜，他也就醒了。」

孟如韞十分尷尬地捂著臉將許憑易送走，然後小心仔細地將那銀鐲收起來。

過了幾日，沈元思正沈浸在他娘去李正劾家提親成功這件事的喜悅中不可自拔時，陸明時突然陰著臉找上了他。

「聽說你年底要與李平羌成婚，我是來給你送新婚禮物的。」陸明時將手裡拎著的封罈酒遞給沈元思，附耳過去，如此如此交代了一番。

沈元思上下打量著陸明時，斟酌他是否真有那份好心。

陸明時皮笑肉不笑地向他保證。「你替我擋了兩回酒，我怎麼會害你？你放心，照我說的去做，保證你新婚夜過得同我一樣快活。」

保證倒是挺有誠意，只是怎麼聽著有點咬牙切齒呢？

蕭漪瀾重新啟用薛平患，八月初，薛平患帶著夫人與薛采薇回到了臨京。

薛采薇生下了與德川的孩子，是個男孩。她讓孩子姓薛，薛平患給他取名為「歸」，薛采薇又悄悄給他取了個小名，叫「懷川」。

薛采薇雖然認祖歸宗，回到了臨京薛家，但有些族親嫉妒她父親受今上賞識，到處傳她未婚生子，有失閨譽，致使家中堂姊妹都不願意與她交好。她在薛家過得不高興，所幸孟如韞在京中，薛家與都督府相距不遠，薛采薇時常帶著小薛歸去找孟如韞散心。

孟如韞溫書溫累了，便將小薛歸抱到腿上逗一逗，將滿一歲的小孩已經會說些模糊不清的詞，握著孟如韞的手指嘟囔不清地喊「姨」。

他眉眼生得像德川，臉型生得像母親，又乖又惹人愛。孟如韞同薛采薇開玩笑道：「再過幾年，若我能生個女兒，就讓小阿歸給我家做女婿好不好？」

薛采薇也笑。「只要妳別嫌薛家烏煙瘴氣，妳的女兒，我自然求之不得。只是為何要過幾年，妳的身子還在調理嗎？」

孟如韞搖搖頭。「倒不是身體原因。今明兩年我要準備女仕和科舉兩榜考試，若是考中了，又要忙著進內閣，都不是懷孕的好時候。」

「那確實不急，」薛采薇聽了，倒有些羨慕她。「女子做到妳這個分兒上，倒不必再執著於生兒育女。」

轉眼到了年底，蕭濟瀾登基已有一年多，距離宣成帝的孝期結束也只剩四個月。四個月之後，除了宣成帝的子女、妃嬪外，其餘皇親皆可恢復婚喪嫁娶。

蕭濟瀾年後三十一歲，雖因保養得當，瞧著與二十四、五歲的婦人並無區別。但朝中臣子仍十分擔心皇嗣綿延，見她身邊只有一個名不正言不順的霍弋，且相伴這麼多年未供生皇嗣，便各自在心中打起了皇夫一位的主意。

先是有六科廊的年輕言官以面諫為由自薦，無論是溫和有禮還是剛正不阿，俱未撩動君心；又有各世家的祖母長輩藉朝見為名，暗暗舉薦族中年輕俊秀的小輩，亦被敷衍過去。更有甚者，有官員直接寫摺子請立某某人為皇夫或皇侍，並在摺子中夾帶了畫像。

摺子進了通政司後先經霍弋的手，他將這些摺子留中不發，既不打回去，更不給蕭濟瀾看。如此拖到了來年二月，終於有世家按捺不住，想辦法將人帶到了蕭濟瀾面前。

第一個敢這樣做的，是薛家。

二月十九是大周的春耕節，天子要扶犁親耕，勉勵農桑，蕭漪瀾身著布衣，霍弋、季汝青並內閣諸臣隨侍在後，還有薛家硬塞進來、意欲舉薦給蕭漪瀾的後生薛容潛。

薛容潛是薛青涯的堂姪，長得有六分像薛青涯。他十分大膽地越過眾人，接下了蕭漪瀾用完的鋤頭，並奉上一條乾淨的帕子給她擦汗。

霍弋眉頭微皺。蕭漪瀾看了薛容潛一眼。「你是薛家人？」

薛容潛謙順一揖。「小臣薛氏容潛，薛駙馬是小臣的堂叔。」

蕭漪瀾聞言笑了笑。「你先退下吧。」

這個「先」字很有琢磨的意味，薛容潛退至一旁候著，心中已有了三分得意。

春耕禮過後，蕭漪瀾在香榭亭召見了他。薛容潛極擅茶道，知情識趣，言語中常提起薛青涯，說自己以堂叔為標榜，願意侍奉在天子身側。

正此時，霍弋緩步走來，對蕭漪瀾道：「戶部和兵部有幾份重要摺子，陛下今日就要給個批覆。」

「那就回宮吧。」蕭漪瀾扶著霍弋的手站起來，似笑非笑地看了薛容潛一眼，對他道：「明天讓你祖父入宮回話。」

薛容潛如承大恩，跪地叩首道：「小臣遵命。」

第八十一章

回宮後，霍弋隨她前往長信宮，屏退了眾人，方問道：「陛下今日為何召見薛容潛？」
「薛家的後生，朕見一見又何妨。」蕭漪瀾瞥了書案一眼，問他。「戶部和兵部的摺子在哪裡？」
霍弋道：「沒有什麼摺子，臣騙您的。」
蕭漪瀾輕嗤道：「欺君？你真是好大的膽子。」
「比起薛容潛，臣的膽子還差一些，不敢初次面君就口無遮攔，說要侍奉您左右。」
蕭漪瀾笑道：「這的確是你不如他的地方。」
她要去內殿休憩，霍弋抓住了她的胳膊。「漪瀾。」
蕭漪瀾挑眉望著他，似笑非笑。
霍弋垂眼道：「薛容潛他不是合適的皇夫人選——」
蕭漪瀾甩開他的手，作勢要走，霍弋疾聲道：「他長相與薛青涯有五、六分相似，行事作風又刻意模仿，薛家故意把他送到您身邊，可謂居心不良！」
蕭漪瀾腳步一頓。「他還能吃了朕不成？」
「難道您真的想……」霍弋覺得有些不可思議。「就因為他長得像……薛青涯？」

「望之，你總是這樣，千方百計地揣摩別人的心思，卻永遠看不清自己想要什麼。朕再給你最後一次機會，再聽你說最後一句話。」

蕭漪瀾定定地望著霍弋，她的耐心，正被他一日一日地消磨乾淨。她把話說到了這個分兒上，再沒給他留回旋的餘地。

霍弋默然片刻，只好坦白道：「臣想做您的皇夫。」

蕭漪瀾聞言，語氣軟了幾分。「看你這不情願的樣子，倒像是我逼迫你。」

「臣沒有不情願。」霍弋慢慢上前幾步，望著蕭漪瀾道：「臣只是尚沒有十分的把握，不敢貿然開口僭越。」

如今她已貴為天子，能隨侍她身邊已是恩寵，若她心裡仍念著故人舊情，自己有所唐突，惹她生厭，恐此後連默然陪伴左右都不能夠了。

他本想步步為營，作長久計，奈何半路殺出長相肖似薛青涯的薛容潛。他若再不說，恐怕真的會失去她。

「您為君為主，臣本當敬而遠之，但臣在您身邊這麼多年，對您的心思從來不清白。從前因為腿疾之故，臣自慚形穢，不敢癡心妄想，今您貴為天子，臣——」

「望之，」蕭漪瀾嘆了口氣，打斷他道：「你已經耽擱了我這麼多年，還要我再等你多久？」

霍弋怔怔地望著她，心中波瀾泛起，捲滅心中一切忐忑不安的情緒。

有些事不是沒有妄想過，只是時刻都會提醒自己，這只是妄想。
他握住蕭潕瀾的手，試探著從身後擁住她，滿懷盈香如夢中。
「是我的錯，潕瀾，我也不想再等了。」
霍弋微微收緊了力道，懷中人呼吸陡然一重，卻沒有說什麼，仍縱容著他的冒犯。
「您現在下旨，讓禮部馬上準備，最早今年十月就能成婚，好不好？」
就這樣答應他未免太容易了些，可是依他的性子，蕭潕瀾心裡清楚，自己若是說個「不」字，他心裡又要開始多想。
罷了。蕭潕瀾緩緩閉眼，感受落在鬢角的吻，帶著試探與懇求的情緒。
就當是憐憫他。

第二天，蕭潕瀾在長信宮接見了勤國公薛平崇。他是薛青涯的父親，薛容潛的叔祖父。
蕭潕瀾望著跪在殿中已經頭髮花白的薛平崇，讓人扶他起身賜座。「青涯去後，朕與勤國公也十幾年未敘過話了，今日一見方知光陰無情，故人如新，而活人已添鬢華。」
勤國公道：「有陛下時常記掛，是青涯之福。」
「有青涯記掛，何嘗不是薛家之福呢？」蕭潕瀾笑了笑。「當年先帝遷怒薛家，青涯為了保住薛家，以駙馬的身分為薛家頂罪。他雖不是薛家的頂梁柱，然而論起身分貴重，你薛家闔族加起來也抵不上朕的駙馬。他攬罪自縊後，先帝便不好再對薛家怎麼樣，你薛家才逃過一劫，是也不是？」

勤國公應聲道：「正是如此。」

「既然如此，你薛家當感念先駙馬捨身相保的恩情，日夜香火供奉，慰其在天之靈，全其身後之名，而非恃寵而驕，鬧出些東施效顰的醜態來消磨朕對薛家的及烏之情。」

蕭漪瀾的臉色漸冷，勤國公一慌，忙磕頭告罪。「臣不敢！是族中小兒傾慕陛下容華——」

「面子上的話，勤國公還是省省吧！」蕭漪瀾打斷了他。「朕不是宣成帝，不會對薛家怎麼樣，但朕也不是母后。她當年對薛家榮寵太盛，才有了後來的禍事。朕對薛家與對其他世家都一樣，有恩便賞，有過則罰，薛家最好也擺正自己的位置。在朕心裡，青涯是青涯，薛家是薛家，你明白嗎？」

勤國公心裡漸漸涼了下去，不敢再言。

很快，蕭漪瀾面斥勤國公的事就傳遍了朝廷，薛家人在朝堂上不敢再擺新皇夫家的譜，除了已經帶著夫人女兒分家出去的薛平患之外，薛家人幾乎無一例外都遭到了蕭漪瀾的冷落。

與此同時，蕭漪瀾下詔要立霍弋為皇夫，今年十月大婚。文武百官終於掂量出他的分量，明白沒有人能越過這位陪伴了陛下近十年的幕僚少君。

今年年初開朝時，蕭漪瀾就在朝堂上宣布要創立女仕科，選拔有才學的女子入朝為官。

此事早已有了風聲，雖然仍有許多人反對，但最終都被壓了下去。

有些膽子大的名門閨秀想試一試，就連江靈聽說這件事後也來找孟如韞。

「妳說妳也想參加女仕科？」孟如韞頗有些驚訝。「沒想到妳會對入朝為官感興趣。」

江靈輕輕搖了搖頭，說道：「我不想入朝，我想入宮。」

她提到入宮，孟如韞就明白了她的心思。

入宮意味著擺脫舅母的控制，意味著可以不被逼婚，意味著能見到季汝青。

孟如韞勸她道：「女仕科考試不會比進士科簡單多少，表哥他考了兩次進士科均未考上，妳若真想考女仕科，恐怕要吃不少苦。」

「我今年一定要考上。」江靈態度十分堅決。「不然我娘就會逼我成親，我不想成親，更不想一輩子都見不到他。」

孟如韞嘆了口氣，默默起身給她找了許多書來。「這些是比較簡單的內容，妳要盡快熟讀成誦，有不明白的地方盡可以來找我。等妳背完了這些，我再教妳如何作文章。」

江靈十分高興地收下。「我一定會好好背的，阿韞，謝謝妳。」

孟如韞想起了季汝清掉落的那支珠釵，想問問江靈是不是後來又遇見過他，又怕問到她傷心處。

自此以後，江靈常常過府來向她請教學問。她底子太薄，從前只識過一些字，讀過一些話本子，最開始時連女仕科要寫的論理文章都磕磕絆絆讀不明白。

孟如韞一句一句地給她解釋，教她句讀與分析，這讓她想起了從前教青鴒識字的日子。好在江靈雖算不得一等一的聰明，卻肯耐著性子吃苦，經常背書熬到天明時分，把臉色都熬白了。

她母親胡氏給她相中了一門親事，對方是三品高官家的獨子。不料江靈的心思完全不在嫁人上，氣得胡氏燒了她的書稿，將她鎖在家中不許出門。

江靈一連兩天沒有去都督府，第三天，孟如韞以歸寧為名，與陸明時一起去了趟江家。

江守誠戰戰兢兢地給兩人奉茶，胡氏縮在他身後一言不發。這情景讓孟如韞想起了前世陸明時來江家的那一幕，心中覺得有些好笑。

今日陸明時只是來幫她鎮場子，事關江靈，還是孟如韞親自開口比較合適。

她也知道舅母胡氏是個吃硬不吃軟的性子，故而做出一副目中無人的態度來，四下張望一番，問道：「表姊為何不在？她向我借了那麼多書，說好今日歸還，為何無故失約？」

聽說那書是借江靈的，胡氏臉色瞬間一白，只好使了個眼色，讓下人去把江靈帶來。

「什麼？燒了?!」孟如韞將茶盞往桌上重重一擱，怒聲道：「那都是我辛苦搜羅的古籍，簡直豈有此理！」

陸明時從旁幫腔道：「江家這座宅子，連帶屋裡的珍奇擺設，加在一起也不知夠賠幾本。」

這下就連江守誠也慌了。他當然知道這是糊弄，自家閨女大字不識幾個，外甥女若真有古籍，怎麼會允許她帶回家來？可是燒都燒了，眼下人家要仗勢欺人，他也不敢與人硬碰硬，只好軟聲說好話商議。

孟如韞的臉色略回轉幾分，悠悠道：「既然是表姊弄丟的，自然要表姊賠給我。看在大家都是親戚的分上，我也不苛責她，只要她跟我回府，去給我端茶送水伺候我一段日子。怎麼樣，不算委屈她吧？」

胡氏苦笑道：「您是都督夫人，能侍奉您是她的福分。」遂叫江靈上前拜謝。

在胡氏與江守誠看不見的地方，孟如韞與江靈偷偷相視一笑。

自那以後，江靈就留在都督府中與孟如韞一同溫書。她十分珍惜這個機會，起得比府中灑掃的侍女還早，睡得比巡夜的護衛還晚。孟如韞心疼她，讓她注意身體，江靈道：「長年累月這樣是不妥，可眼下只剩三、四個月，我熬一熬，也不耽誤什麼。」

就這樣熬到了八月。

科舉考試與女仕科相隔五天，各在場中考三天，舉人身分是蕭漪瀾給孟如韞安排的，但能否考上進士卻要看她自己。

八月底，科舉放榜，一甲進士及第三人，狀元名為「孟嵐光」。

狀元是蕭漪瀾親自點的，內閣和國子監幾位大儒看過考生文章後，也給出了同樣的意見。

有人記得這個名字。十五年前，國子監祭酒孟午的兒子也叫孟嵐光，孟家隕落後，孟嵐光亦不知所蹤。有人覺得是他，有人覺得只是恰巧同名，可是誰都未與這位狀元郎有過深交，一時間，關於他的傳聞雲裡霧裡。

九月初，女仕科放榜，孟如韞亦被擢為魁首。

女仕科放榜後，反對此事的朝中大臣和官學府諸生終於找到了爆發的機會。事情的走向與孟如韞預料的相同，心懷鬼胎的朝臣鼓動落榜的考生鬧事，宣揚是這群中榜的女子搶走了本該屬於他們的位置。

他們以敗壞風俗和女子見識短為由，揪住魁首孟如韞大肆攻擊，說她的文章脂粉氣重，味同嚼蠟；又說她曾是蕭漪瀾身邊的女官，如今是五軍都督的夫人，必然是憑藉身分而奪魁，要求朝廷徹查此事。

陸明時聽聞此事後冷笑道：「女仕的考卷與科舉的考卷走的是同樣的流程，謄抄、糊名、閉院審卷，為何獨獨說女仕不公，說妳是靠關係奪的魁首？何況本朝高官之子奪魁早有先例，當年遲令書之子、程知鳴之子，哪個不是進士榜前，為何獨獨疑妳？」

孟如韞早知自己首當其衝，必然會遭受非議。她勸陸明時想開些，陸明時卻越想越生氣，以維護京中治安為由，派人加強了浥塵坊到舉業坊這一片的巡視，凡是對孟如韞指名道姓大放厥詞、乃至辱其父母人格之人，都被抓起來狠狠修理了一頓，送進應天府裡好好「照拂」。

也有人認出了被擢為魁首的孟如韞就是《大周通紀》的作者，認為其確實有真才實學。

科舉進士榜眼陳芳跡也站出來為孟如韞說話，說自己曾受教於孟姑娘，其才華遠在自己之上，有奪魁之質。

雙方吵得不可開交，陸明時親自審問了幾個當街鬧事、出言不遜的人，竟然還有了新發現。

他對孟如韞道：「我知道妳和陛下的打算，這是為女仕科破除阻礙，也是為妳自己鋪路，可妳也要提防別有用心的人在其中攪渾水。妳去聽聽他們都說妳……算了，妳還是別聽了。總之，這些落第士子不僅論及妳的文章，更有甚者論及妳的品性，他們背後的推手除了不願女仕科推行的朝臣外，還有別人。」

孟如韞好奇。「你知道是誰？」

陸明時點點頭。「修平公主參與了此事。」

「她？」孟如韞猛的想起這麼個人，頗有些意外，思忖之後又覺得可以理解，抬手在陸明時胳膊上掐了一下。「你惹的好事。」

陸明時心裡一慌，扯住孟如韞解釋道：「我真沒招惹過她。當年馬球那件事我不只教了她一人，先帝讓我教了後宮十幾個妃嬪，我當時年少輕狂心眼少，不懂得推辭，誰知修平公主學會後到處張揚，我實對她無意……」

他逮著機會一口氣將當年的事解釋清楚，生怕孟如韞聽不明白，微微抬高了聲調。

「我同你開玩笑的，你緊張什麼？修平公主的事，陛下幾年前就向我解釋過，說是她一廂情願，你從未許過她什麼。」孟如韞靠在他肩頭笑。「再說了，我也不是那麼苛刻計較從前的人。你未計較過我的從前，我又怎會緊抓著你的從前不放，日子這麼長，咱們都要往後看。」

陸明時低低嗯了一聲。「妳願意這樣想，是我的榮幸。」

依照孟如韞的意思，即使修平公主在其中攪和，她也打算睜一隻眼閉一隻眼，一切等塵埃落定，聖上聖心裁決。但陸明時顯然不打算嚥下這口氣，他命那幾個人將抄錄的口供貼在背上，跪在修平公主府門前，高聲陳述修平公主如何給他們錢，如何讓他們在茶樓酒肆中詆毀女仕科魁首孟如韞的經過。

修平公主十分憤怒，派人出去將他們抓進來。但陸明時早就派侍衛親軍保護他們，修平公主奈何不得，只好從後門出府，跑進宮找蕭漪瀾哭訴求情。

但蕭漪瀾的態度讓她膽戰心驚，素日裡待她寬容和氣的小姑姑竟然要褫奪她的封號。「妳平日裡驕縱胡鬧也就罷了，女仕科是國策，妳也敢在其中攪弄。若非知妳一向無大志，朕倒要懷疑妳背地裡是不是與朝臣有所勾結！妳這個無事生非的性子，留在臨京遲早出事，朕打算送妳去西域大興隆寺，替朕拜會悟生大師，這是朕給妳最後的體面，妳明白嗎？」

修平公主想起了前太子蕭道全的下場，不敢再惹她動怒，唯唯諾諾地應下，幾天之後就低調從臨京出發，前往大興隆寺去了。

蕭漪瀾處置了乘機攪渾水的修平公主，讓眾人感受到了她絕不姑息的態度。霍弋與陸明時也順藤摸瓜，揪出了許多挑唆士子鬧事的黑手。

至於宣稱女仕科選出的女子無才無德的誹謗，孟如韞的存在就是蕭漪瀾釜底抽薪的後手。她當著文武百官與敲登聞鼓的諸位士子的面揭開了孟如韞的身分，她不僅是女仕科的魁首，同時也是進士科的狀元「孟嵐光」。

她借用了兄長的名諱參加科舉，聽起來也不是不可能。

蕭漪瀾訓誡這群鬧事的落第士子。「爾等曾爭相傳誦的〈論太湖西堤重修糜費書〉，曾相引相和的寶津樓麗詞〈柳別春〉，朕曾憾然慨之的《大周通紀》，皆出自此人手筆。爾等見之在匣則視之為珠，見之在水則視為魚目，殊不知魚目混珠非男女之別、皮相之別，實內裡之別也。諸位不識明珠，乃己非明珠之故，落榜實屬正常，何以不躬身省己而怨天尤人？」

理直氣壯地前來敲登聞鼓的這群落第士子們聞訊愕然，看向孟如韞的目光先是震驚，繼而羞慚。

這群關心朝政的讀書人，哪個沒抄閱過〈論太湖西堤重修糜費書〉，沒手癢為寶津樓名曲和新詞、想要與之一較高下？他們不僅沒想到這些找不到作者的名篇是一人所作，更想不到此人竟是位年輕女子，真是令天下讀書人為之汗顏。

沒有了別有用心的朝臣在背後做推手，又未尋出女仕科遜色於科舉、女仕科魁首徇私舞弊的證據，他們再沒臉鬧下去，相顧相視，最終灰溜溜地收回了請命書，回去靜待朝廷的處置。

此事告一段落，孟如韞終於可以清閒幾天。江靈也來同她報喜，她恰恰掛在了女仕科最後一名，也算是得償所願。

第八十二章

宮中設鳳仕閣，仿照翰林院設修撰、編修等職，所有考中女仕科的姑娘都要先在鳳仕閣中見習半年，學習朝政事務，觀察品性德行。

蕭漪瀾將鳳仕閣交給了孟如韞。如今孟如韞既是女仕科魁首，又是這些姑娘們的師傅和上司，蕭漪瀾這樣做也是為了給孟如韞培養門生，為她之後入閣減輕阻礙，培養聲望。

十月，蕭漪瀾與霍弋舉行了大婚，天子下詔大赦天下，免除貧困之家一年的賦稅，朝野歡欣，足以見天子對這位皇夫的重視。

朝堂上有人擔心霍弋會藉著皇夫的身分弄權，然而霍弋並沒有因此榮寵加身，擔任朝堂中樞要職，反而去了國子監出任祭酒。這是一個極有清望的官職，卻也是個一無權柄二無油水可撈的地方。

這官職是霍弋自己同蕭漪瀾求的，蕭漪瀾讓他不必為了避嫌而自貶，霍弋卻道：「臣選國子監非為避嫌之故，而是夙願已久。一來，臣欲承先父之志，整理其文集，以治學明教為餘生所求；二來，臣曾腿腳有疾，身體比常人弱一些，餘生想多花時間相伴陛下左右，而不願為俗務所羈絆。陛下在外有阿韞輔國政，在內有汝青掌宮事，許臣偷些懶也並無大礙。」

蕭漪瀾見他心意已決，便隨他去了，她也喜歡霍弋多些時間陪著自己。

她今年三十一歲，已經過了世俗眼中一個女人最青春貌美的年紀，雖然霍弋常說她朱顏猶盛少年時，但她心裡難免會覺光陰匆匆，當及時行樂。

十一月底，東海郡突然八百里加急傳來軍情，東瀛海軍突襲大周東海岸，已擊沈大周官商船艦共七十多艘，恐有登岸劫掠之勢。

蕭漪瀾連夜召集眾臣議事。然而對於這個面積不大的島國，諸位官員知之甚少，蕭漪瀾問起時，竟接連磕絆。

「諸位在兵部已有數十年資歷，我大周邊境不過十國，除了戎羌，你們竟一無所知嗎？」蕭漪瀾聲音微冷，頗有些失望，嘆了口氣後，將目光轉向孟如韞。「阿韞，妳來說說吧。」

孟如韞做行商時在東瀛待過一段時間，不僅熟通了東瀛語，且寫了一本兩萬多字的東瀛風物志。

她上前一步說道：「東瀛國小而地散，共有大島四座，小島上千，人民不過七十萬，除官員武士外，半數以漁業為生，三成以稻米為生，剩餘兩成為工商之家。近年來，東瀛君主勢弱，權力旁落幕府將軍手中，幕府將軍姓德川，以水軍為利，清剿周遭海賊，偶爾也與我大周官民有衝突。德川約束手下極嚴，此次開戰，絕非是東瀛海軍搶掠，而是兩國之間真正意義上的開戰。我猜測，德川將軍可能是想藉機在國內立威，徹底從東瀛君主手中將權力名正言順地接過去。」

蕭漪瀾聽完後，將目光轉向陸明時。「陸卿，你做五軍都督已有一段時間，我大周水軍戰力如何，你心中有數嗎？」

陸明時上前一步說道：「兵部造冊中，以騎兵與步卒記載最為詳盡。大周水軍集中在太湖、鄱陽湖兩湖附近與東部沿海州郡，只記載了人數變動與大巡查次數，十分簡略。據臣猜測，恐甚為拙陋，不堪大用。」

新任兵部尚書和兵部左右侍郎悄悄在心裡捏了把汗。

兵部前幾年一直都是錢兆松把持，他和前太子蕭道全兩個左手倒右手，吃完軍餉吃軍需，最難打的戎羌有陸明時在北邊撐著，他們哪有心思練水軍？錢兆松死後，宣成帝多疑，找了幾個庸庸碌碌的混子來接替他。新尚書聽說了一點錢兆松被誅九族的內幕，哪裡還敢有所作為，不過是每天來應個卯，充個人頭罷了。

誰知長公主即位後，當混子這招反而不好使了。

兵部幾位官員被蕭漪瀾三言兩語罵成了鵪鶉，蕭漪瀾看著他們那畏畏縮縮的模樣就生氣，索性不再搭理他們，繼續問陸明時。「那依你所見，東瀛軍隊逼到東海郡門口，我大周是戰是和？」

陸明時毫不猶豫道：「自然是戰。」

「理由？」

陸明時說道：「東瀛貧瘠，大周豐饒，國力上大周並不遜色。新朝初定，朝野觀望，您需要一場勝仗來提振大周的意氣。且東瀛與戎羌是一個德行，越是窺伺已久的畜生，越不能在他們面前露怯，否則他們的貪婪永無底線，提出的要求越來越高，直至我大周忍無可忍，只有開戰。既然早晚要戰，不如一開始就打個痛快，打個清淨。」

蕭漪瀾想了想，說道：「道理朕都明白，可是大周水軍不利，若這仗打不贏，豈不是露怯更甚？」

「不會打不贏的。」陸明時聲音不大，卻十分堅定。他上前一步，撩袍跪地道：「臣請往東海郡，與東瀛海軍一戰。」

孟如韞一驚，與蕭漪瀾同時出聲道：「你要去東海郡領兵？」

陸明時與孟如韞對視一眼。「是。」

蕭漪瀾自龍椅上起身，在殿中來回走動了幾圈，似是在思索這件事的可行性。

「據朕所知，你只在北郡帶過兵，從未有過水戰經驗。」

陸明時點點頭。「是。」

蕭漪瀾問道：「一戰之勝，明將與強兵總要占一樣。你不熟悉水軍，我軍戰力又平平，如何才能打贏熟諳水性的東瀛人？」

「將者，通天文、識地利、知奇門、曉陰陽、看陣圖、明兵勢，缺一不可。臣如今只對東瀛水軍的兵勢不夠熟悉，不意味著臣沒有能力打好水戰。總不能只要我大周沒有擅長水戰的將領，就永遠不敢跟東瀛人打。」陸明時說道：「何況臣雖然不熟悉水上環境，但臣知道有一個人十分熟悉海上環境。」

他這一提，孟如韞與蕭漪瀾同時想到了一個人。「你說的可是薛平患？」

「正是。」

「速去傳薛平患入宮。」蕭漪瀾想了想，終於下定決心，對陸明時道：「東瀛一戰，朕全權交與你和薛平患。除此之外，會派兩湖附近的將領協助你，糧草、船艦從東海郡及附近州郡就近調取，算在他們近三年的州稅裡。此仗你放心去打，只能贏，不能輸！」

陸明時當即領命。「臣明日就點兵出發，前往東海郡。」

陸明時連夜去北大營點兵。無論是北大營原來的軍隊還是他從北郡帶回來的鐵朔軍，都沒有水上作戰的經驗，匆忙之間，他令各營遴選出會泅水和划船的士兵，組成一支六千多人的隊伍，又派人快馬加鞭往兩湖流域送信，讓他們支援戰船與水軍。

東海郡軍情緊急，他點完兵安排完糧草後即刻出發。孟如韞趕著去送他，連話都敘不了幾句。

「今年不在家中過年，一切照顧好自己。」

「夫人放心，我又不是第一回出征。」陸明時安慰她。「倒是妳，晚上不許熬太晚，我會派人盯著妳。」

孟如韞一笑。「知道了，不要掛心。」

啟程的號角即將吹響，陸明時拍了拍她的肩膀。「我走了，這次給妳抓個德川回來，記得去城樓上接我。」

他轉身上馬，金燦燦的日光灑下來，北風捲地而起。

自從江靈入了鳳仕閣，她母親胡氏每天都在為她的婚事發愁，擔心她年紀越來越大，最後許不著好人家。

她入宮來求孟如韞，希望她早些將江靈放出宮。「我只有妳表姊一個女兒，她一天不嫁個好人家，我就一天不能安心，妳權當可憐妳舅舅舅母，將靈兒放出宮去吧！」

孟如韞能理解胡氏的心情，可她心裡更偏袒江靈，便拿宮中規矩來敷衍她。「入了鳳仕閣的姑娘們要等出閣才能婚嫁，若為表姊破這個例，別人不會說她思嫁心切，只會疑她在宮中不檢點，是犯錯被打發出去的，恐更壞了表姊姻緣。」

胡氏不是個有見識的人，孟如韞三言兩語嚇住了她，她只好歇了帶江靈出宮的心思。她送胡氏出瑤華宮，恰逢季汝青前來拜會。

胡氏聽說過這位司禮監掌印的名頭，忙斂衽行禮，待看見他的臉，卻不由得一愣。

這張臉……她好像在哪裡見過……

季汝青掩唇輕咳一聲，胡氏回過神來，忙垂下頭。

「這位就是江夫人吧？不必多禮。」

孟如韞讓人奉茶。「汝青稍等，我送舅母出宮。你若是來找書，自便就是。」

季汝青笑了笑。「叨擾了。」

他目送胡氏離開，心裡揣摩她入宮的目的。他向孟如韞旁敲側擊，孟如韞倒不避諱他，挑明了說道：「舅母是為表姊的婚事來的，想讓她早些出宮嫁人。」

季汝青端著茶盞，隨意問道：「江姑娘已經定下人家了嗎？」

孟如韞笑了笑。「聽說有意許給文昌伯做續弦，還在定時間相看。」

「文昌伯？」季汝青手一頓。「若我沒記錯，文昌伯馬上就有孫子了吧？」

孟如韞故意道：「續弦多的是老夫少妻，這倒也不稀奇，舅舅舅母看中的是文昌伯家的門楣。」

季汝青不說話了，過沒多久起身告辭。

胡氏為江靈的婚事整日犯愁，江靈自己卻為能留在宮裡而暗暗高興。

她是靠臨時抱佛腳擠進鳳仕閣的，半年留察期一過，她沒有被選去朝中任職，而是被分派到紫蘇手裡，和另外兩人負責書閣的看管和整理。

今上是愛書之人，常來書閣找書，紫蘇要求她們熟記各類藏書的排列規則，無論陛下要什麼書都能在半炷香內找到；若有缺頁、漏頁要及時修補，同時要保證每一本書上不能有灰塵和蟲蠹，每月初一、十五若逢放晴，要輪流將書閣裡的書搬出去曬一曬。

江靈本以為這是份清閒的差事，到了藏書閣以後才發現累得要命，每天不停地在各架藏書裡穿梭，連到書閣外散散心的閒暇都沒有。

她本來就比別人笨，若非得孟如韞指教，她再學三年也未必能考上女仕科，所以在書閣這份差事上，她要比別人付出更久的時間和努力。常常是另外兩人已經將該背的東西爛熟於心時，江靈才磕磕絆絆記不到一半。紫蘇隔三差五就來考查她們，江靈因為兩次都沒過關，這個月的俸祿已經被罰乾淨了。

這日，宮中新到了一批藏書，紫蘇喊另外兩人過去清點，讓江靈留在書閣裡繼續抄書錄。書閣外天高氣爽，鳥鳴清越，江靈抄著抄著就停下了，咬著筆桿望著窗外出神。

正走神間，忽然聽到身後有人輕咳。

江靈一回頭，看見了身著天青色的季汝青。

「季——」

江靈十分驚喜地霍然起身，卻見季汝青食指抵在唇邊，比了個噤聲的手勢。

江靈目光一轉，這才看見站在他身後的人。

「參見陛下。」江靈剛站起來又慌慌張張地跪下行禮。

「平身吧，去將《歌侑集》與《涇川夢得論》找出來。」蕭漪瀾在太師椅上坐定，馬上有宮娥奉上茶盞，她喝了一口便擱下，單手撐額，等著江靈將書拿過來。

江靈急匆匆地在書架間尋覽。她印象裡這兩本書都見過，《歌侑集》好像是本生僻的詞作合集，《涇川夢得論》只見過書面，尚不清楚裡面的內容。她先是按照書名的偏旁部首找了一遍，又按照書籍分類找了一遍，結果一本都沒找到。

眼見著半炷香的時間將到，聖上正等著她將書交出去，江靈越找不到越著急，越著急越找不到，後背生出了一片冷汗。

不遠處，季汝青似是朝她這邊看了一眼。

季汝青站在蕭漪瀾身後開口問道：「這兩本書都是前朝的詩詞文章理論著作，有《文心雕龍》珠玉在前，知道這兩本書的人並不多，陛下怎麼突然想起找這兩本來了？」

蕭漪瀾未做他想，說道：「望之同朕提過幾句。他這幾日有些忙，朕今日路過書閣，順便幫他找一找。怎麼，汝青也讀過這兩本書？」

「孟祭酒在內書閣講學時講解過其中內容，少年時讀過些許，如今記不太清其中內容了。」季汝青說道：「想是霍少君有意整理孟祭酒的文集，要引用這兩本書。」

季汝青道：「既然如此，臣還記得有幾本書裡零散收錄了孟祭酒的文章，陛下若是想一併帶著，臣去幫您找找。」

蕭漪瀾道：「你猜得不錯。」

蕭漪瀾點點頭，又端起了茶盞。「行，你去找吧。」

季汝青的三言兩語又為江靈爭取了一點時間。她聽明白了，《歌侑集》並非詩歌集，而是詩文理論，與《文心雕龍》同屬一類。《文心雕龍》她知道，女仕科考試考過，就放在這層左起第六個書架的第二層。江靈飛快地摸過去，找到了《文心雕龍》，然後在距離這本書不到兩格的地方找到了《歌侑集》和《涇川夢得論》。

她長長吁了一口氣，把手心的冷汗在衣服上蹭了蹭，然後小心翼翼地將書取下來，奉至蕭漪瀾面前。

蕭漪瀾接過書翻了翻，十分滿意，問江靈。「妳叫什麼名字，怎麼閣中只有妳一個人？」

「回陛下，臣女叫江靈，是太常寺主簿江守誠之女。今日新入宮一批珍貴古籍，紫蘇姊姊帶人前往整理，說午時方回。」

「江守誠之女？」蕭漪瀾有些驚訝。「孟如韞是妳表姊妹？」

江靈回道：「是臣女表妹。」

「那她為何將妳安排在書閣裡？」蕭漪瀾問。

考中女仕科並不容易，又要經過鳳仕閣的磨練，蕭漪瀾在朝堂中給她們留了許多大有可為的位置，將安排她們各自去向一事交予孟如韞處理，她竟然將自家表姊安排在冷冷清清的書閣裡？

江靈解釋道：「此事是臣女自己所求。臣女雖僥倖考中女仕科，然才疏學淺，遠不及同年，不敢妄自託大；且臣女心不在朝堂，只想尋個清淨無爭之地。是臣女不求上進，與阿韞無關。」

蕭漪瀾了然地點點頭，她竟沒想到孟如韞的表姊會是這樣的性子。

「人各有志，朕只是隨口一問，不必緊張。」

蕭滸瀾讓季汝青將書一併帶著，江靈垂首在側恭送他們離開，待腳步聲遠了，才敢抬起頭來張望，只瞧見那個清瘦的背影漸漸消失在層層朱瓦樓閣中。

他又幫了她一次，江靈默默地想，心裡漲得滿滿的。

酉時末，宮門落鎖，書閣裡的內侍與宮女也下值歸宮。

今晚恰巧是江靈值夜，她整理了一下午古籍，十分疲憊，見管事女官都不在，便放縱自己趴在桌子上，側臉貼著桌面，握著筆在宣紙上畫畫。

她畫技十分一般，想畫季汝青，結果把身子畫得比腿還長，將他頭上的五梁冠畫成了公雞冠。她有些懊惱，打起精神來，屏氣凝神地想要畫好他的眉眼。

不知畫了多久，隔桌當值的女官輕咳了兩聲，江靈以為是管事女官來巡視，忙起身坐直，卻見季汝青正站在她桌前，不知看了她多久。

江靈下意識將畫紙翻過來扣在桌子上。

季汝青的目光從畫紙上挪開，落在江靈身上。

值房裡的宮燈忽明忽暗，爆開一朵燈花，映得季汝青眉眼溫柔深邃。他對江靈道：「我有話對江女官說，不知江女官是否方便？」

「我……方便。」江靈有些拘謹地站起來，隨季汝青走出書閣。

月光傾瀉在書閣外的臺階上，江靈垂著頭，心中十分忐忑。

「之前多謝江女官搭救，不告而別是我失禮，今夜特來致歉。」

聞言，江靈心中狠狠一揪。

宣成帝中毒事發後，臨京城內到處都在搜捕季汝青，江靈彼時正在書鋪裡買話本子，與羅錫文、錢帷等幾個浪蕩子弟起了衝突，喬裝改扮的季汝青出面替她解圍。

別人不認得季汝青的聲音，江靈卻為之魂牽夢縈，絕不可能認錯。兩人好不容易甩開了那幾個浪蕩子的糾纏，江靈不肯放他滿街跑，讓他暫時躲在孟如韞住過的風竹院中。

一天晚上，江靈鼓足勇氣悄悄來到風竹院，同季汝青說了些踰矩的話，乃至於要與他同生共死。一向溫和可親的季汝青卻十分冷漠地拒絕了她，讓她以後不要再說這種話，第二天就不告而別，離開了江家。

江靈為此難過了好些日子。

「你來找我，是特意說這個的嗎？」江靈低聲問。

「還有一件事。」季汝青在心中考慮許久，問道：「聽說江夫人想與文昌伯府訂親，那文昌伯年逾四十，兒子年紀比妳都大，妳願意嫁給他做續弦嗎？」

江靈驚訝地「啊」了一聲。她娘要把她定給文昌伯府？什麼時候的事，她怎麼不知道，季汝青又是如何知曉的？

江靈一時愣住了。

季汝青以為她沒想清楚，遂勸她道：「姻緣美滿雖是人生所求，但依妳的性子，並不適合嫁入文昌伯府。那高門府邸只是看著繁華，但後宅不寧，妳何苦去受那份罪。」

江靈緩緩垂眼。「你是來勸我不要嫁的嗎？」

季汝青默然一瞬，點了點頭。「是。」

江靈嚥了口唾沫，心中生出一點希望，問季汝青。「倘我不嫁文昌伯府，你願意要我嗎？」

聞言，季汝青眉心狠狠一蹙，負在身後的手緊緊攥起。

年輕美麗的姑娘微微垂著頭，月色朦朧裡，可見她延頸秀項，羞面微紅。

見他一時不答，江靈心中漸漸湧起失落，低聲嘆氣道：「我知道依你如今的身分，是我高攀你，這宮裡有數不清的女官想跟著你，而我只是——」

「妳竟然會覺得高攀我？」季汝青走近了她幾步。他語氣裡壓抑著怒氣，可即使如此，聽著依然溫柔而珍重。「妳堂堂官宦之女，清白的姑娘，竟然會覺得高攀我一個無根的奴才？」

江靈眼眶一紅，反駁道：「你不是奴才……」

「江靈，妳應該有很好的一生，該嫁一個年輕有為的郎君，夫妻和睦，子孫滿堂。」

季汝青心中難受極了，為他不敢玷污的姑娘，竟然將自己貶到泥地裡，感到難過。她不知道自己是怎樣下賤、骯髒之人，僅憑著一腔熱情就要撲過來，可他身有殘缺，不能給她完整的愛，倘有一天她的熱情消滅，該如何面對不堪的自己？

江靈落下淚來，十分倔強地搖頭說道：「倘你不要我，那我嫁誰都一樣。嫁入文昌伯府，與嫁個令你滿意的郎君，都同樣讓我痛苦。你若真不要我，就別來管我，且眼睜睜看著……」

她心中十分委屈，乃至於對他的絕情生出一點恨意來。

「且眼睜睜看著我如何被別的男人摧殘、侮辱，去過令你滿意的一生。」

她說完就要轉身離開，一隻手卻突然從身後攥住了她，緊緊地，顫抖著攥住了她。

第八十三章

蕭漪瀾在御書房中批閱奏摺，霍弋在珠簾一隔之地整理文稿，殿室內靜悄悄的，來往侍奉的宮娥內宦皆不敢高聲。

季汝青走進來，撩袍跪在蕭漪瀾面前，叩首行禮。

「臣欲與江靈女官結為對食，特來請陛下成全。」

蕭漪瀾被他嚇了一跳，不遠處的霍弋也擱筆側首，擰眉聽著這邊的動靜。

季汝青不是強人所難的性子，蕭漪瀾問他緣由，他解釋道：「臣不願見她嫁入文昌伯府受人搓磨，臣寧可讓她留在宮裡，自由自在地活著，不受人欺侮，臣……心悅江女官。」

這可真是鐵樹開花頭一回，能逼得季汝青親口說出這種話，可見他心悅不淺。

蕭漪瀾問：「既是求結對食，江靈為何不與你一同前來？」

「是臣不讓她跟來的。」季汝青說道：「臣另有一事要求陛下，不欲令她知曉。」

「你說。」

「臣與江靈結為對食一事，請勿登記在內宮造冊上，也請您下旨，不要大擺筵席，令人知曉。」

「這又是為何？」

「臣為內侍，並非良配。」季汝青低聲道：「若有一日，她能另覓良緣，臣會放她自由，不想讓這件事拖累她。」

蕭漪瀾默然不語許久，而後說道：「朕不願作這麼大的主，你且將江靈傳來，朕自有安排。」

「陛下……」

「去吧。」

季汝青只好起身去請江靈。他走後，霍弋從珠簾後轉過來。

他苦笑著說道：「我這兩個妹妹，主意真是一個比一個大。」

蕭漪瀾道：「你與汝青關係這麼好，尚且不認同此事，何況江靈的父母。」

霍弋說道：「若單論權勢，文昌伯比不得汝青。胡氏捨得送江靈與文昌伯結親，未必不願意送她與汝青結對食，雖然傳出去名聲不好聽，卻能給江家，尤其是給她那讀書不長進的兒子帶去許多好處。」

江靈隨季汝青來到御書房，叩見蕭漪瀾行禮。

蕭漪瀾對她說道：「妳想與汝青結為對食，朕不願干涉，但汝青是司禮監掌印，位居內相，他的夫人最好家世清白，勿要使外朝內宮有所牽扯。」

江靈倒是沒想這麼遠，聞言，向蕭漪瀾保證道：「臣女會守心如一，不向他提人情之求。」

蕭漪瀾笑了笑。「若是妳父兄越過妳直接找汝青，依汝青對妳的珍視愛重，妳說他能拒絕得乾淨嗎？」

江靈聞言一頓，心中緩緩生出失落。聽陛下的意思，似乎並不贊成她和季汝青的事。

小姑娘的想法都寫在了臉上，蕭漪瀾端詳著她，任她在心中胡思亂想了好一會兒，才緩緩開口道：「朕不是反對妳與汝青在一起。」

心灰意冷的江靈驀然抬眼，似抓住了一根救命稻草，眼裡露出一點渴求和希望。

「但妳與汝青的事，不得張揚，不得記於內宮造冊。妳若仍願與他在一起，朕會將妳調來身邊，讓妳長久留在宮中，如此，妳願意嗎？」

江靈聞言叩首。「臣女願意。」

蕭漪瀾點點頭。「起來吧。此事雖不得大擺筵席張揚，但總要有個儀式，朕會挑個好日子，在長信宮裡為你們設宴，將阿韞夫婦請來，咱們熱鬧一場。」

任它排場再大，誰能比得過在長信宮中設宴、天子親臨祝賀的體面？江靈感受到了蕭漪瀾的好意，心中觸動，再次拜謝。

「好了，妳去收拾收拾東西，晚些讓紫蘇把妳接到朕身邊來。」

「是。」

江靈退出殿中，季汝青再次叩拜。「謝陛下成全臣一片微心。」

他們的婚儀定在三月，比沈元摯和紅纓的婚事晚了半年。恰逢紅纓懷孕，蕭漪瀾讓她安心留在尚陽郡主府養胎，將江靈調到身邊暫代她的職責。

如今江靈成了天子近臣，地位比她爹太常寺主簿江守誠還要高，胡氏哪裡還管得了她，無奈之下只好任她去了，畢竟也是一份體面。

過了三月，東海郡傳來軍情，陸明時大敗東瀛海軍，生擒德川將軍，不日將班師回朝。

孟如韞一早就在臨京城樓上等著。春季風大，吹得城頭旗幡獵獵，桃杏飛花滿城。遠遠望見塵埃揚起，班師回朝的將軍高坐馬上，身後兵將如銀龍逶迤。聽見大開城門的號角聲，圍觀的百姓皆歡呼沸騰，其盛情更勝五年前那一場歸迎。

距他擒戎羌世子入京，已經過去五年了，孟如韞心想，五年前，她就是在這裡初次遇見了陸明時。

陸明時遠遠瞧見了她，朝她招了招手，眾人皆往這邊看。孟如韞掩面而笑，轉身下了城樓。

他先到兵部交接，然後入宮面聖，孟如韞提前入宮等著他。

「東瀛戰事已平，虎符交接兵部，德川已押入天牢，此為戰事詳情章奏，請陛下御覽。」

陸明時與薛平患身披軟甲，跪於殿中，季汝青將章奏取過，呈至蕭漪瀾面前。

蕭漪瀾大悅，命人賜座。「兩位平身吧，一路奔波辛苦了。」

章奏中記載了與東瀛這場戰事的大致經過。年底之前，大周的軍隊因為缺乏海上作戰的經驗，在德川手裡吃了不少虧，乃至於被他攻下東海郡邊沿數城。為了守住東海郡戰線，陸明時帶兵在沿海各縣來回奔襲，一月與東瀛海軍開戰十六次。直到大周水軍逐漸熟悉水性，找到東瀛海軍的破綻，這才漸漸挽回劣勢。

前期的艱難，陸明時在章奏裡一筆帶過，說得輕巧，蕭漪瀾讓他詳細說說。

陸明時回稟道：「水戰與陸戰差距很大，騎兵不能縱躍，步卒不能衝進；兩軍對壘，最主要的是船艦的品質和水上控制能力，而這些都需要日復一日的操練，不是兩三天就能練成的。我軍在海上作戰吃虧，便只能退回東海郡，守在海岸邊與德川相抗。」

「那陸卿是如何訓練他們的？」

陸明時看了一眼旁邊不言不語的薛平患，回道：「此事臣不敢居功，臣帶人在東海郡抗擊德川，我軍水上作戰能力的訓練，皆薛叔之功。」

因為薛容潛一事，薛平患心中一直有些慚愧，陸明時突然將話拋給他，他有些拘謹地作了一揖。「臣也沒做什麼，只是命士兵們在海灣裡勤加練習，晝夜起居、衣食住行都在船上；又以鐵索連舟，增加大船的穩定性。倒是陸都督英勇卓見，敢帶一千精銳繞去東瀛，說服東瀛君主，共剿德川。」

孟如韞大驚出聲道：「一千精銳你就敢繞去東瀛？陸子夙，你膽子也太大了吧？」

「這其中有許多考量，一、兩句話說不清楚。總之東瀛沒有咱們想像中那麼能打，若非占了熟悉水性的優勢，小小東瀛還不如戎羌抗揍。」陸明時笑了笑。「當然，我帶著這一千人不是去打仗的。我見了東瀛的君主，聽說他與德川將軍的關係並不好，德川將軍有取而代之的想法。」

蕭漪瀾問：「你與東瀛的君主做了交易？」

「可以說是交易，也可以說是我騙了他。」陸明時說道：「我讓他相信大周的艦隊已經繞過德川的防線從另一端包圍東瀛。大周可以撤軍，只要他在朝中公開放棄對德川的支援。這對東瀛的君主是件很划得來的事情。」

「之後呢？」

「之後就是我和薛叔帶兵圍堵德川。我們選在一處水比較淺的海峽內，那裡的環境最逼近陸地，我們和德川打了三天兩夜，最後活捉了他。」

陸明時打仗向來以奇、狠、快聞名，對他而言，三天兩夜已經算是一場僵局。對於最後這場仗，陸明時沒有多說，但孟如韞能猜到這一仗打得並不容易。她看陸明時的臉上沒什麼血色，疑心他在此仗中受過傷。

面稟結束後，孟如韞與陸明時一同回到都督府。

她一回家就要扒他衣服，看他身上的傷，陸明時鎖住她的手將她按在榻上，摩挲著她的臉笑道：「好夫人，先讓我洗個澡，晚上再好好疼妳。」

孟如韞抬眼看著他。「怎麼，洗個澡能把身上的傷洗掉？」

陸明時笑道：「哪有什麼傷，我——」

話音未落，孟如韞的手按在他腰上，疼得陸明時悶哼了一聲。

得，還是被發現了。

腰上的傷口表面剛剛結痂，纏繞的繃帶上滲著血。眼見著孟如韞紅了眼眶，陸明時忙不迭替她擦淚，安慰她道：「戰場上哪有不受傷的，我這不是全鬚全尾地回來了嗎？而且大夫已經說了沒有大礙，妳要實在不放心，我把許憑易找來，妳聽他說。」

孟如韞揉了揉眼睛。「有驚無險也是險，你這個人，膽子也太大了。」

陸明時道：「那我以後膽子小一些，不教妳擔心了。」

這幾日，陸明時在家中養傷，難得孟如韞也有空閒，兩人在花窗下對弈，忽聽通傳說薛采薇前來拜訪。

孟如韞要起身去迎，陸明時將棋子扔回簍中，意味不明地一笑。「看來薛叔馬上就要多個女婿了。」

孟如韞一愣。「你說的難道是德川？」

陸明時點頭，懶洋洋地靠在軟靠上。「德川是個寧死不屈的脾氣，走投無路時本欲自殺，是薛叔說薛采薇和孩子尚在人世，這才成功勸降。」

竟是薛平患主動告訴他的？孟如韞一時有些驚訝。

陸明時合眼休息。「快去吧，人都到門口了。」

薛采薇是帶著小阿歸一起來的，她臉色瞧著有幾分憔悴，彷彿一連多日沒有睡好。

兩人在前堂喝茶聊天，孟如韞看著薛歸乖巧安靜的模樣，問薛采薇。「妳去見過他了嗎？」

薛采薇知道她問的是誰，神情一黯，點點頭，又搖搖頭。

得知德川被生擒後，薛采薇去求了薛平患，想去天牢見他一面，此後與他再無牽連。薛平患上下打點，趁夜將她和阿歸帶到了天牢。

天牢裡，德川倚牆而坐。數年不見，他比印象裡更加凌厲，薛采薇躲在暗中猶疑許久，最終沒有上前，輕輕推了推薛歸，讓薛歸去與德川見一面。

天牢裡出現一個圓潤可愛的小孩子，德川睜開眼端詳著他。薛歸並不怕他，趴在兩道柵欄之間，衝德川笑了笑。

德川用大周語問他叫什麼名字，薛歸說道：「我姓薛，叫薛歸，還有一個名字，叫懷川。」

薛……懷川。

德川死死地盯著薛歸身後黑漆漆的走廊，許久之後，突然苦笑了幾聲，朝薛歸伸出手。

「過來，讓我看看你。」

許是血脈的天然吸引，薛歸並不怕這個一身戾氣、狼藉潦倒的男人。他握著德川的手指，同他說了好多話，說他的娘親、他的外祖父，還有家中並不喜歡的其他親戚。

德川問他。「今晚是誰陪你來的？」

「是娘親，」薛歸朝走廊盡頭的方向指了指。「她就在那邊。」

咫尺之隔，卻不肯與他相見。德川嘆了口氣，從頸間摘下薛采薇留給他的唯一一塊玉珮，掛到了薛歸脖子上。

「好好陪著你娘，別再讓她傷心了。」

薛歸似懂非懂，藏在暗處的薛采薇已然泣不成聲。

今日聽薛采薇說起，孟如韞亦十分唏噓，嘆息道：「事已至此，妳還怕他知道嗎？」

薛采薇苦笑著搖了搖頭。「他已經是大周的階下囚，沒什麼可怕的了，我不是怕他，我是怕我自己……阿韞，我離開他，不是因為心裡沒有他，而是做不到心裡只有他。」

孟如韞握住了薛采薇的手，安慰她道：「我明白妳的心思。」

孟如韞以為這件事會就此結束，卻沒想到薛平患會來找蕭漪瀾，向她求一個人。

「你要德川做什麼？若想殺他洩憤，戰場上為什麼不下手，如今千里迢迢帶回來了，又來同朕要人。」蕭漪瀾不解。

薛平患似是難以啟齒，斟酌許久後方道：「回陛下，臣要德川，非為洩憤，而是為了小女薛采薇。」

蕭漪瀾聽說過薛采薇的事，聞言有了幾分興趣。「薛采薇怎麼了？」

「小女曾被擄去東瀛，與德川結為夫妻，後艱難歸來大周，腹中已育有一子。小女見其月分已足，不忍害其性命，獨自撫養至今，為之不思婚嫁，近來又因此而積鬱成疾，心結難解。她雖未曾向臣請求過什麼，但父女連心，臣明白她的心事。」薛平患跪在地上重重磕了個頭，懇求道：「臣知德川負有挑起兩邦戰亂之不赦大罪，但臣僅此一女，小女僅此一願，臣求陛下開恩饒德川一命，臣願以所有功勛相換，求陛下成全！」

蕭漪瀾按著金龍扶手，許久後說道：「朕不做交易。」

聞言，跪在殿中的薛平患雙肩陡然一落，神情變得黯然起來。

蕭漪瀾解釋道：「非是朕一定要處死德川，而是德川寧死不降。朕同他談過了，他固執得很，寧死不願低頭。若是朕將他放了，他找機會偷渡回東瀛，屆時又是一片血雨腥風，薛卿，朕不能拿大周的安寧做交易，你明白嗎？」

薛平患仍不甘心。「他真的寧死不降？如果他知道采薇願意原諒他……」

「沒用的，」蕭漪瀾說道：「他說他願意為了薛采薇而死，但不願為之而苟活，生死於他並非重中之重。」

薛平患再無話說，幾乎陷入了絕望。

若非走投無路，他也不願求到蕭漪瀾面前，可是薛采薇一天天地病下去，朝無生氣，夜不成眠。所有的大夫都說她是心中積鬱，可她寧願病死也不願說出自己的心事。

她為自己縫著嫁人的婚服，哄薛歸睡覺時，嘴裡卻無意識地哼唱東瀛的童謠。她總是望著刑部的方向出神，薛夫人想為她相看一門親事，聽聞對方公子授職於刑部，她才點頭願意見一面。

她沒有說，不敢說，但一直絲絲縷縷地渴望著，以至於一天天枯萎下去。

薛平患跪在冷冰冰的殿中，有一瞬間，他竟有些後悔將采薇找回來。

「我有一個辦法，不知可不可行。」孟如韞實在見不得薛平患與薛采薇如此難受，向前一步，低聲在蕭漪瀾耳邊說道：「我聽聞魚出塵近日搗鼓出一種毒藥，會讓人記不起從前事，甚至記不清自己的來歷，或許可以給德川試試。」

蕭漪瀾望向她。「真的有效嗎？」

「若魚出塵開價高的話，應該是有用的。」

蕭漪瀾屈指在扶手上叩了叩，決定試一試，當即派人去宣魚出塵獻藥。

藥是薛采薇親手餵給德川的。她最終去天牢裡見了他，將摻了藥的酒奉至他面前，就像許多年前，她在東瀛時常做的那樣。

「別哭了，妳已經回到妳的家鄉，按照自己的心意而活，又何必傷心呢？若是為我，更加不必。為將者，天生要有不見白頭的覺悟，若非想再見妳一面，我本該死在戰場上。」德川低聲安慰薛采薇。

薛采薇仍不甘心地問道：「若我父親能保下你，你真的不願意留在大周，陪著我和阿歸嗎？」

「我做不到，抱歉……寒薇。」

他生來就是作為德川家的未來家主培養的，他是東瀛權勢滔天的幕府將軍，離最高位置只有一步之遙，如何甘心留在大周，做一輩子無名無姓的階下囚。

「若有下一世，我願生在大周，與妳門當戶對，平平安安廝守一生，好不好？」

「既然這輩子就這樣算了，」薛采薇哽咽著垂下眼，問德川。「若你下輩子什麼都不記得，你真的願意來大周找我嗎？」

德川點點頭。「我願意。」

薛采薇將酒遞給他，德川接過後，將藥酒一飲而盡。半刻鐘後，他開始覺得頭痛欲裂，眼前一片重影模糊，不知掙扎了多久才昏死過去。

薛采薇為他蓋好被子，在一旁靜靜等候他醒來。

「是你自己答應我的，德川。」

人忘記了一切，就等於是再活一世。薛采薇心想，縱然是她自欺欺人，可她實在做不到眼睜睜看著他死在大周，死在自己面前。

一天一夜後，德川醒過來，果然將前塵忘得一乾二淨，竟連薛采薇也不認得，像剛出生的孩子一樣，大腦一片空白，無論是東瀛語還是大周語都聽不懂。

對寧死不降的德川而言，蕭漪瀾不怕他裝遺忘求生，何況他服藥之前並不知曉藥效為何。薛采薇將德川帶了回去，薛平患從薛家分出去，在臨京另置一府，與陸明時的都督府隔著一條巷子。

薛平患為德川編織了一個完美的身分，謊稱他自幼就是大周人，因為救了薛采薇一命而被招贅入薛家，後來因禍磕到了腦袋。德川很快接受了自己的身分和一見便喜歡的夫人，薛采薇心事已除，身體也漸漸好了起來。

有一回，陸明時瞧見德川像一個真正的贅婿一樣，親自牽著轡繩送薛平患出門，他感覺十分怪異，與孟如韞聊起此事時說道：「德川在東瀛時可是出了名的氣焰囂張，見了他們君主都不行禮，親生母親都不曾得他一跪，竟也有當上門女婿當得如此趁手的時候，若被從前的他知道此情形，可能會被自己氣死。」

孟如韞聞言一笑。「你覺得他現在生不如死？」

「嗯……我不是質疑妳的決定，妳與德川非親非故，做事自然不必顧及他。妳是為解薛采薇和聖上的兩難，這我知道。」

孟如韞道：「可你看他現在過得不是挺好的嗎？他對采薇和阿歸是真的上心，並非別人三言兩語說這是他妻子就能讓他做到的。」

陸明時不同意她的看法。「那是因為他忘了。」

「他是忘了，可他還是他，他的本性如此。」孟如韞頓了頓，想到了什麼，突然抓住陸明時的手，柔柔一笑。「若你也什麼都不記得，重來一輩子，你也會一見我就喜歡我，你信不信？」

陸明時笑著摸了摸她的臉。「信，哪個凡夫俗子不喜歡九天玄女。」

孟如韞知道陸明時在哄她，但是沒人比她更清楚這件事。

對有些人而言，愛是一種本性，無論重來多少次，無論是否記得，永遠只求一種果。

孟如韞說道：「德川死過一回，也是同樣的選擇。」

第八十四章

淳安四年秋，吏部尚書兼武英殿大學士遲令書上書致仕，蕭漪瀾依慣例再三挽留，見他去意已決，最終痛快地批了他的摺子。

吏部為六部之首，吏部尚書被視為「天官」，更有兼任內閣首輔的慣例。因此吏部尚書之位空缺，朝中有資歷有聲望的官員皆虎視眈眈，近日戶部、刑部兩位尚書在朝中上下打點，收攏人心，讓自己在吏部為官的門生上書舉薦自己做吏部尚書。

蕭漪瀾將這些摺子都堆在一起留中不發，眾人從她的態度裡揣摩出她並不滿意這兩個人選。

依照慣例，吏部尚書致仕後，其後繼人選要從其他五部尚書或者吏部左、右侍郎中挑選。既然五部尚書都不得君心，那吏部左、右兩位侍郎……

吏部左侍郎趙英，是明德太后生前拔擢的重臣，宣成帝繼位後將其貶至通州做縣令，蕭漪瀾重新起用了他。

吏部右侍郎則是孟如韞。

如今朝中已有將近二十位女官，其中品秩最高的就是孟如韞，她是諸女官之首，是她們的師傅、座主，乃至於未來的榜樣。

有聰明人已經猜出了蕭潃瀾心中的人選。

孟如韞近日收到許多誥命夫人的拜帖，她心裡清楚，真正想來拜訪的是她們的丈夫，只是礙於男女有別，和陸大都督那聞名臨京的醋罈子名聲，不方便親自上門罷了。

孟如韞誰也沒見，對朝中風聲只作不知，早上去吏部應卯做事，傍晚歸家閉門，很少待客，就連暗中將其引為競爭對手的趙英也不得不感慨，她也太沈得住氣了。

孟如韞最近在琢磨一套新的吏部考功法，以裁撤朝中日益增多的冗官。這套法子十分得罪人，就連陸明時都勸她不要在這個關口上提出來，以免失了人心，給升任吏部尚書這件事造成更大的阻礙。

孟如韞不以為然。「先帝在位時，將朝中搞得烏煙瘴氣，這幾年好不容易朝堂穩定，外無戎敵，內無叛亂，正是革新吏治的好時候。陛下遲遲不定人選，不是怕朝臣反對，而是在觀察我與趙英，誰更適合輔助她肅清朝政。」

陸明時道：「趙英比戶部、刑部兩位尚書聰明一點，沒急著讓人舉薦自己。聽說他上摺子要求給御史臺的官員增加俸祿，很得人心。只怕人心擁戴到了極致，陛下也別無選擇。」

「那就看君心與人心，誰更勝一籌了。」孟如韞笑了笑。「我相信陛下。」

孟如韞將新的考功法整理成摺子呈遞到通政司。第二日朝會上，蕭潃瀾對此一言不發，朝會結束時，她點了趙英去長信宮詳談。

眾人都悄悄覷孟如韞，有人幸災樂禍，有人同情可惜。

趙英心中十分得意，滿面春風地去了長信宮，以為蕭渏瀾要將他拔擢為吏部尚書。誰知蕭渏瀾壓根兒沒提此事，而是讓他看孟如韞關於新考功法的摺子。

蕭渏瀾緩聲說道：「趙卿在吏部待了二十年，吏部有什麼弊病，你應該最清楚不過。孟卿年輕，你看看她的摺子，可有不妥當之處？」

趙英接過摺子，從頭到尾仔仔細細地看了一遍後說道：「孟侍郎這個法子初衷是好的，若能不折不扣地推行，確有震盪朝堂疲敝之效。只是求之心切，手段未免過硬。譬如『刑部、大理寺每年冤獄不得過十，逾者則罷黜官長』這一條，恐會致使底下官員不敢有作為。」

趙英肚子裡確實有東西，對著孟如韞的摺子頭頭是道地講了將近一個時辰。蕭渏瀾十分耐心地聽著，聽到滿意的地方會點點頭，讓隨侍女官記下來。

「再給趙卿賜一盞茶。」待趙英說完，蕭渏瀾道：「朕果然沒有看錯你，論及經驗，除了已經致仕的遲卿，吏部無人能比得過你。」

趙英接過茶，謝道：「陛下抬舉臣了。」

「既然趙卿對吏部的弊端如此清楚，為何不上書明奏，詳陳革弊之法，而只是要求給御史臺增加俸祿這等無關痛癢的小事呢？」蕭渏瀾命人將趙英的摺子找出來遞給他。「趙卿自己比對一下，你覺得你與孟卿，究竟誰更適合做這個吏部尚書？」

聽出蕭渏瀾的言外之意，趙英的笑意僵在了臉上。

他試著給自己找補，道：「君臣之道如陰陽，當以和為貴，臣是怕朝臣與陛下離心，故而——」

蕭漪瀾打斷了他。「朕若想要一團和氣，就不會同意遲令書致仕。無論是籠絡朝臣的手段，還是治理吏部的經驗，遲令書都遠勝於你，朕又何必捨他而用你？」

所有人都以為遲令書被免職，乃是他曾在廢太子蕭道全與六皇子蕭胤雙之間搖擺不定之故，趙英被起用則是因為他是先太后選中的人。

難道不是如此嗎？趙英心裡有些迷茫。他偷偷抬眼覷高座之上的蕭漪瀾，美麗而威嚴的天子正垂視著他，目光裡有三分失望。

她說道：「並非朕不給你機會。你在吏部的處事經驗比孟卿豐富，許多見解也更周全，朕考慮過讓你來做這個吏部尚書。但你寧可將才華埋於腹中也不肯得罪人，孟卿在摺子中提到的考功法，你既早有見解，卻只拿為御史臺提高俸祿的摺子來糊弄朕，怎不讓朕傷心？朝政亟待革新，朕不需要八面玲瓏的軟骨頭，朕需要的是擔當和志氣，所以吏部尚書一職，不能交由你來做。趙卿，你明白朕的意思嗎？」

她的話如道道天雷劈在耳邊，直將趙英的滿懷意氣燒了個乾淨。他心裡空蕩蕩的，又悲又愧，許久之後，才顫顫巍巍地跪在地上。「微臣有罪……請陛下降罪……」

這位新帝自登基以來，除了在女仕科一事上顯現過雷厲風行的手段，在其他事情上多以休養生息為態度，並不曾折騰什麼。這幾年下來，眾人只當她要做個無功無過的守成君主，也樂得陪她昏昏欲睡，旦暮清閒。

不料潛龍在淵，正待時雲，鳳凰振翅，噦噦于飛。她不要一團和氣，和光同塵，要的是龍吟既響，虎嘯當附。

是他……輕視了這位帝王。

趙英跪地請罪，蕭漪瀾卻並沒有降罪於他。「朝中風氣如此，非趙卿一人之過。你日後還做你的左侍郎，孟卿年輕，她有不當之處，還要你多加提醒。」

趙英心中不敢有怨，恭聲道：「微臣謹遵聖命，必盡心幫扶孟侍郎，輔弼聖上新政。」

今日都在傳聖上早朝後留下趙英，是打算擢他為吏部尚書，陸明時怕孟如韞心裡難受，早早下值回家陪她。

正值葡萄成熟的季節，孟如韞歪在書房貴妃椅上看書，陸明時淨過手，一邊給她剝葡萄，一邊替她罵趙英出氣。

孟如韞含笑聽著，一連吃了十幾顆葡萄，牙根有些發酸，將最後一顆塞進陸明時嘴裡，笑道：「你歇歇吧，這話若是傳出去，該說我沒有容人之量了。」

「話是我說的，我沒有容人之量，全臨京的人都知道。」陸明時不以為意道。

這話是真的，之前有不少讀書人仰慕孟如韞的學識，千里迢迢來拜訪，結果見了人就走不動道，更有甚者偷偷遞了幾首歪詩進來，被陸明時抓住後狠狠修理一頓，讓他將那些寫著歪詩的紙都嚼爛吞回肚子裡。此事不知被誰傳開，不少人背地裡都說陸都督是個醋缸，他不以為恥，反以為榮。

孟如韞心情好了許多，靠著陸明時說道：「我畢竟太年輕，陛下選趙英也合理。這樣也好，我輕鬆一些，咱們也該要個孩子了。」

陸明時微愣。「妳說要同我生孩子？」

孟如韞笑了。「你不願意嗎？咱們已經——」

話音未落，只覺一陣天旋地轉，陸明時將她凌空抱起，繞過碧紗櫥，快走幾步壓在床上。

他伸手去解孟如韞的衣帶，幽深的眼神落在佳人身上，激得她從頭至尾一陣酥麻。

她推了陸明時一下，小聲斥道：「倒也不用這麼急……」

「已經整整三天了，矜矜。」陸明時的呼吸落在她頸間。「妳這幾日忙著寫摺子，我不敢招惹妳，心裡苦得很。妳摸摸……」

他拉著孟如韞的手往下按，趁她心軟，回手挑落了床帳。

這一處雲雨酣暢淋漓，不用再像往常那般，緊要關頭收著弄在外面，只覺得十分痛快，要將人疼愛進骨肉中去。

前兩回孟如韞還縱著他，最後實在是受不住，狠狠在他腰間擰了一把，陸明時險些洩了氣，笑倒在她耳邊，懇求道：「好夫人，允我最後一回。」

幸好第二天休沐，孟如韞比平常晚起了一個時辰，正十分悠閒地在院中修剪花枝，忽聽下人來通稟，司禮監掌印季汝青來府中親傳聖旨。

孟如韞忙放下剪刀，整理衣著，與陸明時一同迎出去接旨。

季汝青手持聖旨，見了他倆，溫和一笑。「孟尚書，恭喜了。」

孟如韞與陸明時齊齊愣住。孟尚書？

孟如韞被破格擢為吏部尚書兼文淵閣大學士，趙英依舊是吏部侍郎，但在內閣中升任為武英殿大學士。

這一安排看似不合理又十分合理，吏部尚書是掌實權的人，蕭漪瀾將此權力交給孟如韞，又擔心她年紀太輕、資歷太淺，壓不住人，所以讓趙英暫居首輔，給她撐場子。事情要孟如韞去做，責任讓趙英來擔，至於功過賞罰，孟如韞不計較，趙英不敢計較，而蕭漪瀾心中自有一桿明秤。

此安排一出，朝中仍有官員不服，這些人大多是守舊派的老臣，自女仕科實行以來就對孟如韞耿耿於懷。

他們揑住陸明時與孟如韞是夫妻這一點大作文章，說大周自開國以來就提防文臣武將相勾結，豈有文臣之首與武將之首結為夫妻，同居一府的道理？即使不是為了避嫌，也不該讓孟如韞出任吏部尚書。

恰逢蕭漪瀾另賞了孟如韞一座尚書府，陸明時以為這是要他們分開的意思，第二天就遞了摺子，要辭去五軍都督一職。

蕭漪瀾看到辭呈後十分生氣，將陸明時叫來罵了一頓。「你這是向朕示威嗎？五軍兵馬七十萬，外加十五萬鐵朔軍，你說不幹就不幹，朕還能放心將兵權交給誰？」

陸明時不是在鬧脾氣，所以也替她想好了退路，他回稟道：「李正劾可以擔當此任，外加沈元思、李平羌、趙遠等人，可以互相轄制。臣雖不任五軍都督，若遇戰事，陛下有需要，臣可隨時請命，帶兵出征。」

「你既不是心中有氣，何必非得遞辭呈？」

陸明時道：「臣怕身居此職，會妨礙孟尚書。眼下是太平之世，當以革清政弊為要，吏部尚書乃重中之重，臣如今反倒成了閒職，不妨給孟尚書讓路。」

蕭漪瀾聞言輕嗤。「陸卿真是好大度，你當朝中官職是白菜，竟可以任你挑揀？」

「臣不敢，臣還有一求。」陸明時理直氣壯道：「臣既辭了五軍都督一職，想搬去尚書府與孟尚書同住，還請陛下允准。」

蕭漪瀾正為朝堂之事十分煩心，聞言更是氣不打一處來，命人去宣孟如韞，將陸明時的辭呈摺子給她看。「趕快把這個混帳領走，他要再敢寫辭呈，朕就把他扔回北郡，讓他自己在北郡過一輩子！」

孟如韞翻了翻摺子，好氣又好笑，拉起陸明時往外走。

「我沒有開玩笑，我是認真的。」陸明時信誓旦旦同她保證道：「我不接受與妳分府而居，也不願見妳受此拖累，斷了大好前程。舊案已平，我夙願已了，以後就去尚書府靠妳養著也不錯。」

孟如韞將辭呈還給他。「那以後倘有人欺負我，誰來給我出氣？」

陸明時道：「我晚上去套他們麻袋。」

「說什麼混帳話，你自己捧得過來嗎？」孟如韞安撫他道：「你這是關心則亂。你好好想想，自大周開國以來，雖沒有夫妻同朝的先例，可多的是父子同朝、甚至於同在內閣的例子。遠的不說，單說當年程知鳴和程鶴年——」

見陸明時擰眉，孟如韞笑了。「你明白我的意思，沒有父子可以同朝，夫妻卻不能同朝的道理。且這些人不過是找個理由來反對我出任尚書，若我與你分開，或讓你辭去五軍都督一職，他們也會找新的理由來反對我，比如大周從未有女尚書，屆時我總不能換成男兒身，是不是？與其一退再退，不如一開始就強硬一些，反正我早晚也是要得罪人的，就先讓他們見識見識我的態度也不妨。」

陸明時思忖了一會兒。「妳的意思是，不在乎他們用什麼理由來反對？」

「反正聖旨已經到手，你怕什麼？」孟如韞揚眉。「賞府邸只是慣例，又沒說非要我搬過去住不可，你又急什麼？」

陸明時聞言吁了口氣，笑道：「我確實是關心則亂，怕妳為難。」

與她做夫妻的時間越長久，遇到與她有關的事，他就越難冷靜，生怕委屈了她、慢待了她，行事難免有投鼠忌器之嫌。

今日聽她慷慨之言，並不在乎此無端毀謗，陸明時心裡一塊石頭落了地，第二天就找理由把那幾個口出狂言的守舊派老臣收拾了一頓，偏還假公濟私，叫人抓不出把柄來。

孟如韞頂著壓力升任吏部尚書，推行新的考功法，上有蕭漪瀾支持，下有鳳仕閣出身的諸多門生擁戴，又有陸明時冷眼旁觀，那些因她是年輕女子想欺負她的人，得好好掂量自己能扛得住陸都督幾回揍。

當然，陸明時也不是什麼事都插手，用他的話說就是惡人還需惡人磨。

淳安五年，歲末瑞雪，蕭漪瀾誕下皇女，取名蕭樂窈。

霍弋十分疼愛這個女兒，除了奶娘餵奶之外，大部分時間都親自照顧，也只有孟如韞進宮時才能抱一抱這生得玉雪可愛的小姪女。

小樂窈很喜歡姑姑，先學會叫「娘親」、「爹爹」，然後就學會了叫「姑姑」。每次聽說姑姑來了，都笑得十分開心，有時也纏著霍弋，手指著外面，「姑」、「姑」地叫，想要去找姑姑玩。

帶小公主去吏部顯然不合適，等到小樂窈滿周歲的時候，霍弋挑了個暖和的日子，帶樂窈到孟如韞府上玩。

吏部尚書府與五軍都督府並作一府，府中雖不比皇宮富麗堂皇，勝在精巧新奇。許多地方都是孟如韞自己畫了圖紙，陸明時帶著人親自改造，比如臨廊而做的山石和小湖，湖中養著各色鯉魚，還有纏著葡萄藤的鞦韆架。

小樂窈玩到天黑才回宮，陸明時面上不顯，心裡羨慕得緊，夜裡摟著孟如韞不撒手。

「嵐光兄長也太小氣了，我多抱一會兒都不行，咱倆以後也要個女兒好不好？太討人喜歡了。」

孟如韞何嘗不心動，朝堂上新政漸漸步入正軌，需要她操心的事比往年少了許多。她今年二十五歲，陸明時二十九，他們好像……是該要個孩子了。

孟如韞心念一動，回身纏住他，跨著他的腰，俯在他身上。陸明時呼吸一滯，忍住把她擁進懷裡摧折的慾念，慢慢與她唇齒交纏，溫柔纏綿。

「聽說……這樣生女兒的可能大一些。」孟如韞低聲道。

溫柔鄉裡風雨不歇，捲得花褪殘紅、露垂草潤，如濕藤縱橫，在遮天蔽日裡交織纏繞。他們已做了八年夫妻，於此事上日益食髓知味，契合完滿。孟如韞喘息著落入陸明時懷裡，天旋地轉地倒了一圈，攀緊他的脖子，而後又是風雨驟至。

如此不知節制地過了一個多月，孟如韞的月事推遲了。

從那天起，孟如韞便不讓陸明時近身。陸明時並非不知輕重，只是夜裡溫香軟玉在懷，又時常覺得長夜難捱。如此過了兩個月，孟如韞請大夫來看，果然是有了身孕。

蕭漪瀾聽說後，讓魚出塵來府中給她診脈。眼下，魚出塵已是太醫院的掌院，許憑易做副掌院，最重要的職責就是看好魚出塵，別讓她靈機一動時鬧出人命。

魚出塵心情不錯，給孟如韞切了脈，又側耳貼在她小腹上聽動靜，觀察她的瞳孔、唇色，最後斬釘截鐵道：「兩個。」

「兩個？」孟如韞與陸明時都十分驚訝。「莫非是龍鳳胎？」

魚出塵一擺手。「我又不是神仙，這我怎麼知道。」

可是看她笑得那副得意樣，孟如韞懷疑她分明已經猜到，只是故意要留個懸念惹人好奇。

她三月懷胎，年底生產，因為是雙胞胎，生起來更加折磨。聽著產房裡的痛吟聲，陸明時嚇得臉色都白了，可恨魚出塵嫌他聒噪礙事，偏不讓他進去守著。

霍弋對此深有同感，難得安慰了陸明時一句。「阿韞不是十四、五歲的小姑娘，身子骨已經長開，魚太醫說她胎養得不錯，想必沒什麼問題，安心等著就是。」

除了魚出塵外，蕭漪瀾還派來了十個經驗豐富的產婆，全在裡面圍著孟如韞。孟如韞生了整整三個時辰，果然生出了一對龍鳳胎。先出生的是哥哥，後出生的是妹妹。

「長得不一樣的龍鳳胎。」魚出塵將兩個嬰兒都拍出哭聲，十分滿意。「妹妹聲音更大，以後是個有能耐的。」

陸明時顧不得看那兩個孩子，先奔去床邊，產婆已經清理了血污，正在餵孟如韞喝參湯。

「我來吧。」陸明時接過湯碗，餵孟如韞喝下半碗，又用溫熱的帕子，沿著她的鬢角小心翼翼擦乾汗水。

「兒女雙全，真好，以後咱再也不生了。」陸明時抱著她，滿足地嘆息道。

這兩個孩子是孟、陸兩家為數不多的血脈，因為霍弋與蕭漪瀾的孩子要隨國姓，孟如韞與陸明時商量過後，讓哥哥姓孟，取名孟時序，妹妹姓陸，取名陸熙容。

滿月酒時，都督府十分熱鬧，薛采薇帶著薛歸，沈元思和李平羌帶著一雙兒女，已經成為寶津樓大掌櫃的趙寶兒、青鴿，相攜而來的江靈與季汝青，襯得都督府中熱鬧非凡。

一輛低調而名貴的馬車停在門前，霍弋先下車，將兩歲的樂窈抱下來，然後去扶微服出宮的蕭漪瀾。

眾人皆跪拜行禮，蕭漪瀾不指望他們能在自己面前談笑自若，寒暄幾句後便去屋裡看兩個孩子。滿月的嬰兒比剛出生時瞧著可愛了許多，哥哥孟時序埋頭大睡，妹妹陸熙容正盯著小床邊的撥浪鼓吐泡泡。

蕭漪瀾將妹妹抱在懷裡逗弄，對孟如韞道：「妳家這個姑娘和樂窈小時候一樣，不愛睡覺，長大了必然也是個能鬧騰的。」

孟如韞笑了笑。「有陸子夙這樣的爹，孩子多鬧騰都不奇怪。」

「娘！我要！」兩歲的小樂窈跑進來，好奇地指著蕭漪瀾懷裡的熙容。薛歸跟了進來，十分緊張地盯著蕭漪瀾，生怕她真將熙容給尚不知輕重的樂窈玩。

他那副如臨大敵的表情寫在了臉上，把蕭漪瀾逗樂了，問道：「你是薛采薇的兒子？今年幾歲了？」

薛歸學著大人的模樣向她行了一禮。「回陛下，我娘是薛采薇，我今年七歲了。」

蕭漪瀾點點頭，叫他和樂窈一同上前，陪兩個弟弟妹妹一起玩。

滿月酒熱鬧過後，孟如韞也重新回到朝中，早起應卯，傍晚歸府。兩個孩子交給奶娘照看，晚上與爹娘同屋而眠。

如此長到了五歲，都到了該啟蒙的年紀。因為宮裡那位樂窈公主被她爹縱得無法無天，蕭漪瀾讓孟如韞承擔起太傅的職責，入宮教蕭樂窈學問，讓她將孟時序與陸熙容也帶進宮給樂窈當伴讀。

孟時序生性安靜，能靜下心來讀書，陸熙容卻是個坐不住的，入宮讀了兩天書後便嚷嚷頭疼。

在嬌寵女兒這一點上，陸明時比霍弋有過之而無不及。陸熙容說不讀書，他就帶她去軍營裡玩，抱著她騎馬，看她拖著馬鞭滿地跑，和李正劾等人在一旁哈哈大笑。

兩人笑的不是一回事。陸明時笑自家閨女可愛，李正劾則從小熙容身上看到了李平羌小時候的影子，笑他陸明時的好日子還在後頭呢！

小熙容玩累了，就在金戈鐵馬擂鼓助酒的軍營裡睡得鼾聲如雷，傍晚暮色四起，陸明時也不叫醒她，將她用披風一兜，放在胸前馬背上，一顛一顛回到了府中。

孟如韞與時序也剛到家，見狀無奈地嘆了口氣，從陸明時懷裡將熙容接過去。「交給我吧。」

陸明時摟著時序進屋，偷偷告訴他道：「熙容只喝了兩口酒就醉成了這樣，下次帶你去試試，可不能被李正劾那外孫比下去。」

孟時序嘴上應著好，轉頭就在孟如韞面前把陸明時賣了。從此以後，陸明時想帶熙容去軍營只能偷偷去。

還是女兒好啊……陸明時睡在外間的窄榻上，望著月亮幽幽嘆氣。怪不得都說外甥像舅，他怎麼覺得孟時序這小崽子越長越像小時候的孟嵐光呢？

這不行，得糾正。

——全書完

百年修得同船渡，千年修得共枕眠／琉文心

2023年8月出版

翻牆覓良人

他帶她來到一棵百年大樹下，樹上掛滿寫著一對對情人名字的紅布條，
據說這是極為靈驗的姻緣樹，他問她願不願和他一起掛上紅布條？
看著布條上由他親筆寫下的兩人名字，她疑惑地問他，只一人筆跡可靈？
結果他一愣，連忙表示，要不她在布條上頭親上一口，表示她也認可，
這話說得好笑、離譜，可她卻也乖乖照做了，甚至還親上兩口……

文創風 1185 1

沈文戈乃鎮遠侯府的嫡女，在家中是被父母及六位兄姊疼寵的寶貝，
奈何情竇初開，只一眼就瘋了似地愛上那縱馬奔馳的尚家郎君，
她甚至赴戰場救他一命，雙腿因此落下寒症，令她生不如死，但她不後悔，
即便家人反對，她依舊毅然決然地嫁入尚家，可還沒洞房他就出征了，
因為愛他，她堂堂將門虎女在夫家被婆婆搓磨、苛待三年都受了，
好不容易盼到他返家，他卻帶回一楚楚可憐的嬌柔女子，要她接納，
於是，她只能獨守空閨，眼睜睜地看著他倆恩愛數年，直至死去，
幸好，上天給了她重生的機會，這回她絕不再活得這般卑屈了！

文創風 1186 2

雖然沒能重生回嫁人前，但在夫婿帶小嬌娘回來的前幾天也就先忍著，
靜候他帶人回來，然後毫不留情地帶上所有奴僕及嫁妝「走」回娘家，
沒錯，她就是要讓所有人知道，她要和離，不要這忘恩負義的夫婿了！
她沈七娘家大業大，憑啥夫家享盡沈家的好處，還要處處羞辱、折磨她？
前世嫁人後她沒回過一次娘家，連至親手足們的葬禮都未能出席，
如今為了和離，她開先例將夫家告上官府，一如當初非君不嫁的轟轟烈烈，
這般憋屈的小媳婦，誰愛當誰去當，她即便壞了名聲也不再受這委屈！
大不了她不再嫁人便是，她都死過一次了，還怕這種小事嗎？

文創風 1187 3

沈文戈養的小黑貓「雪團」不見了，婢女們滿院子都找不著！
結果，隱約聽見隔著一堵牆的鄰家傳來微弱貓叫聲，那可是宣王府啊！
傳聞中，宣王王玄瑰行事狠戾、手段毒辣，甚至還會烹人肉、飲人血，
可因他乃當今聖上的幼弟，兩人關係親如父子，沒人能奈他何，
偏巧母親不在家，無法上門拜訪尋貓，只能架上梯子親自爬牆偷瞧了，
畢竟奴婢們窺伺宣王府，若被抓到，都不知道要怎麼死了，
她好不容易爬上牆頭，眼前驟然出現一張妖魅俊美、盛氣凌人的臉，
這不是鄰居宣王本人，還能是誰？所以說，她是被逮個正著了？

文創風 1188 4 完

自從去過奢華的鄰居家後，她家雪團就攔不住，整日跑去蹭吃蹭喝，
害得沈文戈這個貓主人也不得不三天兩頭地架梯子爬牆找貓去，
結果爬著爬著，她甚至翻過牆去，和鄰居交起朋友來了，
時日一久，她才發現宣王這人身負罵名雖多，但人其實不壞，還老慣著她，
在他有意的疼寵之下，本已無意再嫁的她，一顆心漸漸落在他身上，
後來她才曉得，原來他竟是當年與她前夫一同在戰場上被她救下的小兵，
可他的嬤嬤說，他是個別人對他好一點，就恨不得把心都掏出去的人，
所以他對她好，全是為了報恩？還以為他是良人，原來是她自作多情了……

文創風 1200

娘子套路多 3 完

國家圖書館出版品預行編目資料

娘子套路多 / 遲裘著. --
初版. -- 臺北市 : 狗屋出版社有限公司, 2023.10
冊 ; 公分. --（文創風 ; 1198-1200）
ISBN 978-986-509-461-4（第3冊 : 平裝）. --

857.7　　112013831

著作者	遲裘
編輯	張蕙芸
校對	黃薇霓
發行所	狗屋出版社有限公司
地址	台北市104中山區龍江路71巷15號1樓
電話	02-2776-5889～0
發行字號	局版台業字845號
法律顧問	蕭雄淋律師
總經銷	知遠文化事業有限公司
電話	02-2664-8800
初版	2023年10月
國際書碼	ISBN-13　978-986-509-461-4

本著作物由北京晉江原創網絡科技有限公司授權出版

定價280元

狗屋劃撥帳號：19001626

網址：love.doghouse.com.tw　E-mail：love@doghouse.com.tw